FOLIO POLICIER

ESSAI D'AUTOBIOGRAPHIE

Auteur français né à Manosque le 19 septembre 1922. Études succinctes au collège de sa ville natale jusqu'à douze ans. De treize à vingt ans, typographe dans une imprimerie locale, chantiers de jeunesse (équivalent alors du service militaire) puis, réfractaire au Service du Travail Obligatoire, réfugié dans un maquis de l'Isère.

Publie son premier roman, *L'aube insolite*, en 1946 avec un certain succès d'estime, critique favorable notamment de Robert Kemp, Robert Kanters, mais le public n'adhère pas. Trois autres romans suivront avec un égal insuccès.

L'auteur, pour vivre, entre alors dans une société de transports frigorifiques où il demeure vingt-sept ans, continuant toutefois à écrire des romans que personne ne publie.

En 1976, il est licencié pour raisons économiques et profite de ses loisirs forcés pour écrire un roman policier, *Le sang des Atrides*, qui obtient le prix du Quai des Orfèvres en 1978. C'est, à cinquante-six ans, le départ d'une nouvelle carrière où il obtient le prix R.T.L.-Grand Public pour *La maison assassinée*, le prix Rotary-Club de la nouvelle pour *Les secrets de Laviolette*.

Pierre Magnan vit avec son épouse en Haute-Provence dans un pigeonnier à trois niveaux très étroits mais donnant sur une vue imprenable. L'exiguïté de sa maison l'oblige à une sélection stricte de ses livres, de ses meubles, de ses amis. Il aime les vins de Bordeaux (rouges), les promenades solitaires ou en groupe, les animaux, les conversations avec ses amis des Basses-Alpes, la contemplation de son cadre de vie.

Il est apolitique, asocial, atrabilaire, agnostique et, si on ose l'écrire, aphilosophique.

P. M.

« Je compris alors que jamais Noé ne put si bien voir le monde que de l'arche, malgré qu'elle fût close et qu'il fît nuit sur la terre. »

Marcel Proust
(*Les Plaisirs et les Jours*)

A mes amis
SIMONE ET MARC GUICHARD
qui furent longtemps
les seuls libraires
à me lire et à me faire lire.

Le fanal

J'aimais, dit Laviolette, à l'égal du cimetière de Barles, cette vieille gare désaffectée de Saint-Maime-Dauphin où j'entendais encore la rumeur du peuple agricole qui la hantait autrefois. C'était ici que mon père, Modeste, qui était cheminot ainsi que je vous l'ai dit *, avait fait son apprentissage sur de vieilles locomotives vertes, avant de piloter les grands trains internationaux. Les rails ont disparu. Il reste dix mètres de quai. Il reste le nom dans un cartouche bleu. Il reste, effondré à moitié, le bâtiment de la lampisterie où je respire encore, furtivement, l'odeur du pétrole lampant qu'on y a répandu autrefois sur le sol. Il reste aussi les hauts platanes qui, à l'automne, parlent en bruissant de toutes leurs feuilles mortes.

Parfois, au mois d'octobre, quand il me prend le *vertigo,* je viens ici avant l'heure le soir, sous prétexte d'aller casser la croûte chez le Marcel Sauvaire et chez Rosemonde, son épouse. C'est là-bas, en face. Ils sont les amis de tout le monde et ils font manger pour ainsi dire par charité, tant c'est peu cher.

Mais en attendant l'heure, je vais m'asseoir, faisant

* Voir *Les charbonniers de la mort.*

croire que c'est pour passer le temps, alors que c'est l'essentiel, sur un banc, le long du quai mort. Ce banc, il a été placé là vers 1910, à l'initiative d'un chef de gare poète. Il est fait de deux traverses de voie au bout desquelles existent encore les encoches des tire-fond. Il avait fait travailler du monde le dimanche, pour atteindre ce résultat. « Des bancs ? » avait dit son supérieur de l'époque en haussant le sourcil. « Des bancs pour quoi faire ? Ils ont la salle d'attente les usagers. — *Un* banc », avait timidement rectifié le chef en question.

L'autre avait plongé le nez dans ses horaires à aménager en grognant un : « Débrouillez-vous, je veux pas le savoir ! » qui est de toutes les époques.

— Comment savez-vous ces détails ? objecta quelque pragmatique à l'affût au fond de la salle.

— Je les ai inventés, répondit paisiblement Laviolette, mais si j'en juge par la nature fruste du banc, les vieux supports sur quoi il était fixé, la mauvaise qualité du béton qui le rendait solidaire du sol, le fait qu'il soit rugueux aux fesses et qu'on y soit mal assis, tout cela prouve à n'en pas douter qu'il s'agissait bien d'un banc de fortune.

— Ah bon ! grogna le contradicteur mal convaincu.

— Et aussi, poursuivit Laviolette, le fait qu'on ait planté un rosier de roses pompon (les plus modestes), tout à côté du banc pour masquer les latrines, tant leur vue que leur odeur.

— Bref ! Il y avait un banc ! s'exclama excédé un partisan de Laviolette, avide de connaître la suite.

— Il y est encore, un peu plus pourri, mais encore tout de même. Alors un soir, oh, c'était très tard dans la saison, novembre, sans doute, là où tout se désagrège, où l'été et l'automne dépenaillés s'en vont par lambeaux, notamment sur les vieilles gares désertes que plaignent les platanes échevelés. C'était aussi très tard dans la soirée, vous savez, cette heure dans les vraies gares, quand passent les derniers trains et si on les rate il faut coucher, précisément, sur un banc. Je crois d'ailleurs que ce chef de gare avait tenu compte de ça, en édifiant le sien sous les arbres du quai, à l'abri du serein.

Je pensais à autre chose sans doute parce que, dans le clair-obscur et sous le tumulte des feuilles mortes, je me suis trouvé le nez sur le banc et j'ai vu qu'il y avait quelqu'un d'assis, quelqu'un mais qui laissait la place, qui ne s'était pas installé au beau milieu comme sa solitude lui en donnait le droit, quelqu'un au contraire qui se tenait cantonné au plus haut bout du banc, afin de convier à ce que l'on s'installe à son tour pour lui tenir compagnie.

C'était une vieille coiffée d'un chapeau de paille noir qui avait vu bien des saisons. Ce n'était pas une robe qu'elle portait, mais quelque chose de très ancien, bleu ou noir probablement et qu'on appelait ici des *cotillons* autrefois, c'est-à-dire un ensemble pudique de jupons superposés qui tombaient raides jusqu'aux chevilles et ne pouvaient en aucun cas ni se soulever ni s'ouvrir tout seuls sans une grande permission de la propriétaire et beaucoup d'efforts appropriés de l'assaillant. De sorte qu'on avait largement le temps de mesurer toutes les conséquences de ses actes.

Par ailleurs, celle-ci qui était immobile là, depuis bien longtemps sans doute, personne ni elle-même ne s'intéressait plus à ses cotillons, elle était vieille pour de bon. Sous le chapeau, les traits de son visage s'étaient défaits en s'ameulonnant sur son cou, effaçant tout souvenir de ce qu'elle avait probablement été, au fin fond de son passé.

Sur ses genoux bien serrés, elle tenait une toilette, noire aussi — vous savez ces paniers d'osier encombrants sans quoi nos grand-mères ne partaient jamais et qui leur tenaient lieu de viatique et de contenance —, et ce qu'elle avait de curieux, c'était qu elle ne regardait pas en face d'elle, c'était qu'elle avait le buste un peu penché en avant et qu'elle semblait guetter là-bas, au haut bout du quai, quelque chose qui devait arriver. Quelque chose ? Un train ! Elle avait tout à fait l'allure de quelqu'un qui guette l'arrivée du train et qui, le jarret un peu plié, s'apprête à bondir pour ne pas le rater comme nous devons tous nous contraindre pour ne pas le faire, depuis le temps, mon Dieu, que nous savons pourtant qu'il nous attendra. Seulement ici nous étions à la gare de Saint-Maime-Dauphin où le dernier rail avait été déboulonné par les Allemands en 1943, voici plus de trente ans.

Parfois, cependant, elle se détournait de cette guette pour regarder droit devant elle, là-bas, de l'autre côté des voies absentes, vers la lampisterie en ruine où les tuiles de la fragile toiture s'éparpillaient autour des murs.

J'étais déjà assez proche de ce personnage incongru pour suivre sur ses traits les reflets de la vie. Ses lèvres incolores qui, pour cette raison, ne se distinguaient pas du reste de sa peau, remuaient légèrement et vite comme si elles récitaient une longue litanie de mots toujours identiques. Oh, vous avez tous vu de ces campagnardes qui remâchent ainsi leur vie, faisant leur compte à voix basse comme si, depuis toujours, une erreur s'y était glissée quelque part.

Il fallut presque lui marcher sur les pieds afin que, percevant ma présence sans doute, elle se tournât lentement vers moi. Le crépuscule était juste assez avancé pour qu'à la place de ses yeux je ne puisse distinguer que des trous d'ombre.

De près, elle respirait l'odeur de la sarriette et du lait de chèvre présuré. C'était un arôme qui accompagnait toujours les femmes de la campagne en ce temps-là, avec celui de l'herbe fraîche qu'elles fauchaient à la faucille pour la distribuer aux lapins. Ce parfum, car il n'y a pas d'autre mot, il était entoilé dans leurs cheveux et dans leurs vêtements et elles en encensaient l'environ lorsqu'elles se déplaçaient.

Moi, nonchalant et bien engoncé dans mon pardessus, j'avais tout à fait l'allure du monsieur qui va demander : « Savez-vous par hasard si le train pour Céreste a du retard ? » Néanmoins, j'étais décidé à garder mes distances. J'en avais pour une heure et quart avant que le dernier des piliers de bistrot ait lâché prise chez le Marcel et que celui-ci, qui connaissait mes aises, vienne me crier depuis la pompe à essence :

— Modeste ! A la soupe !

D'ici là, le salut des grands arbres et ma contemplation du passé suffiraient à ma sérénité. Je me contentai donc de soulever civilement mon chapeau comme je fais toujours pour lui dire :

— Vous permettez ?

Elle ne dit ni oui ni non. Elle se tourna à peine vers moi. Docilement, tâchant de s'étrécir encore davantage, elle se poussa un peu plus sur les traverses et moi, serrant mon pardessus sous mes fesses, je m'efforçai à mon tour de n'occuper qu'une petite place, ce qui chez moi est toujours illusoire. J'oublie que je suis volumineux, mais chaque fois que je m'assieds sur un banc, j'en prends conscience, péniblement. Cette sensation, ce soir-là, fut encore plus précise que d'ordinaire. Il me semblait que mon poids seul pesait sur les traverses disjointes et qu'il était seul aussi à les faire tressauter sur l'assise bancale de leur support quand, par hasard, je changeais de position. Mais il est vrai que la vieille n'était pas grosse et qu'elle devait appuyer ses fesses sur le siège avec beaucoup de réserve.

Comme il sied à deux voyageurs étrangers l'un à l'autre, nous regardions droit devant nous. Il faut dire que cela suffisait : sur les fonds sombres des monts de Lure, il y avait, au-delà des grands arbres, tout le pays de Forcalquier qui attendait la nuit. En novembre, quand ces lieux attendent la nuit, il faudrait un cataclysme pour empêcher chacun d'aller chercher refuge sous la suspension de la cuisine, parmi femme et enfants. Et ceux qui, comme moi, se sont refusé ce havre pour ne pas souffrir des séparations rituelles, ceux-là n'ont plus que la ressource d'en appeler à des consolations vertigineuses : la Grande Ourse qui installe son char à reculons sur les dociles rotondités de Lure ; le vent dans les platanes d'une gare morte ; la compagnie d'une vieille probablement, elle, chargée de famille et qui respire la rassurante odeur d'une femme de campagne. Mais pourquoi résistait-elle, sur ce banc, à cet appel du foyer ? Et qui à sa place, chez elle, était en train de tremper la soupe dont la suspension allait capter la vapeur qui s'échappait des assiettes ? Poussé par un irrésistible besoin de savoir, j'allais, en dépit de ma réserve, lui poser la question à brûle-pourpoint, lorsque de son côté une voix s'éleva pour dire :

— Est-ce que je puis vous parler une minute, monsieur ?

Cette voix était faible et rapide. Ce n'était pourtant pas un chuchotement. Elle était bien timbrée et je distinguais chaque mot séparément en dépit du vent dans les platanes mais j'avais la curieuse sensation d'être le seul à pouvoir l'entendre et que si quelqu'un d'aussi nonchalant que je l'avais été tout à l'heure, avant de m'asseoir, était passé devant nous en consultant sa montre, il n'eût pas perçu les paroles de la vieille. Entre sa bouche pâle et mon oreille, il n'y avait pas d'autre écho porteur que celui qui nous unissait. M'avait-elle seulement posé cette question ? Lorsque je me tournai vers elle pour lui répondre, je vis que son visage était toujours de profil et que ses mains, sur la poignée de la toilette, n'avaient pas remué, toujours inactives.

On n'admet jamais tout de suite la solennité d'une rencontre. L'étranger quel qu'il soit nous est si incommode que d'abord, à son égard, le mépris l'emporte. On est aussi saisi de panique si une inconnue nous interpelle. On essaye toujours de banaliser l'événement, de lui ôter son venin, tant on est timide devant le prodige et au fond tant on en a peur. J'ai compris ces choses à force de vivre et c'est à force de vivre que m'est apparu ce qu'une première parole dans une rencontre quelconque a finalement de prodigieux.

Je répondis donc avec l'intonation, la politesse, la

courtoise ironie par lesquelles, selon ce que je viens de dire, il m'était permis d'exorciser ma peur. Je répondis :

— Vous pouvez.

Et pour la mettre à l'aise autant que possible j'ajoutai :

— Vous aimez les bancs de gare, à ce que je vois ?

— J'aime *ce* banc de *cette* gare, souligna-t-elle.

Elle marqua une pause parce que toute une nuée de feuilles mortes nous assaillait, enlaçant nos deux silhouettes, et que tous les platanes du quai courbaient leurs branches dans le même sens. Et d'ailleurs, tout ce qu'elle me dit par la suite, avec cette étrange voix pressée et sans se départir de cette étrange immobilité, elle le raconta en dépit de la rumeur du vent, sous la dominante des feuilles mortes arrachées au sol par brassées dans un cliquetis d'armes blanches qui crépitaient comme au combat.

« J'étais, dit-elle, une fille d'ici comme il y en a tant. Mes parents tenaient une ferme si petite et si pauvre que mon père s'était embauché aux mines du Bois-d'Asson en tant que manœuvre pour trier. J'y portais la biasse à midi parce que ma mère tenait à ce qu'il mange chaud. Alors, tous les jours, en passant, avec mon petit panier, je suivais le sentier encombré d'orties qui bordait la voie, côté sémaphore, et je voyais les gens de la manœuvre et eux ils me voyaient aussi et souvent ils me disaient bonjour en passant. Mais surtout et le plus souvent, ils se parlaient entre eux en riant et en me désignant, qui défilais sur la pointe des pieds pour éviter les orties du sentier. Vous pensez : j'avais seize ans ! Il y avait déjà longtemps que je pensais aux hommes. Il y avait déjà quelque temps que ma mère me regardait en dessous en trempant sa soupe. Un soir en débarrassant la vaisselle, tout d'un coup, elle dit à mon père, en me désignant :

— Celle-là c'est une *estassi* ★. Il faut la marier, sinon un de ces jours, elle va nous rapporter un petit qu'elle saura même pas qui le lui a fait et que nous, on saura pas comment l'élever.

— Voï ! Tu crois ? dit mon père.

« Il me regarde. Mes trois frères me regardent comme si déjà je le portais dans mes flancs ce petit problématique et comme si déjà ils me battaient à coups de pied dans le ventre, dans l'espoir de me le faire expulser avant vie. L'amour c'était ça chez nous : on était trois de trop. Ils n'avaient pas su comment faire, les parents, pour nous empêcher de venir au monde. Un de plus c'était leur peur de toujours.

— Tu devrais un peu remuer ta graisse pour lui en trouver un, dit ma mère. Tu connais personne ?

« Mon père plie son Opinel avec nonchalance et le met dans sa poche.

— Oh, dit-il, j'en connais bien un mais il est presque aussi *estassi* qu'elle. Il m'en parle tout le temps. Quand il prononce son nom il vire au rouge comme un sémaphore.

« Je m'appelais Madeleine en ce temps-là, me précisa la vieille et elle poursuivit :

— Eh bé vaï ! dit ma mère, fais la *pache* avec lui et surtout dis-lui bien qu'on a rien et que c'est à ses risques et périls ! Qu'est-ce qu'il fait celui-là ? Il est à la mine ?

★ *Estassi :* littéralement « extasiée », c'est-à-dire niaise.

— Non. Il est à la manœuvre. A la compagnie du chemin de fer. Je crois qu'il est chef d'équipe.

« C'est comme ça, à seize ans, qu'on m'a mariée en dépit du bon sens. Le grand Chiousse avait vingt-huit ans. Il n'avait jamais touché une femme d'après ce qu'il me dit le premier soir et je n'eus, tout de suite, aucune raison d'en douter. J'avais dit à ma mère :

— Il a vingt-huit ans et moi seize, tu crois que ça peut marcher ?

— Vingt-huit ans, cinquante ou vingt, c'est pareil ! Tu sais les hommes... Que ce soit un que ce soit l'autre... A la fin c'est toujours pareil. Tu verras : tu en auras vite assez !

« Vous croyez qu'on peut avoir espoir avec des paroles pareilles ? Vous croyez que c'était juste que je m'en contente ? Qu'est-ce que vous en pensez, vous, monsieur, qui vivez en ce siècle ? »

J'aurais peut-être pensé quelque chose et peut-être que je le lui aurais dit si elle avait été encore la Madeleine de seize ans qu'elle évoquait sur le tempo du vent. Mais que dire à une fleur quand il ne reste plus rien d'elle, même pas ses pétales fanés ? Que dire quand toute chair a eu le sort de l'herbe ? Je contemplai son ossature visible même sous les cotillons et mon propre gros ventre. Ni elle ni moi n'avions plus d'opinion à émettre sur les questions qui troublent tant le monde.

Et d'ailleurs, elle n'attendait pas, elle n'espérait pas, de moi, une réponse qui de toute façon ne lui eût servi de rien. Elle poursuivit de sa voix monotone et pressée comme si le temps lui était mesuré.

« Ce Chiousse, il avait de grands pieds plats et un grand bon sens. Au bout de deux nuits, je savais tout ce qu'il savait et déjà son imagination tournait court. D'autant que ma mère m'avait recommandé de beaucoup crier, que je l'avais fait et que depuis le Chiousse, il se tenait coi au haut bout du lit, au garde-à-vous ! Toute la nuit ! Et le jour, satisfait après avoir mangé, il me disait :

— Tu vois, petite, quand on a déjà un toit pas troué au-dessus de la tête quand il pleut et une soupe chaude dans le ventre tous les soirs, il faut déjà remercier. Tout le reste, c'est du superflu.

— Et les robes, lui disais-je, tu y penses un peu aux robes ? Je porte la même depuis trois ans ! Tout à l'heure on me voit toute à travers !

« Il la touchait cette robe. Il me disait :

— Voï ! Elle est encore toute bonne cette robe ! Qu'est-ce que tu as à lui reprocher ? Fais-la teindre. Ça te changera un peu.

« Je n'avais que son toit pour me tenir dessous. Ma mère qui habitait pas loin, quand par hasard j'allais la voir, si j'avais eu envie de me plaindre, son air m'en aurait tout de suite dissuadée. Vous savez, cet air de vous dire : “ Surtout ne viens pas encore me réclamer cinq francs parce que je les ai pas ! ” Avec elle, c'était : “ Tu vas bien ? Je t'embrasse pas parce que je tiens un de ces rhumes, ma belle ! Tè, puisque tu es là, aide-moi un peu à porter cette corbeille de linge jusqu'à l'étendoir ! ” Qui aurait eu l'idée, maigre comme j'étais, de me poser la main sur l'épaule pour me dire sa compassion ? »

Moi, dit Laviolette, j'écoutais cette complainte distraitement — le malheur d'autrui n'a jamais été mon fort, je ne sais pas consoler — mais j'observais que les mains de la vieille étaient inactives, que son visage tandis qu'elle parlait, de cette étrange voix, ne se tournait pas vers moi. J'écoutais néanmoins et elle disait :

« C'est ici, c'est assise sur ce banc que je l'ai vu pour la première fois et que, depuis, j'essaye de le voir à nouveau pour savoir enfin si c'était vrai que je l'aimais à ce point. C'était à peu près cette heure, c'était à peu près ce mois. Mais il n'y avait pas de vent, mais de Lardiers jusqu'à Cruis, au-dessus de Lure, il planait un orage grommelant qui faisait avancer la nuit deux fois plus vite. Et si je vous précise ça, monsieur, c'est pour vous expliquer que j'ai vu sa lanterne bien avant de le voir lui. Il la balançait cette lanterne. Un convoi venait de passer, chargé de pierres. De gros wagons, lourds. Mon mari disait qu'en les attelant ces wagons, il fallait faire très attention, qu'ils étaient deux fois plus traîtres que les autres, à cause des boggies, expliquait-il. »

Ce fut en prononçant ces mots que la vieille se tourna lentement et entièrement vers moi, le buste, la toilette, les pieds même qui s'étaient déplacés, mais son attention fervente ne s'arrêtait pourtant pas sur ma personne opaque. Elle poursuivait au-delà, vers un point de l'espace où je n'étais pas, où il n'y avait âme qui vive, loin derrière moi, bien au-delà de ce qui lui était visible dans cet espace.

« Et c'est alors que je l'ai vu : lui qui sortait de l'ombre. Lui, monsieur ! Comment vous faire comprendre ? »

Il me sembla, commenta Laviolette, qu'elle se frappait les mains l'une contre l'autre en prononçant ce « lui » comme on le fait, je suppose, devant un intercesseur inespéré, une apparition que l'on attendrait depuis longtemps et d'ailleurs sans y croire.

« Mais avant lui, je dois vous dire, monsieur, j'ai d'abord vu sa lanterne, ma punition ! Vous permettez, monsieur, que je m'arrête un peu sur cette lanterne puisque j'y suis ? C'était un fanal avec un verre rouge d'un côté et un verre vert de l'autre. Ça économisait un homme. Pour faire signe à la machine soit que c'était libre soit que ça l'était pas, il suffisait de la changer de côté. C'était le fils d'un grand chef qui avait eu cette idée, c'est vous dire qu'il n'avait pas fallu trois mois pour qu'il y en ait deux ou trois par gare sur le réseau. On l'appelait la 135 parce qu'il y en avait eu cent trente-quatre autres modèles. Jusque-là, il en fallait deux de lanternes : une rouge et une verte pour qu'il y ait le temps de la réflexion quand on avait à la changer. Et dans des temps plus anciens encore, il y avait un homme par fanal pour la sécurité. »

Mais pendant qu'elle parlait, l'ombre de ce fanal, cette nuit-là, devait à mon insu défiler devant nous, dit Laviolette, car la vieille qui portait cette attention passionnée au bout du quai au-delà de moi, elle pivotait littéralement sur elle-même, lentement, à la cadence, sans doute, de la vision qui se démasquait devant elle. A la fin, elle me tournait carrément le dos et elle disait :

« J'ai vu arriver cette lanterne là-bas au bout, côté voie une, en direction de Volx. Et alors j'ai vu aussi, petit à petit, l'homme qui la portait. Et alors, à mesure qu'il sortait de l'ombre, à mesure que je pouvais m'en rassasier les yeux, j'en tombais amoureuse, je me liquéfiais devant lui, si j'avais osé, si j'avais pu, j'aurais joint les mains devant lui ! Ah ! mon Dieu ! Si vous aviez vu sa moustache, monsieur, vous auriez fait comme moi : vous l'auriez adoré. »

On imagine toujours, dit Laviolette, que la futilité est l'apanage de la jeunesse. C'est parce qu'on oublie que le nonagénaire qui vous raconte son histoire, il le fait comme s'il s'agissait d'un autre. Or, en réalité, c'est seulement son aspect physique qui a changé. A l'intérieur, il est le même adolescent présomptueux et sans jugement qu'il vous dépeint comme lui étant étranger. Celle-là qui me parlait, la vie avait beau l'avoir tannée comme un battoir sur une pierre, elle n'en demeurait pas moins futile et légère et écervelée ; dans son immobilité héraldique de foudroyée par l'enfer, elle n'en demeurait pas moins volage comme un papillon. Alors, elle me dit :

« Quand on aime, ça attire. Et celui-là qui était à la manœuvre lui aussi, c'était un Espagnol, il s'appelait Manuel et il n'avait pas besoin de tant que ça pour être attiré. Surtout que, hé, c'est à peine si les seize ans je les avais dépassés et j'avais le ventre aussi plat que ce que j'avais les reins cambrés. Et moi alors, à chaque fois — Vous entendez ? A chaque fois ! — qu'il passait devant moi ce Manuel, il me prenait entre le bas des côtes et le nombril la même sensation de vide qu'on éprouve sur une balançoire quand, arrivée au plus haut, elle plonge vers le plus bas. Est-ce que je me fais bien comprendre ? Un soir, je me rappelle, je venais de porter une corbeille de linge au lavoir de la Serve, là-bas ! Il existe toujours mais il est bouché par les orties. Alors, nous nous le partagions, avec celles de la cité du Bois-d'Asson, un jour l'une, un jour l'autre. Et alors c'était mon tour et alors je venais juste de renverser cette corbeille pour la mettre à tremper et alors je me retourne et alors je le vois. C'était dans l'ombre pourtant. Ce lavoir c'est un caveau. Toute ma vie, somme toute, s'est toujours déroulée dans l'ombre. Il avait sauté le talus à l'improviste. Il devait me guetter au fond de la voûte. Et moi alors que, rien que de voir sa moustache, j'avais envie de lui défaire le ceinturon, j'en avais l'intérieur des cuisses sans force — Ah ! vous pouvez pas comprendre ça, vous qui n'êtes qu'un homme ! —, une sensation comme une crampe du bras, quand on est longtemps appuyé dessus. Et alors, il me dit :

— Tiens ! Prends ça !

« Alors, je vois qu'il porte un paquet bien plié dans un beau papier blanc et, tandis qu'il me le lance, je tends les bras machinalement pour éviter qu'il tombe à terre, mais en même temps je lui réponds :

— Mais dites ! Vous êtes pas un peu momo, non ? Qu'est-ce qui vous prend ? Et qu'est-ce que c'est ce paquet ?

— C'est une robe, qu'il me fait. J'ai fait des journées à la mine pendant mon campo pour te l'acheter. Je l'ai prise sur la foire de Manosque. Elle est peut-être un peu ample mais c'est comme ça que je vous vois.

« Oui, il me dit “ tu ” d'abord, puis “ vous ”. J'avais compris qu'il ne savait plus où pendre la lumière. Devant moi, lavandière aux mains gercées, il était lui, le dernier de l'équipe à la manœuvre, le prince charmant dont on parle dans les histoires.

— C'est un beau coup ! je lui fais. Avec toutes les langues de pute qui ont dû vous voir sauter dans le lavoir, je suis fraîche moi maintenant ! Vous me faites passer pour quoi ?

« Quand on commence à discuter dans ces affaires-là, monsieur, c'est qu'on a déjà l'hameçon au fond du gosier. Et moi, à chaque parole, je me l'enfonçais un peu plus dans la chair. Je lui tends le paquet pourtant, d'autorité.

— Reprenez ça ! je lui dis. J'ai pas besoin de robe et je suis une honnête femme.

— Qui vous demande d'être le contraire ?

— Vous avec votre robe ! Qui vous a dit, d'abord, que j'en avais qu'une ?

— Le Chiousse ! Il nous a raconté l'histoire à la manœuvre ! Il nous a raconté qu'il vous avait demandé de la faire teindre.

« Depuis qu'il me trouvait moins facile, il me disait " vous " carrément.

— Et alors, je lui dis, comment vous croyez que je vais la mettre devant lui ? Vous croyez qu'il s'en apercevra pas ?

— Il croira que vous l'avez fait teindre. Il sait même pas celle que vous portez en ce moment. Il vous regarde jamais !

— Bon, je lui dis, j'admets que je suis mal mariée, mais de là à tromper mon époux, risque pas !

— Et si vous étiez veuve ? il me dit.

— Ça, risque pas ! Le Paulin il est fort comme un Turc et il faut pas non plus compter sur une indigestion : avec ce qu'il mange et ce qu'il boit, c'est tout juste si vous nourririez un merle ! Il se prive de tout. Il met de côté pour faire bâtir. C'est pour ça que j'ai qu'une robe ! Il est fait pour vivre cent ans. Vous pouvez y mettre le nom de la violette sur moi !

« Je crois qu'en prononçant ces mots, j'ai poussé un léger soupir, le même, ni plus lourd ni plus long que maintenant, le même que je pousse à loisir pour toute l'éternité. C'est ce soupir, sans doute, qui m'a condamnée.

« Nous étions là, l'un devant l'autre, comme deux *estassi*, deux ravis, deux emplâtres, à nous regarder au fond des yeux. Parce que, monsieur, à l'époque, une femme mariée et un manœuvre espagnol qui se mettaient à se plaire, il n'était pas question que d'abord ils s'embrassent, même au fond d'un lavoir sombre.

— Si un jour, dit-il, et sa voix était si basse que je devinais à peine les mots sous sa moustache éblouissante, si un jour je viens vous dire : il est mort, vous me prenez ?

— Vous n'êtes pas un peu momo, non ? Et quel toit j'aurais, moi ?

— Le mien ! il me crie. Moi aussi je suis capable de faire bâtir !

« Il m'en était jamais autant arrivé de ma vie ! Je lui ai dit : " Laissez-moi passer ! " et je me suis enfuie du lavoir avec ma corbeille sous le bras. Mais alors, entre le lavoir et la maison de la mine que le Chiousse avait louée, le roi n'était pas mon cousin. Si j'avais eu quelqu'un à qui le dire, je me serais précipitée : " Tu devinerais jamais ce qui m'arrive ! " Il m'arrivait l'amour ! C'était à peine si j'osais en caresser le mot. Le soir, un soir comme aujourd'hui, monsieur, avait beau être rébarbatif, pour moi il souriait comme un ciel d'été. Le bonheur, monsieur ! Je goûtais le bonheur pour la première fois de ma vie !

« Il s'est passé, oh, peut-être six mois, mais je me le rappelle comme si c'était hier. C'était une nuit comme on n'en voit pas souvent. Le Largue qui coulait à deux cents mètres tirait un mètre d'eau avec un bruit continu de poutre qui craque par le milieu. Un bruit, monsieur, qu'on ne lui entend faire que peut-être quatre fois par siècle. Ça faisait un vacarme infernal. Un vacarme comme j'en entends tout le temps à présent et alors en même temps, dans les arbres, dans les saules trembles, sur les osiers, comme un fouet, il sifflait un vent aussi fort que le mistral bien qu'il vienne de l'est. Il ne souffle presque jamais lui non plus. On l'appelle la cisampe. Et alors, monsieur, en plus, il pleuvait et, à cause de ce vent, il pleuvait à mouiller les murs. Tout à l'heure j'étais sortie pour tirer un seau de charbon sous l'appentis et j'avais reçu une gifle de pluie qui m'avait trempée des pieds à la tête. J'avais dû m'y reprendre à deux fois pour refermer la porte au guichet. Et dehors, alors, sous l'ampoule du croisement de Saint-Maime, on voyait débaroler des ventres de brumes que la nuit vomissait. Et au-delà : rien !

« Notre maison donnait au nord, comme celle de tous les pauvres. Depuis le seuil, si le temps avait été ordinaire, j'aurais dû voir les lumières de Forcalquier, au moins celles de Mane, en mettant les choses au pire, celles de Dauphin sur son dos d'âne qui étaient à pas un kilomètre de moi. Non. Rien. Le noir. Je suis rentrée en frissonnant. C'était une nuit, comment vous dire ? un mot que j'ai appris depuis : une nuit qui meuglait le désespoir du monde.

« Je la menais pas large, mais j'étais tranquille, j'étais quiète. J'étais pas loin, à cause de cette tourmente, de me dire comme le Chiousse : “ Quand on a un toit et une soupe chaude. ”

« Justement ce soir-là, il était parti au travail tout

guilleret en sifflotant. Il venait de faire ses comptes avec son livret de Caisse d'épargne et son Sou des écoles laïques. Il avait même égrené les quelques louis que sa grand-mère lui avait légués à sa mort.

— Bateau ! m'avait-il dit. Avec la loi Loucheur l'année prochaine je fais bâtir !

« Il faisait les trois-huit le Chiousse cette semaine-là. Il avait pris à quatre heures et je l'attendais autour de minuit pour lui servir la soupe. Il y avait une manœuvre pour un train de messageries toutes les nuits vers vingt-trois heures à cette époque. Ça coïncidait avec le passage de l'omnibus Digne-Apt qui laissait toujours le résidu du wagon postal pour Forcalquier. C'était la seule fois dans la journée où ils étaient débordés à la manœuvre — ils étaient quatre — et où le chef devait mettre la main à la pâte plus que d'habitude. Je vous raconte tous ces détails, monsieur, pour que vous compreniez bien. Y compris le Largue, y compris le temps qu'il faisait.

« Bâtir ! je me disais. J'étais quiète, j'étais béate. Mon entrecuisse d'ordinaire si lancinant, je n'en tenais presque plus compte. J'étais proche, je crois, de la résignation sereine. Je me disais : “ Après tout qu'est-ce que c'est ça ? Tu as qu'à oublier. Un jour tu seras vieille, ça t'intéressera plus. Un toit, la soupe, le poêle qui ronfle. Avec la misère du pauvre monde qui est partout là autour, qu'est-ce que tu veux de plus ? Tu auras une maison. Qu'est-ce tu veux de plus ? ”

« Je me rappelle, je me rappelle bien. On me l'a assez souligné. Le sifflet de l'omnibus venait juste de traverser la tempête. Si forte qu'elle soit, le sifflet du train réussissait toujours à la dominer. Il sifflait quand il débouchait du défilé, à la sortie du tunnel de Roche-

Amère. Chiousse, quand il était là, les pieds dans les pantoufles, il se faisait fort de reconnaître le mécanicien rien qu'à sa façon de lâcher la vapeur. “ C'est le Marcel Isnard, me disait-il, qui est à la titulaire. ” Il riait : “ Il doit encore s'être disputé avec la Lucienne. D'habitude, il siffle pas si longtemps. ” Enfin, des choses comme ça...

« Il se passa cinq bonnes minutes. Je *pédassais* tranquillement à la boule une paire de chaussettes dont je refaisais la trame. J'étais réputée pour ça. Ma mère même, qui en était plutôt avare, elle me faisait compliment. Et c'est alors, peut-être cinq minutes après, que j'ai entendu l'omnibus siffler pour la deuxième fois. C'était un sifflement de détresse. Un sifflement comme un cri. Un sifflement — comment dire pour que vous compreniez bien ? — de surprise, tenez !

« Jamais l'omnibus ne sifflait plus d'une fois. Quand il le faisait au sortir du tunnel, c'était à cause de la mine et des mineurs qui traversaient la voie à bicyclette, pour aller prendre leur quart.

« Ce sifflement m'a mis debout au garde-à-vous, moi, ma paire de chaussettes, ma boule et mon brin de laine que j'étais en train d'effiler entre mes lèvres pour passer dans le chas. Et alors tout de suite après, longtemps, longtemps, j'ai entendu crier les sabots des freins sur les roues, plus stridents encore que le sifflet et qui dominaient la tempête eux aussi. Et puis plus rien. Plus rien que les craquements du Largue, que le miaulement du vent dans les fils électriques. Et puis un orage qui commençait, à petit bruit, là-bas, au sortir de Lure, dans le vallon de la Laye.

« Lentement, lentement, je me suis installée de

nouveau sur ma chaise, le buste bien droit, le brin de laine toujours lissé entre les lèvres et j'ai dû rester là, retenant mon souffle, pendant je sais pas combien...

« Je vous raconte très longuement ces choses, monsieur, parce que moi, je me les ressasse pour l'éternité une à une, et quand j'ai fini, je recommence, comme l'antienne des sœurs au couvent des Minimes quand elles se frappent la poitrine pendant toute une nuit.

« Donc, monsieur, je suis là. La soupe est au bord du fourneau, le plus loin possible du foyer pour pas qu'elle épaississe trop. Presque presque, j'étais heureuse rien que pour me savoir à l'abri de la bourrasque qui continuait son train entre les trembles du Largue et les osiers de la Laye.

« Et c'est alors, monsieur, que j'ai entendu sonner mon carillon Westminstère, que c'était mon seul luxe. J'attendais quatre musiques et les douze coups de minuit. C'était l'heure, d'ordinaire, lorsqu'il prenait ce quart-là, où Chiousse soulevait devant la porte la roue avant de sa bicyclette et qu'il entrait, la portant sur l'épaule, pour la mettre bien à l'abri, entre le mur et le fourneau. C'était l'heure à deux minutes près. Et alors le carillon sonne : deux volées seulement au lieu de quatre que j'attendais et puis, tout de suite après, deux coups bien nets bien timbrés au lieu de douze. Je lève la tête : minuit et demi ! Jamais au grand jamais, depuis que nous étions mariés, le Chiousse ne s'était attardé, fût-ce une minute, après son travail. C'était un homme rangé qui ne fumait ni ne buvait et il n'y avait que six cents mètres entre la bifur et notre maison.

« Alors, monsieur, je me suis mise à attendre, sans

plus rien faire, les jambes serrées sur le barreau de la chaise, les lèvres sèches, encore amincies par le passage du brin de laine que je n'enfilais toujours pas à l'aiguille. Mais à attendre les dents serrées. La tempête plaintive creusait sa désolation entre moi et le reste du monde. Et moi j'étais une femme d'ouvrier qui attend la mauvaise nouvelle. Entre la mine et le chemin de fer, il faut dire que depuis mon enfance j'en avais assez entendu raconter de ces attentes, chez la boulangère ou l'épicier, par des femmes aux joues creuses, pour savoir ce qu'elles représentaient. Et le plus souvent d'ailleurs, elles se terminaient bien : " Que j'étais bête de m'en faire comme ça ! Il s'était juste arrêté chez le Spinelli pour lui aider à rentrer son bois ! " Mais parfois ça se terminait mal et c'était une veuve alors qu'on revoyait chez l'épicier. Et pendant des mois, parfois des années on lui parlerait plus qu'à voix contenue pour compatir à son malheur. Voilà ! C'était mon tour maintenant d'être celle qui attendait.

« Le carillon Westminstère avait dévidé son chapelet en plein et sonné une heure quand ils sont arrivés. Rien n'aurait pu m'empêcher de les entendre parce que, pour ainsi dire, j'y aspirais. Le Largue avait beau hurler, les osiers fustiger le courant de la Laye en sifflant, je les ai entendus quand ils étaient encore au moins à vingt mètres de la maison. Il faut dire qu'ils traînaient les pieds. Et le Chiousse, par gloriole, il avait semé dix mètres de gravillon, bien étalé devant notre potager pour faire allée. Il m'avait dit : " Pour éviter la boue " mais je savais bien que c'était seulement pour faire joli.

« Ils ont frappé contre le battant, oh, très doucement ! Presque timidement. Des coups qui n'avaient aucun rapport avec le martèlement lourd de leurs pas écrasant le gravier. Ils avaient dû se disputer cette corvée de frapper à la porte. Et celui qui s'était enfin décidé l'avait fait mal volontiers, dans l'espoir que je n'entendrais pas. Je n'ai fait qu'un bond jusqu'à la porte et je l'ai ouverte en grand.

« Ils étaient trois : le chef de gare qui avait boutonné sa vareuse et deux hommes d'équipe, tous les trois casquette basse comme s'ils se trouvaient devant un monument. Ce monument c'était moi, avec mes dix-sept ans à peine révolus et mes cinquante-trois kilos. Je les vois encore, je les vois pour toujours en même temps que tout le reste car, monsieur, là où nous sommes, les images ne défilent pas devant nous. Nous avons l'horrible privilège de voir tous ensemble et sur le même plan les actes de notre vie. De sorte que le temps n'a pas besoin d'avancer. Il reste immobile devant nous. Eternel ! Une minute valant l'autre !

« Le chef me dit :

— Madeleine, il faut que vous soyez courageuse dans l'âme !

« Et il me tend la main.

— Le Chiousse a eu un accident, dit l'homme d'équipe.

« Et le lampiste ajoute :

— Il est mort !

« Ils avaient dû se partager les mots.

« Vous savez, monsieur, ce qui se passe dans le cœur d'une femme quand la stupeur, la compassion, l'horreur, le chagrin et en même temps l'amour et l'espérance se télescopent ? J'avais l'impression que toutes mes tripes étaient à mes pieds, que ces trois hommes, casquette basse, me voyaient nue de mes tripes, pire que s'ils m'avaient vue nue sous ma robe.

« Là-dessus, ma mère arrive. On avait dû détacher quelqu'un pour la prévenir. Ma mère, dès qu'il y avait du monde, la femme de devoir apparaissait à sa surface. Elle arrivait avec la bouteille de vinaigre à la main, dans l'idée de m'en frotter les tempes si je faisais mine de m'évanouir. Mais je ne m'évanouissais pas. Je pensais : “ Manuel ! ” dans le tréfonds de moi. Dès que la terrible nouvelle est tombée des lèvres de l'homme d'équipe, j'ai pensé : “ Manuel ! ” Oh ! n'allez pas croire : ça ne m'empêchait pas d'être éplorée. Je m'étais effondrée sur une chaise et je criais et je pleurais comme une perdue. Et je mordais mon mouchoir et je n'avais plus de regard pour personne. Mais Dieu, monsieur, dans nos pires chagrins, ne nous a pas enseigné comment faire taire l'espoir. Je pensais : “ Manuel ! ” Et pourtant mon cœur était vide et pourtant je tombais des larmes qui plaignaient mon pauvre mari et qui le regrettaient. Mais il n'y avait rien à faire, en même temps que le désespoir me submergeait, je pensais “ Manuel ! ” de toutes mes forces. Et c'est pour ça surtout, monsieur, que je suis ici aujourd'hui.

« Le chef, ma mère, les deux hommes d'équipe, ils me regardaient tanguer debout comme un arbre qui va s'abattre. Ils étaient tout prêts à tendre les bras pour m'empêcher de m'écrouler sur le plancher. Ma mère avait déjà préparé le tampon de vinaigre. Ça sentait l'ammoniac à plein nez.

« Alors, j'ai fait la seule chose décente qu'il y avait à faire : je me suis ruée vers la sortie en criant que je voulais le voir. Ils m'ont rattrapée entre la porte et le grillage contre les mouches.

— Non, madame, non ! criait le chef. Il faut pas que vous le voyiez !

« Ils m'ont ramenée de force à ma chaise. Ils m'ont fait boire de force une bonne dose d'eau des carmes. Et c'est là qu'ils m'ont raconté.

« Mon pauvre Chiousse avait été victime de son bon cœur, comme toujours. Il existait une navette qui amenait des tombereaux de ballast pour aller remblayer le PK 14 qui glissait toujours. Quand elle avait sifflé, le Chiousse avait dit à ses hommes : “ Restez, j'y vais ”, parce qu'ils mangeaient leur casse-croûte, ce que lui ne faisait jamais pendant le travail.

« Oh, m'a dit le chef, c'était une chose de rien du tout ! Il s'agissait d'ajouter à la rame deux tombereaux qu'il fallait accrocher. Un homme et le mécanicien de la navette, ça suffisait pour ça ! Seulement... Vous vous rappelez que, tout à l'heure, il en tombait comme le bras et qu'il y avait ces touffes de brouillard qui sourdaient d'on ne savait où que, tout d'un coup, on se trouvait perdu dedans ? Et alors, le Chiousse, qu'est-ce qui s'est passé ? Il avait laissé le fanal réglementairement sur le bord du quai, côté rouge, tourné vers la loco et le mécanicien il l'a bien vu malgré le temps qu'il faisait. Et puis tout d'un coup, il a vu — enfin, il dit qu'il a vu — le Chiousse remonter sur le quai et balancer devant lui le fanal côté vert... Ça voulait dire qu'il n'était plus dans l'attelage et qu'on pouvait pousser. Enfin, il dit... Il disait parce que, maintenant, il n'est plus sûr de rien. Il est là-bas, flageolant sur ses jambes. Il a peut-être un quart de litre de *blanche* dans le coco parce que, il a fallu se mettre à quatre pour le retenir d'aller se jeter sous la titulaire quand l'omnibus est reparti avec peut-être une demi-heure de retard. Tre parenthèses, c'est le mécano de la titulaire qui a donné l'alerte. L'omnibus est entré en gare à peine trois minutes après que la rame de ballast lui a rendu la voie libre et c'est lui alors qui a aperçu un corps entre le quai et le rail. C'était le moment où les équipiers du Chiousse ils commençaient à peine à s'inquiéter parce que le mécanicien de la navette venait d'arriver à la baraque et de s'étonner que le Chiousse ne l'ait pas précédé.

« En trois minutes, a dit le chef, on était tous sur voie deux et encore quand je dis trois minutes, c'est parce qu'on avait eu un mal de chien pour débloquer la serrure au local du matériel de secours qui n'avait jamais servi.

« Mais, a-t-il poursuivi, et il a hoché la tête, c'était un méchant convoi de wagons à boggies que de l'un à l'autre, quand ils sont attelés, il n'y a même pas un mètre de distance entre les roues de l'un et les roues de l'autre. Déjà, il faut être souple quand ils sont arrêtés. Alors, vous pensez, quand ils sont en mouvement. C'était ça qui s'était passé : les six wagons qui restaient du convoi, ils lui sont passés sur le corps au Chiousse. Quand on l'a trouvé, il était coupé en deux. Pardon, madame ! Excusez-nous ! C'est le métier ! On se laisse emporter ! Excusez-nous, vous êtes la veuve !

« Je me sentais pas si veuve que ça. La première *estoumagade* passée, ce cri de “ Manuel ! ” que je poussais en moi, j'avais l'impression que je devais me bâillonner pour l'empêcher de sortir. Faut-il vous rappeler, monsieur, que j'avais dix-sept ans à peine ?

Qu'on m'avait mariée de fortune avec ce Chiousse et que, pour ainsi dire, il ne m'avait jamais touchée ?

« Ma mère était sublime, à genoux, au pied de ma chaise, la bouteille de vinaigre à la main. Attentive à mon moindre battement de cil, on aurait dit qu'elle m'aimait.

« Je me suis ramassée encore une fois. Je me suis ruée contre la porte pour aller voir. Je voulais voir ! Je ne savais pas pourquoi je voulais voir mais ça me tenait au bas-ventre. Je ne voulais pas me fier seulement à ce qu'on me disait.

« Mais ils ont encore réussi à me ceinturer, à me ramener à ma chaise.

« Attendez ! me disaient-ils. Attendez ! On peut pas vous le rendre tout de suite. Le Dr Parini et les deux infirmiers de l'hôpital, ils sont en train de le rafistoler un peu pour le rendre présentable. Dans l'état où il est, il vaut mieux que vous le voyiez pas. »

La femme sur le banc fit un silence que combla tout de suite le bruissement des platanes. Moi, Laviolette, je me tournai vers elle attentivement. En dépit de tout le grand mouvement de vie et de mort que ses paroles venaient d'agiter devant moi, elle était toujours raide comme la justice. Et puis elle se remit à parler, toujours de cette voix précipitée, de cette voix qui n'a pas le temps, celle de quelqu'un qu'on cherche partout et qui veut, avant d'être découvert, tout vous dire sur son cas.

« Voilà, monsieur, comment ça s'est passé. La compagnie s'est fendue d'une couronne et on m'a donné cent cinquante francs de pension. Oh, pas longtemps ! Au bout de deux mois, il est venu un inspecteur à la gare, voir si tout marchait bien soi-disant, comme ça se faisait souvent. Ils faisaient ça au mois d'août en général, en pleine canicule et s'ils te trouvaient un seul agent avec la cravate desserrée, ils te lui foutaient un blâme. Il dit au chef celui-là :

— Dites-moi, chef, cette veuve que vous avez à la cité, Chiousse, je crois ? C'est pas moral qu'elle reste comme ça sans rien faire. Ça donne le mauvais exemple.

— Les veuves de guerre..., objecte le chef timidement.

— Tsst-tsst ! lui répond l'inspecteur, les veuves de guerre, c'est l'affaire de l'Etat, ça le regarde s'il veut les entretenir sans rien faire. Tandis que celle-là, c'est l'argent de la compagnie qu'elle mange en pure perte. Tenez, voyez-la un peu. Dites-lui que si elle veut devenir cheminote auxiliaire, on lui donnera cinquante francs de plus que sa pension. Dites-le-lui et faites en sorte qu'elle accepte. On peut pas lui lever sa pension bien sûr, mais enfin, vous, vous pouvez lui faire miroiter que le cas échéant...

« C'est le chef qui m'a raconté cet entretien longtemps après. Enfin, ça tombait bien. Moi, cinquante francs de plus, bateau ! Par chance, celle qui distribuait les billets à la gare de Mane, elle venait de mourir poitrinaire. On m'a mise à sa place. C'était pas tuant : j'avais quatre trains par jour, dix à douze tickets à délivrer et la moitié moins à poinçonner au portillon.

« Je gagnais guère mais enfin je gagnais ! C'est à partir de là, d'ailleurs, que ma mère a eu de la considération pour moi. Il n'y a pas si loin qu'on croit de la considération à l'amour. Au bout de six mois de mon veuvage, elle me disait déjà : " Tu as ton cache-col ? Prends pas froid au moins. » Elle m'en avait jamais tant dit, étant gosse, quand je claquais des dents sous mes tabliers noirs élimés.

« Six mois, un an... Je commençais à être zieutée par toute sorte d'hommes. Vous pensez : dix-huit ans et deux cents francs par mois ! Mais ils n'osaient pas. C'était encore trop frais. Quant au Manuel, je le voyais de loin, à la manœuvre. Il ne me regardait pas. Je me disais : " Il t'a oubliée. " Ça a duré encore un an. Ma mère inquiète me disait : " Tu te remaries pas ? — Eh ! trouve-m'en un ! — Tu es à la fin de ton grand deuil. Tu devrais le faire savoir. Habille-toi de gris ! — Tu crois ? " J'ai fait ce qu'elle jugeait utile.

« Alors là, un soir, je revenais de Mane après le dernier train, en tenant ma bicyclette à la main. J'avais pris par le raccourci du chemin des Reines. En passant la corne du mur aveugle, sous la grange des Encontres, j'entends un souffle et je me vois le Manuel devant moi. Il avait dû me guetter par le porche depuis les balles de paille.

— C'est vous, je lui dis, vous m'avez fait une brave peur !

« Ça n'était pas vrai. Il m'avait fait un brave *estampeou* dans le cœur, mais ce n'était pas de la crainte, c'était un grand ébouriffement de bonheur. Je croyais qu'il m'avait oubliée. Je le lui ai dit. Il m'a répondu :

— C'était trop tôt. J'attendais que vous vous habilliez de gris. C'est la robe que je vous avais donnée ?

— Oui. Mais je l'ai fait teindre.

— Bon. Vous voulez qu'on se marie ?

— Tout de suite, si vous voulez !

« On s'est rué sur les balles de paille dans la grange des Encontres. La nuit tombait. Enfin j'ai pu tendre mes mains vers ses moustaches pour les caresser. J'avais le mur des balles de paille qui me surplombait et j'écoutais le vent qui soufflait et je lui appuyais à pleines mains sur la nuque, au Manuel, pour bien sentir ses moustaches m'effleurer le bas-ventre. Personne ne m'avait jamais fait ça et il y avait si longtemps que j'en avais envie !

« Quel bonheur que ce vent qui soufflait ! Vous avez déjà fait, monsieur, l'amour dans une grange avec le toit très haut au-dessus de vous et le vent qui fait clapoter les tuiles ? Après, on ne se souvient plus de l'amour mais ce bruit du vent sous les tuiles qui est toute la vie du monde, on l'entend jusqu'à son dernier souffle.

« C'est là que j'ai dû commencer mon premier enfant. J'en ai fait trois. Cinq ans, dix ans, la vie s'avançait. Dix ans où sans dire un mot et à quoi que je sois occupée, le Manuel chaque fois qu'il arrivait me poussait dans la chambre sans ménagement.

« Cinq ans, dix ans et puis un beau soir il arrive, il s'affale sur la chaise et il me dit :

— Je l'ai vu.

— Tu as vu quoi ?

— Le fanal.

— Quel fanal ?

— Celui que portait le Chiousse, ton mari, la nuit où il est mort. Et lui, il était derrière.

— Qu'est-ce que tu barjaques ? Il est mort depuis dix ans !

— Moi aussi je le croyais mort depuis dix ans. N'empêche que je viens de le voir.

« Moi, je mets ça au fond de ma poche avec mon mouchoir par-dessus et j'éteins la conversation en lui servant sa soupe. Mais je sentais bien que quelque chose venait de se produire. Ma mère me l'avait assez dit :

— Tu verras ! A mesure que tu grossiras puis que tu épaissiras ou bien au contraire — qui peut savoir ? — que tes fesses maigriront jusqu'à pendre en goutte d'huile ; à mesure qu'on t'arrachera quelques dents ou que tes cheveux deviendront comme de l'étoupe, tu verras ! le Chiousse, ton premier mari, il apparaîtra au second de plus en plus beau au lointain !

« Mais ce n'était pas ça. J'avais toutes mes dents. Trois enfants à trente ans qu'est-ce que c'est ? Je passais une règle sous mes seins comme à vingt ans. Ils ne la touchaient de nulle part. C'était comme si je n'avais jamais allaité. Mais il ne m'entraînait plus vers la chambre et même quand il était dans le lit à côté de moi, il se poussait à l'extrême bord de peur de me toucher.

« Heureusement, j'étais devenue aussi passive qu'une baleine et après le ravissement de la grange, il ne m'avait pas fallu attendre longtemps pour comprendre que le Manuel, il était bien trop autoritaire pour me laisser prendre mon plaisir à ma guise, à petites gorgées, il fallait que je crie tout de suite. J'avais fini par le faire machinalement et lui, après, il se tenait quitte.

« Dans ces conditions, le fait qu'il me laisse les trois quarts du lit ça me faisait plutôt plaisir. Et alors, sur ces entrefaites, une nuit, il me saisit le bras, il le serre, il me dit :

— Ecoute !

— Qu'est-ce que tu veux que j'écoute ?

— Rien !

« Et il se rendort. Mais c'était pas fini ! Vous savez, monsieur, moi, mon mari, il avait de l'ambition. Il avait fait tout ce qu'il faut pour ne pas rester à la manœuvre. Il était monté en grade. Il avait maintenant un col en celluloïd aux pointes rondes et une cravate réglementaire. Nous avions une maison qu'il avait bâtie de ses mains. Bref, ce n'était plus le même homme. J'aurais dû me méfier.

« De temps à autre, c'était comme s'il avait bu et pourtant il était sobre comme l'argile, de temps à autre il arrivait, il s'affalait sur la chaise, il se mangeait les moustaches, il se rongeait les ongles. Je me disais : “ Il va mettre combien de temps avant de te dire ? ” Il attendait que je lui aie servi la soupe. Des fois d'avoir mangé le fricot. Et puis tout d'un coup, il m'attaquait à brûle-pourpoint :

— Je l'ai encore vu.

— Qui ?

— Le fanal.

« Je haussais les épaules.

— Tu te l'imagines !

« Et puis alors, une nuit, brutalement, il me réveille, il me tire vers lui comme une couverture, il me colle contre lui comme s'il voulait me faire l'amour, mais non ! C'était pour se faire un rempart de mon corps. Contre qui ? va chercher ! Je sentais bien comme mon corps lui était étranger, combien peu le sien et le mien lui importaient. Il claquait des dents. C'était un pauvre homme.

— Il faut que je te dise quelque chose : Chiousse, ton mari, c'est moi qui l'ai tué.

— Et alors ? C'est pour ça que tu fais tout cet estampeou ?

« Il me lâche tout de suite comme s'il touchait un fer rouge.

— Tu le savais ?

— Tu me l'as dit ! La fois que tu m'as dégringolé dessus, dans le lavoir, tu m'as dit, tu dois te rappeler, tu m'as dit : " Et si vous étiez veuve ? "

— Et tu supportes de coucher avec un assassin ? Et tu m'as jamais rien dit !

« Alors, je me souviens que, horizontale dans mon lit comme j'étais, j'ai quand même haussé les épaules avec toute la lassitude du monde et que je lui ai répondu :

— Je l'aimais pas, lui non plus. Nous étions un couple perdu comme il y en a tant. Seulement, moi je lui faisais la soupe et lui il m'abritait sous son toit. C'est ça l'amour quand on est pauvre.

« Alors, en entendant ça il me serre encore plus fort. Je crie. Ça réveille mon dernier-né qui n'avait que quatre ans et qui dormait encore dans notre chambre.

— Tu savais, salope ! Tu savais et tu n'as jamais rien dit ! Et ça ne t'a jamais gênée de coucher avec un assassin !

— Et toi ? Ça t'a gêné d'en être un, peut-être ?

« Alors il me lâche. Le gamin se rendort.

— Tu as raison. Ça ne me gênait pas. Mais... Depuis quelque temps alors, c'est plus pareil.

— Tu te l'imagines ! Tu n'as qu'à rien imaginer et à me faire l'amour. Ça t'endormira.

« Alors il me fuit brusquement. Il se rencogne à l'autre bout du lit. Il me dit :

— Non. Il est là, entre nous. Je ne peux plus te faire l'amour.

— Eh ben alors, nous sommes propres ! Je pensais que ça te reviendrait un jour.

— Jamais !

« J'entends qu'il se frappe le front avec force.

— Jamais ! Il est ici !

« Et alors, à voix basse depuis son coin, il me raconte :

— Rappelle-toi la pluie battante ce soir-là. Le brouillard, la tempête, rappelle-toi ! A cent mètres on voyait pas le sémaphore. Je savais que le pauvre Chiousse avait bon cœur. Je m'étais dit : " Un beau jour, il te donnera barre. " Et alors je le guettais. Et alors, ce soir-là, n'étant pas de l'équipe, j'étais venu voir. Je l'ai vu de loin arriver seul sur le marchepied de la navette. D'habitude ils étaient deux. Je l'ai vu mettre pied à terre et balancer son fanal le long du quai, avec le convoi de la navette qui avançait par secousses. Il y avait maintenant plus de cent mètres entre les deux tombereaux que le Chiousse devait décrocher et le mécano qui le suivait des yeux depuis la motrice. Alors, il a posé son fanal au bord du quai côté rouge et il est descendu sur la voie. J'étais dans les fusains, entre le hangar des messageries et l'aiguille du poste un, que normalement, le Chiousse devait tourner avant de lever son fanal. Le brouillard s'est épaissi. Je voyais le Chiousse appuyé contre la paroi d'un des tombereaux, le pied bien calé contre la traverse, entre les tampons de l'attelage qu'il dévissait posément. A vingt mètres, moi, c'est à peine si je le voyais à travers le brouillard, alors, tu penses, depuis la machine. J'ai pas hésité. Je me suis rué sur le fanal, je l'ai tourné côté vert et je l'ai balancé à bout de bras. — Je me vois encore ! — J'avais la transpiration qui me collait la chemise sous les bras et pourtant il faisait froid ! Mais je t'aimais ! Tu sais pas ce que c'est toi : aimer !

— Oh si, je l'ai su avec toi, mais tu me l'as fait passer. Tu es comme les autres. Le plaisir, vous vous en foutez ! Sauf du vôtre !

— Tais-toi ! Parle pas de plaisir ! J'en aurai jamais plus !

« Alors, il me raconte :

— Y a trois mois que ça me tient. Il y a trois mois il a fait le même temps que ce soir-là ; avec du vent, avec de la tempête, avec des branches qui pétaient dans les platanes et puis tout d'un coup l'accalmie et le brouillard qui s'abat sur le Largue. Il roulait vers moi à la vitesse d'un train en marche quand j'ai pris mon quart. Il faut quand même que je te dise : quand le mécanicien a mis la vapeur en voyant mon fanal, le Chiousse n'a pas poussé un cri. C'est le coin du tombereau qui a dû l'ensuquer. Mais après, moi, j'ai entendu craquer ses os quand le premier boggie lui est passé dessus, puis le second, puis peut-être tous les autres et pourtant j'étais loin, j'étais déjà en train de traverser le champ de betteraves du Trichaud. Personne n'a pu me voir. Personne !

« Il a fait une pause le Manuel après ces mots et puis sans me regarder il a ajouté :

— Personne sauf moi.

— Et alors ? Qu'est-ce que tu t'en fais ? Ni vu ni connu, je t'embrouille !

« Alors, il se retourne dans le lit comme une vipère qu'on lui marche dessus. Il me serre de nouveau la gargamelle mais cette fois à me faire sortir la langue. Il me fait :

— Je t'ai dit sauf moi !

« J'ai cru ma dernière heure arrivée. J'ai vu les sept chandelles du Christ. Heureusement il m'a lâchée tout de suite. Il est retombé comme une crêpe sur le matelas. Il pouvait plus souffler. Il était plat comme un mort. Il s'est passé un temps pendant lequel je me tâtais le cou pour savoir s'il me l'avait pas cassé. Mais non. J'étais plus solide que ça. Et puis le Manuel ce n'était pas me tuer qu'il voulait, c'était me parler, c'était dire.

« J'attendais dans le silence. Je pensais au chef de gare glabre qui me regardait pensivement celui-là comme s'il regardait une plante qu'on a oublié d'arroser. Je me disais : “ C'est curieux, à seize ans, c'étaient les moustaches qui te plaisaient. Maintenant elles te font tout juste rire. Quand as-tu changé ? Et pourquoi ? ” C'est vous dire que les confidences du Manuel me passaient au-dessus de la tête. Quand on n'aime plus, rien de ce qui intéresse l'autre ne vous intéresse plus. Pourtant ce qu'il disait me concernait aussi.

— Ils ont couvert les traces de son sang avec une pleine balle de sciure pour les boire. Le lendemain je suis passé — il fallait bien que je passe — et je l'ai vue cette sciure. J'en ai senti l'odeur de cercueil neuf. Elle a persisté pendant quinze jours. Le vent des trains à chaque passage la soulevait jusqu'au quai. Parfois je marchais dedans. Et puis alors, l'autre soir. Enfin... il y a peut-être un mois, ce soir dont je te parle, ce soir qui était le même qu'il y a dix ans, j'étais en train de lire les nouvelles consignes pour les messageries. Tout d'un coup, j'entends qu'on frappe au carreau. Je me retourne, je vois une main qui tente d'essuyer sur la vitre le brouillard et la pluie... Une main... Comme une serpillière, blanche comme le marbre, mais c'est après, à la longue, que je me suis dit tout ça. Sur le coup, j'ai cru que c'était une main comme une autre, sauf qu'elle portait une alliance anormale, je veux dire qui étincelait d'une lumière qu'elle paraissait produire parce que, la lampe de la manutention, le bureau où j'étais, elle faisait à peine soixante bougies. Elle ne pouvait pas éclairer cette bague au point qu'elle étincelle comme ça. Enfin, c'est ce que je me suis dit sur le coup. Et cette main, cette main, elle me faisait signe, elle me disait : " Viens ! "

— Mon Dieu ! je lui fais, et je me mets à claquer des dents. Mon Dieu ! C'est pas possible !

— Mon Dieu ! Tu peux le dire ! Tu aurais dû le dire avant ! Tu aurais dû le dire ce jour du lavoir quand je t'ai dit : " Et si vous étiez veuve ? " et que tu m'as répondu toutes ces longues phrases au lieu de me dire " Non ! ".

« Moi, j'étais tellement estomaquée et par la chose qu'il m'annonçait et par le reproche qu'il me faisait que je restais sans voix devant les deux. Je me souviens, je suis payée pour me souvenir, — à peu près toutes les trois secondes, comme le va-et-vient du balancier dans une pendule —, je me souviens qu'un coq a chanté. Il était trois heures du matin. Une heure encore, le Manuel m'a parlé et il m'a dit :

— Va savoir pourquoi j'ai tout de suite pensé que c'était le Chiousse ton mari qui me faisait signe là-dehors ? Tu sais, c'était un signe impératif, un geste de la main qui ne souffrait pas d'attente, qui comptait bien qu'on allait lui obéir séance tenante. Enfin... un signe qui ne pouvait pas venir d'un vivant.

— Et tu lui as obéi ?

— Tout de suite ! J'ai même bousculé ma chaise. Elle est tombée à la renverse derrière moi, à cause de ma veste qui faisait contrepoids sur le dossier. Dehors, il faisait le même temps que la nuit où je l'ai tué. Tu sais : une nuit mi-figue mi-raisin, une nuit où rien ne se décide à prendre des contours définitifs, une nuit où l'on croit rêver... C'est à peine si je devinais cinquante mètres de rail devant moi. Je ne distinguais pas l'œil rouge du sémaphore, fermé depuis que le dernier train était passé. Et alors... Il n'y avait personne. Personne, je te dis ! Que moi ! La nuit, les rails qui luisaient et la Laye et le Largue en crue qui rugissaient ensemble en fouettant la berge. Je cherchais partout : un homme, une présence, quelque chose enfin ! Rien ! L'hospice de Mane sonnait deux coups, là-haut, vers le nord. J'allais rentrer. J'avais froid. Alors je l'ai vu...

— Après dix ans ! que je lui fais désolée.

— Tu crois que ça compte, toi, dix ans, pour un fantôme ?

« Il a soupiré :

— Et d'ailleurs ce n'était pas un fantôme, enfin... Pas celui que tu crois. C'était le fantôme d'un fanal. Il était là-bas, au cœur du brouillard, tout seul au haut bout du quai, posé par terre presque à la dernière aiguille. Il me regardait m'avancer vers lui, de son œil carré et vert. J'étais hypnotisé : J'entends encore mon pas crisser dans la gravette du quai. Je me vois encore, face à face, tout seul avec ce fanal par terre, posé là bien en évidence, avec ce tremblement de la flamme dans le manchon sous la vitre verte, qu'on ne distingue que lorsqu'on est tout à côté. Et je pensais à la main qui avait allumé cette flamme — Où ? Quand ? parce que... ce fanal, ce fanal, il y a cinq ans qu'il n'est plus en service, c'est un modèle périmé, un modèle qu'on a retiré des lampisteries.

— Mon Dieu ! que je fais encore.

« Et cette fois je m'assieds toute droite sur mon séant et je tire les draps sur mes seins comme si eux et le fantôme que je voyais n'étaient pas du même monde.

— Et d'ailleurs, poursuivit Manuel, c'était le Guende de Pitaugier qui était de service cette semaine-là. Un minutieux, un qui passait tous les jours les fanaux à la pâte à sabre. Il n'en aurait pas laissé traîner un sur le quai mal à propos, surtout par une nuit pareille !

— Et alors ? Qu'est-ce que tu as fait ?

— D'abord, j'ai pas osé y toucher. Tu comprends ? J'avais peur qu'il soit impalpable. J'avais peur que ce soit seulement dans ma conscience qu'il existait. Et puis j'ai senti l'odeur du pétrole, alors j'ai compris qu'il était vivant. Alors je me suis penché, je l'ai saisi par la poignée — il m'a fallu une brave force de caractère pour risquer ce geste parce que je pensais à la main qui l'avait empoigné avant moi ! J'ai soufflé la flamme dans le manchon — et le temps et le souffle qu'il m'a fallu pour arriver à l'éteindre ! — et... J'ai pas réfléchi ! Je l'ai caché sous ma vareuse comme si je venais de le voler. Il me brûlait le flanc d'ailleurs. Il ne refroidissait pas ! Alors, j'ai traversé les deux prés derrière le hangar aux marchandises. Auparavant, j'avais décroché une triandine à la réserve de la voie.

J'ai foncé jusqu'au lavoir de la Serve, le seul endroit où la terre devait être sèche sous la toiture, le seul endroit qui me paraissait un refuge dans ma panique.

— L'endroit où tu m'as vue pour la première fois.

— Comment ? Ah oui ! Mais ce n'est pas de ça que je me souvenais. J'ai creusé la terre avec la triandine. Elle était meuble heureusement. J'ai enfoui la lanterne dans le trou. Elle était encore chaude ! Elle était aussi chaude que si la flamme l'éclairait encore ! Tu crois que c'est naturel toi, ça ? J'ai bien tassé la terre dessus. Je suis sorti. Le jour venait à travers les osiers du Largue. Il ne parvenait pas à soulever la nuit. J'ai pu me glisser jusqu'à la gare en faisant croire que j'étais resté endormi. Je croyais en avoir fini.

« Et moi, je me tenais coite. J'étais froide et sans passion. Ou plutôt, j'étais chaude et passionnée pour un autre que ce Manuel qui m'avait fait trois enfants, qui était mon mari, qui avait tué pour moi, que j'avais aimé, un an ? cinq ans ? Je ne sais pas. Quand on n'aime plus, mon pauvre monsieur, le temps pendant lequel on a aimé n'a pas de limites qui soient notables. On ne sait plus le dater. Comme si ça n'existait pas dans le même monde que celui dans lequel on vit.

« Moi, j'avais dans la *bane* le chef de gare. Il était ployant comme un roseau et souple comme une canne à pêche ! Tandis que le Manuel, depuis qu'il mangeait tout son saoul, il commençait à avoir du ventre qui lui surplombait le ceinturon et il était rigide comme la justice. En plus, il ne me touchait plus et moi j'avais encore trente ans.

« Alors, ce chef de gare, il s'appelait Paul, il me zonzonnait dans la tête comme un moustique autour de la lampe. Il me rendait distraite et légère devant toutes les choses pénibles du journalier. Il m'éclairait. Ce qui fait que, tout compte fait, je suivais avec le plus grand calme les démêlés de Manuel avec sa lanterne.

« Il arrivait à bout de souffle. Il se laissait choir sans force sur la chaise en paille verte de ma chambre à coucher. Il me disait :

— Maintenant, toutes les nuits où je suis de garde, je guette l'obscurité derrière les vitres de la manutention. Quand c'est clair tout va bien. Je vois la ligne d'horizon au-dessus de Lure et la lampe Carcel et les dossiers verts de l'administration qui se reflètent dans la vitre. Mais quand il fait mauvais, quand il y a du brouillard, alors c'est un mur entre la nuit et moi. Je n'y vois plus rien. Je m'attends au pire. Puis je me rassure, je me dis que si tous les assassins étaient ainsi traqués par le fantôme de leur victime, il n'y aurait plus depuis longtemps que des innocents sur la terre. C'est alors que la main apparaît. Elle est comme un grand-duc qui se heurte mollement à la vitre. Elle écarte la pluie et le brouillard comme si elle voulait à toute force me démasquer, me débusquer. Tu le sais toi le visage qu'il y a au bout de cette main ? Dans le prolongement de ce bras ? Il m'est arrivé de bondir comme un léopard dehors pour enfin savoir. Mais rien ! La nuit ! Et là-bas, au bout du quai, le fanal ! Bien visible ! Bien vert ! Tout seul !

« Il m'a dit sans reprendre souffle :

— Maintenant, je fais la noria peut-être quatre fois par mois entre le bout du quai et le lavoir de la Serve. La terre en est farcie de ces fanaux 135 que j'y ai enfouis. Je ne sais pas où le fantôme de Chiousse a pu en prendre tant !

« Et moi j'écoutais toutes ces divagations et j'étais

sereine. Vous ai-je dit, mon pauvre monsieur, que depuis qu'il voyait des lanternes partout, mon pauvre mari s'était mis à boire ? Et moi je n'étais plus là pour le soutenir. J'avais mon chef de gare blotti dans mon imagination. Il faut dire que celui-là, chaque fois qu'il pouvait me coincer, il me faisait l'article.

— Vous savez, mignonne, on en a de la chance quand on a cette réputation légendaire d'être cocu ! Il y a des voyageuses qui ont toujours envie de consoler le chef de gare pour son cocuage. De sorte qu'elles se hâtent de vous apprendre tout ce qu'elles savent et tout ce qu'elles veulent. Elles vous lavent d'un coup d'avoir toujours été virtuellement cocu ! Elles vous prouvent, rotondités en mains, que, grâce à elles, vous pouvez en savoir autant que quiconque sur l'art du déduit ! Voici pourquoi, mignonne petite, je me prétends apte à vous consoler.

« Je riais, moi, je lui disais : “ Vous pouvez toujours courir ! ” Mais mon rire et mes paroles, mon regard suffisait à les démentir.

« La chose a duré peut-être encore trois mois. Je voyais le Manuel se débattre comme un lapin pris au collet. Il ruait de l'âme dans tous les sens. Quand par hasard son regard croisait le mien j'y voyais un fanal vert au fond. Il ne s'occupait plus de ses enfants, lui dont c'était l'orgueil. J'étais allée voir furtivement au lavoir de la Serve. Le sol autour du bassin était meuble comme celui d'un champ labouré. Les traces des deux vieilles qui venaient encore y blanchir leur linge se pressaient et se mélangeaient encore sur la terre remuée. Il n'y avait plus qu'elles, ces deux pauvres veuves, qui venaient y laver. Nous autres, aux cités, notre orgueil c'était d'en avoir un pour chacune, à côté de la porte, de ces lavoirs en ciment qu'on livrait tout prêts et qui rendaient tant service. Ce jour-là, j'ai frissonné en me rappelant le jour où il avait surgi devant moi, dans ce lavoir, mon mari qui maintenant voyait des lanternes partout.

« Et une belle nuit c'est encore arrivé. J'avais été réveillée en sursaut vers trois heures du matin par l'express Veynes-Avignon qui ne s'arrêtait pas à la bifur. Il passait comme un ouragan, sans avertissement, débouchant du tunnel de Roche-Amère par le corridor du Largue qui masquait son approche. On ne l'entendait, d'ordinaire, que lorsqu'il avait dépassé la gare et qu'il s'engageait déjà dans la tranchée d'Ardantes. Mais cette nuit-là, ce qui m'avait réveillée, c'est qu'il avait sifflé, c'est que j'avais entendu le crissement de panique du convoi freiné à mort qui met interminablement longtemps avant de s'immobiliser. Quand on est femme de cheminot, monsieur, le bruit caractéristique d'une rame qui s'arrête sans qu'il y ait de raison, ça ne dit jamais rien qui vaille. Je suis restée là une heure à retenir mon souffle, à attendre que le train reparte. L'hospice à Mane a sonné quatre heures, très loin, plus loin me semblait-il qu'à l'ordinaire. Alors l'express est reparti et moi machinalement qu'est-ce que j'ai fait ? Je me suis mise à m'habiller. Oh, je le faisais sans me presser. Je me disais : “ Tu es folle ! Qu'est-ce que tu fais ? ” Mais j'allais quand même : un bas, mes cotillons, mes chaussures. J'étais fin prête lorsqu'ils sont arrivés.

« Ils arrivaient, comme dix ans auparavant, à trois, Paul, que je n'appelais plus le chef de gare, en tête. Ils arrivaient sur la pointe des pieds, aussi doucement qu'ils pouvaient, comme si, tant que possible, le fait de retarder le moment où j'apprendrais la vérité pouvait faire quelque chose à l'affaire. Moi, sans m'en rendre compte, je frissonnais depuis que l'express avait freiné. J'étais secouée comme la carcasse branlante d'une maison dont on a laissé toutes les issues béantes par un soir de grand vent. Je claquais des dents.

« Ils ont sonné. J'avais fait des progrès depuis mon premier veuvage, la maison de Manuel, elle avait une sonnette électrique dont il suffisait de pousser le bouton. Ils ont sonné donc et je suis descendue. Ils m'ont dit ce qu'ils avaient à dire. Paul m'a serrée dans ses grandes mains :

— Ma pauvre Madeleine, soyez courageuse dans l'âme !

« Je l'étais. J'avais des bras pour m'y accrocher. Je ne sais pas comment je me suis retenue pour ne pas m'y blottir.

« Cette fois, ma mère s'était abstenue de m'apporter le vinaigre. Elle avait dit : “ Elle a presque trente ans. A trente ans on prend ses responsabilités. ” Et, comme elle disait toujours : “ Comme on fait son lit, on se couche. ” Elle avait raison. A trente ans, on a la dignité du malheur. Je l'avais. On a pu dire tout de suite : “ Cette Madeleine, elle a une brave force de caractère. Moi, à sa place... ”

« Personne ne pouvait se mettre à ma place. Je hurlais intérieurement à la fois de douleur et de joie comme un vrai chrétien quand il entend la messe. J'étais torturée parce que la mort de Manuel me raccrochait au passé, mais je voyais avec allégresse poindre l'avenir du côté de Paul, le chef de gare. Je me souvenais de la chanson qu'avec une sombre satisfaction chantait toujours ma mère :

Ne donne un baiser mignonne
que la bague au doigt !

« Je n'avais jamais donné de baiser à Paul. Je ne lui avais jamais laissé entendre que je pouvais l'aimer. Je ne lui avais jamais donné l'occasion de croire que j'étais curieuse de lui à en perdre l'esprit.

« C'est que l'histoire du Manuel et de son fanal m'avait servi de leçon. Ce qu'il fallait surtout, dans la vie, c'était garder la conscience tranquille. Et ça je l'avais. Aucun de mes maris je ne l'ai jamais trompé de son vivant.

« Simplement — et je me souvenais de cet acte en ce moment même comme si un vigilant comptable tenait à me le souligner — je me souvenais simplement d'une rencontre, une seule, qui avait été décisive. Un soir, un soir d'hiver, j'apportais la biasse au Manuel pour qu'il mange chaud, parce qu'il gelait à pierre fendre et qu'il faisait les trois-huit (c'est-à-dire huit heures de file sans rentrer à la maison). Paul m'avait ouvert grand son bureau pour que je me chauffe autour de son poêle.

« C'était un jour désespéré comme il y en a tant dans la vie d'une pauvre femme. Un de ces jours où la lessive ne sèche pas entre le vent marin et les giboulées de neige. Un jour où la fin du mois paraît être en galère avec ce que l'homme vous alloue pour y arriver. Un jour enfin, où il ne vous reste plus, en pure perte, que votre envie de faire l'amour pour vous tenir droite.

« Il devait sentir que j'étais mûre comme une pêche au bout de son pécoul parce que jamais il ne m'avait tant enveloppée de sa présence soyeuse. Je voyais sa grande bouche aux lèvres glabres qui me susurrait des choses prometteuses, des choses que mon corps aimait à entendre à mon âme défendante. Alors, comme je n'en pouvais plus d'attendre, comme je penchais vers lui sans retenue, je lui ai dit comme un aveu :

— Vous savez, Paul, ce jour où le Chiousse est mort, ce jour où vous êtes venu me l'apprendre... Le fanal, il n'est pas passé tout seul du rouge au vert ! Quelqu'un l'a tourné.

« J'avais approché du dessus du poêle et bien tendu mes deux mains de lavandière tuméfiées à force de gerçures. Il les a prises entre les siennes comme pour les examiner.

— Vous avez de très jolies mains, m'a-t-il dit. Nous pourrions...

« Je les lui ai retirées sans lui laisser le temps de croire que mes mains, mes mains, il les avait apprivoisées.

— Rien du tout ! lui ai-je dit. Nous pourrions rien du tout ! Vous savez quelle chanson me chantait ma mère pour ne pas me laisser bercer d'espoir ?

« Et je lui fredonne :

Ne donne un baiser mignonne
que la bague au doigt !

— C'est la ballade de Méphisto ! s'exclame-t-il.

« Il fait un petit silence et il me dit :

— En somme, pour vous conquérir, il faut tourner la lanterne ?

« Cette fois j'ai fait le sphinx. Je n'ai dit ni oui ni non, ni par mon regard ni par mon silence. Il en a pris ce qu'il a voulu. Ça a été la seule déclaration d'amour qui ait jamais existé entre nous.

« Alors, après mon second malheur, il a laissé passer le temps convenable. Un soir il est venu seul. Il s'est assis. Je n'ai pas ouvert la bouche. Je lui ai seulement servi la goutte.

— Je ne t'épouse pas, m'a-t-il dit à brûle-pourpoint. Tu perdrais ta pension.

« Mais quand il a approché sa grande main pour me souligner les fesses — elles me brûlaient pourtant ! — je l'ai écarté fermement et je lui ai dit :

— Pas ici !

« On est allés se perdre dans la campagne tous les deux. C'était l'été. On s'est promenés sur les aires, devant la ruine de Sainte-Agathe. Vous savez ? La chapelle qui domine la gare, là-haut. On était assourdis par le bruit des grillons. Je ne me suis laissé coucher dans le groussan que lorsque la nuit fut venue. Vers trois heures du matin, le serein nous a saisis. Nous sommes rentrés frileusement chez moi et, malgré l'été qu'il faisait, j'ai allumé du feu dans la cheminée de la salle à manger. Alors, sur le canapé, il m'a ouvert son grand bras pour que je me blottisse contre. On n'avait plus envie que de tendresse, tellement on était repus. Et c'est là qu'il m'a dit :

— Puisque tu parles toujours de passer la bague au doigt, je vais te dire : la lanterne, c'est moi qui l'ai posée tant de fois au bout du quai. Je le minais le Manuel, ton mari, je le dégoûtais de toi. Je me disais : “ Quand elle en aura assez d'être à jeun, elle viendra bien à la fin. ” Mais tu tardais. Je t'entendais fredonner “ la bague au doigt ”, ce que tu faisais machinalement, sans t’en rendre compte. Alors un jour, après avoir bien réfléchi je me suis dit : “ Après tout, pourquoi pas ? Il est tellement ferré comme un poisson à l’hameçon qu’il est foutu, tout par un jour, de passer devant l’express pour aller récupérer le fanal. ” Quand tu m’avais fait confidence de ses hallucinations, le jour où tu m’as avoué qu’il avait tué le Chiousse, j’étais allé déterrer la lanterne pour voir si tu disais vrai...

— La confiance..., je lui ai dit.

— Quoi la confiance ? Tu crois que c’était facile de croire une chose pareille ? Je vais te dire, Madeleine, quand je l’ai sentie sous ma main cette lanterne, j’en ai eu froid dans le dos et ce froid, depuis, il ne m’a plus quitté. Enfin bref ! Je m’en servais pour l’user jusque-là, pour lui faire constater que le sacrifice était trop lourd et que tu n’en valais pas la chandelle. Seulement c’était long, tu ne venais pas, alors j’ai passé le fanal de voie une sur voie deux. Tu sais comme il y a souvent du brouillard, même l’été, au bord du Largue ? Comme souvent nous autres, dans nos gardes, nous nous croyons entre le rêve et le réel ? Je dissimulais la lanterne sous ma vareuse quand il faisait une de ces nuits propices. J’allais la déposer au bord du quai deux quand l’express était signalé. Je revenais sous la pluie sur mes semelles de crêpe jusqu’à la manutention où je savais que Manuel attendait ce qu’il croyait que j’étais. J’essuyais la brume sur la vitre. Je frappais violemment au carreau. Je lui faisais signe impérativement. Il se levait comme un seul homme. Il se ruait sur la porte qui force toujours un peu comme tu le sais, ce qui me donnait bien le temps de tourner le coin du mur. D’ailleurs, pas une seule fois, tu entends bien ! pas une seule fois il n'a fait le tour du bâtiment. S'il avait eu cette idée il serait tombé sur moi et il aurait compris qu'il y avait un homme sous cette manigance. Mais non ! Pas une fois ! Il n'avait qu'une idée : foncer sur la lanterne pour l'éteindre, parce qu'il croyait que tout le monde allait la voir, que tout le monde allait comprendre pourquoi, toute seule, elle le poursuivait.

« Il haletait un peu, Paul, en me racontant son crime. J'aurais dû comprendre alors que tout ça il ne l'avait pas fait de gaieté de cœur. Il m'a dit encore :

— Oh, ça n'a pas pris tout de suite ! Il y avait une chance sur cent. Une fois, deux fois, trois fois ça a raté. Au dernier moment le Manuel se rappelait qu'il était fait de chair et d'os et l'instinct de conservation le clouait au sol pendant que l'express passait. Moi, j'étais planqué dans l'ombre de l'abri aux voyageurs, où la nuit on éteignait la lumière. Je serrais les fesses. Je m'attendais au pire. J'étais presque soulagé quand, tout de suite après le tonnerre de l'express sur les rails, j'entendais la course folle du Manuel qui fonçait sur la lanterne et qui l'emportait vers la Serve, sans se rendre compte que c'était toujours la même qu'il enterrait. Et puis alors, une nuit, une nuit bien épaisse et qui trompait bien sur les distances, il a dû croire qu'il aurait le temps. Il avait eu le temps aussi de réfléchir que tous les voyageurs de l'express défilaient devant ce fanal insolite et qu'un trait de lumière devait se faire dans leur esprit. Il a dû réfléchir — une fois de trop — qu'il fallait l'enlever avant qu'on le voie. Et alors là, il a dû trébucher sur le ballast qu'on venait juste de recharger. Bref. Il ne me restait plus qu'à étouffer la mèche de la loupiote, à la planquer sous un banc dans l'abri aux voyageurs, avant de pouvoir aller l'enterrer à la Serve. Il ne me restait plus, ayant entendu l'express siffler et freiner à mort, qu'à courir aux nouvelles, à commander la civière aux hommes d'équipe, enfin... A faire mon métier. Voilà, m'a-t-il dit alors, voilà, Madeleine, ce que c'est que l'amour.

— Mais alors, lui ai-je dit, toi aussi tu as dû entendre les roues lui broyer les os ?

« Je croyais poser cette question en toute innocence et presque machinalement. C'était vrai que le Manuel m'avait dit qu'il avait entendu craquer les os du Chiousse quand les boggies lui avaient passé dessus et je me croyais seulement curieuse de savoir si ça avait fait le même effet à Paul.

« Est-ce qu'on sait, mon pauvre monsieur, est-ce qu'on sait seulement ce que l'âme vous invite à exprimer afin de préserver l'avenir ou même de le préparer ? Il y a des choses comme cela qu'on croit dire pour rien, pour meubler, et qui pourtant engagent le futur jusqu'à l'éternité incluse.

« J'avais maintenant une nouvelle pension de veuve. Le malheur, quand il s'acharne, finit par imposer silence aux plus vigilants des censeurs, même si ces derniers soupçonnent vos formes épanouies de s'éjouir tout leur saoul. En noir funèbre — et maintenant j'avais plusieurs robes pour le porter convenablement — des pieds à la tête, je faisais pourtant plus envie que pitié. J'avais cet air repu qui blesse tant les autres femmes et désole tant les hommes qui ne sont pas la cause de vos rassasiements.

« Tout le monde savait que j'étais la particulière du chef de gare. Il m'aidait à élever mes enfants. Mon aînée était en passe de devenir institutrice. Mes deux garçons, Paul les avait fait rentrer à la Compagnie dès le certificat d'études. Ma mère avait donné sa caution : " Il ne l'épouse pas, disait-elle aux voisines. Elle perdrait sa pension. " Mais elle me regardait en dessous. Elle ricanait méchamment. Pliée en deux par la mauvaise vie sur son bâton de vieillesse — elle marchait sur ses septante-cinq —, elle confiait à ses intimes en me désignant de sa canne : " Je me serai trompée sur celle-là. Elle est pas tant *estassi* que ce que je croyais ! "

« Nous étions bien tranquilles, Paul et moi, au coin d'un bon feu, par les soirs d'hiver, moi avec ma pension, lui avec son traitement et moi. Il me disait :

— Plus tard, à la retraite, quand ils pourront plus rien t'enlever, on se mariera tous les deux. On s'achètera un pavillon avec un jardin et un garage pour l'automobile. On sera comme des coqs en pâte !

« Mais il n'y a rien à faire ! Le temps, le vieillissement, l'habitude, un beau jour, l'homme qui vous a tant convoitée s'endort à côté de vous sans plus vous toucher. Son imagination n'en peut plus. Votre chair chaude le gêne pour dormir. Il s'éloigne parmi la fraîcheur du reste du lit.

« Seulement, seulement, toute cette indifférence de l'être pour son ancien objet de convoitise ne se fait pas sans châtiment. C'est là que le remords vous assaille — j'en parle en connaissance de cause — quand la raison qui vous a poussé à l'action ne vous paraît plus essentielle, quand vous avez cessé d'aimer la proie pour laquelle vous vous êtes perdu.

« Car, en plus de ne plus m'aimer, il avait mal à l'âme, Paul. Il vieillissait mal. Vous ai-je dit qu'il avait vingt ans de plus que moi ? La mort de Manuel commençait à lui peser sur l'estomac. Il faut avoir le caractère pour être perdu de crime. Ne l'est pas qui veut !

« Je l'observais. Je voyais le mal s'insinuer petit à petit, à des signes imperceptibles. Quelqu'un ou quelque chose était en train de lui chuchoter qu'il s'était perdu inutilement, que m'ayant perdue à cause de la force de l'habitude, il ne lui restait plus, du produit de son crime, qu'une écorce vide. Il ne savait plus où la jeter. J'ai dit qu'il ne me touchait plus ? C'est faux. Parfois, la nuit, tout d'un coup, je sentais sa main autour de mon poignet qui m'agressait avec une force terrible. Je le croyais réveillé. Non. Il dormait. Au clair de la lune, je voyais ses narines palpiter faiblement, ses lèvres se retrousser sur un rire d'horreur. Ça durait... Oh, une seconde. Puis il se remettait à ronfler paisiblement. Sa main se desserrait autour de mon poignet. Il l'abandonnait sur le drap, ouverte, comme une rame morte.

« Mais ce n'est pas au lit que les fantômes vous retrouvent le mieux. Ils viennent à leur heure. On ne peut pas les convoquer. Un soir de pluie battante où il avait dû remplacer son chef de sécurité malade, je le vois revenir hagard dans l'appartement. Il me fait comme ça :

— Je l'ai vue.

— Quoi ? je lui dis.

— La lanterne..., qu'il me fait, d'un seul souffle.

— Ah non ! ça va pas recommencer avec toi, non ?

« Il soupire :

— Ça recommence pas. Ça continue. Je me doutais qu'on était dans une grande spirale de malheur. Et tu avais raison : j'ai entendu craquer ses os quand l'express lui est passé dessus. Je l'entends encore !

« Alors, il me dit qu'il ne pouvait plus sortir les nuits de brouillard sans voir briller ce vert émeraude, là-bas au bout, le long du quai. Il allait vérifier à la Serve si le fanal y était toujours. Il le déterrait et il l'enterrait de nouveau.

— Je serai quand même pas aussi couillon que le Manuel ! me répétait-il.

« Mais moi, je voyais bien qu'il pliait le genou. Un jour que deux gendarmes emmenaient un prévenu chargé de chaînes, il est resté à les *espincher* derrière le rideau jusqu'au départ du train. Et quand il s'est tourné vers moi, il m'a glacé le sang en me disant :

— Voilà ce que je vais faire : me dénoncer. Comme ça au moins je verrai plus ce fanal de malheur !

« J'ai eu la force de ne rien dire mais mon foie m'était tombé aux pieds. S'il allait se dénoncer, il parlerait du mobile. Le mobile c'était moi. Il dirait les aveux que je lui avais faits autrefois. De fil en aiguille, tout le monde comprendrait que je l'avais poussé au crime comme j'y avais poussé ce pauvre Manuel. Un jour, dans mon enfance, un homme qui passait devant la maison avait prononcé ces paroles qui s'étaient gravées dans ma mémoire : “ Un meurtrier ne peut pas hériter de sa victime. ” Ma pension ! Les deux livrets de Caisse d'épargne du pauvre Chiousse qui m'avaient été transférés ; les trois pièces, avec l'eau à la pile, que le pauvre Manuel avait construites de ses mains. Tout ça ! je l'avais hérité de mes victimes ! On allait me le confisquer. Je serais pauvre comme à quinze ans ! J'allais mourir sur la paille !

« *Mourir sur la paille !* Nos repas plantureux arrosés

de bon vin étaient devenus des déserts pour Paul et pour moi. Lui à cause du fanal, moi à cause de ma pension. *Mourir sur la paille !* Voici ce à quoi j'étais promise si je n'y donnais ordre.

« Alors dès que les choses ont été propices, je suis allée moi aussi déterrer le fanal à la Serve par une nuit sans lune. J'ai dit : *dès* que les choses ont été propices. On avait creusé une tranchée de tout-à-l'égout qui devait se prolonger sous les voies par un tunnel. C'était une tranchée profonde mal signalée la nuit. J'ai pris la précaution de quiller le fanal allumé de l'autre côté de la tranchée, sur le tas du remblai. En dépit du temps qu'il faisait ce soir-là, brouillard et pluie qui fustigeait les aulnes du Largue, le vert émeraude du fanal qui ouvrait la voie se voyait d'au moins cent mètres. C'est moi, de derrière le rideau, qui l'ai signalé à Paul. Je rentrais de ramasser à l'étendoir une serpillière dont je m'étais encombrée comme d'un alibi.

— Paul ! Viens voir ! On dirait bien que...

« Ma voix d'alarme l'a tiré à côté de moi depuis le coin du feu où il se cassait quelques amandes. Il s'est rué au-dehors. Je le voyais courir, pourtant vieux déjà, tant qu'il pouvait sur ses longues jambes.

« J'ai juste eu le temps de le rejoindre et de sauter la tranchée que, lui, il avait oubliée dans sa panique. Juste le temps de m'emparer du fanal, de l'éteindre et de le cacher derrière les fusains. Là ! Voyez-vous ? Les fusains, eux, ils existent encore ! C'est comme la fenêtre d'où nous avons vu la lanterne, Paul et moi, vous la voyez encore d'ici, mon pauvre monsieur ! Maintenant, elle a un carreau de cassé. Maintenant, il y a une toile d'araignée dans le coin à droite parce que personne ne l'a plus ouverte depuis peut-être soixante ans. Et maintenant elle est obscure. Mais alors c'était une honnête fenêtre qui donnait sur un intérieur bien en ordre parce que j'étais une grosse propre ! C'est moi qui avais acheté les rideaux que d'ici vous voyez encore se balancer. Ah ! forcément, maintenant ils sont noirs ! Mais alors, ils étaient d'une blancheur !

« Eh oui, mon pauvre monsieur ! Juste le temps ! Paul gémissait au fond de la tranchée. Quand j'ai eu caché le fanal, je suis partie en courant en appelant au secours. Ils sont arrivés de partout : de la cité de la mine, du foyer des cheminots. Ils l'ont tiré de là. Il était cassé en trois endroits. Il n'a pas ouvert la bouche. Il est mort avec son secret, trois mois plus tard. On croyait qu'il allait s'en tirer, mais je l'ai soigné avec dévouement. Vous en doutez ? Il m'a épousée *in articulo mortis*.

« Ne m'accusez pas de péter plus haut que mon derrière en parlant latin. Cette phrase, c'est le principal chef d'accusation contre moi. Je l'entends tonner au-dessus de moi comme sous la voûte d'une église. Elle continue à me menacer et à me punir comme s'il y avait encore de quoi ! *In articulo mortis ! In articulo mortis !*

« Ma mère qui avait dépassé les quatre-vingts et qui était tordue comme une mandragore, ma mère aux obsèques ricanait de plus belle sur les quatre dents qui lui restaient. Pensez ! J'étais la seule cheminote du district à avoir enfilé trois pensions de veuve comme des perles sur un collier ! Et c'est ça que je vais faire ! C'est ça que je fais tous les trois mois depuis que mon éternité est commencée : je vais à Aix, chez le guichetier, toucher mes pensions ! Vous croyez par hasard que ce soit pour rien que je suis là où je suis ? »

Et soudain alors, dit Laviolette, j'ai vu cette vieille se déployer toute droite, bien plus grande que moi, bien plus grande que nature ; au garde-à-vous comme si on la rappelait à l'ordre. Elle a dit : « Mon Dieu ! » et elle s'est couvert la bouche avec sa main engainée d'une mitaine noire.

J'ai fait un pas en avant pour la happer mais elle s'est mise à fuser comme une traînée de poudre le long du quai. Elle ressemblait à un pantin qui court, sa toilette à bout de bras qui volait au vent de sa course. Elle me faisait un signe d'adieu qui n'était qu'un long dessin funèbre de son bras endeuillé par la manche volante de sa robe noire.

Il s'est levé un tourbillon de feuilles mortes qui a emporté ce qu'il restait de jour. Quand il s'est dissipé, j'ai vu qu'il avait aussi emporté la vieille.

Alors, je touchai sans vergogne, de mes deux mains ouvertes, la place où la vieille avait posé ses fesses pendant plus d'une heure. Elle était froide et humide. Personne ne s'était plus assis sur ce banc depuis peut-être quarante ans.

Après quoi je regardai d'un autre œil ce quai sans voies où la prairie d'une herbe rousse avait même englouti le ballast. Quel train, en silence, venait-il d'emporter la vieille ? Quel train horriblement chargé de voyageurs aux faces innommables venait-il de défiler devant moi où des yeux morts me regardaient pourtant avidement, moi le vivant qui allait nonchalamment se lever à l'appel du Marcel pour venir tout humblement souper chez son amie Rosemonde ?

Je voyais là-bas la lumière clinquante de la pompe à

essence comme celui qui va se noyer aperçoit un phare. Je ramais vers cette réalité triviale, avide de distinguer enfin la publicité idiote qui la chapeautait. Il y a des moments où l'on a besoin de caresser la médiocrité ordinaire pour se convaincre qu'on est encore bien de ce monde.

Au bar, les *brandelles* qui tout à l'heure s'agrippaient au zinc avaient abandonné la partie. Il ne restait plus que le Marcel, juché sur un tabouret côté client, comme s'il n'était pas le patron. Inactif, le front barré de rides, il réfléchissait, comme il faisait toujours quand il était seul, aux pressantes affaires du pays. En me voyant entrer, il me dit :

— Voï ! Tu es bien pâle, Modeste ? On dirait que tu as vu un fantôme !

— Vue ! je lui fais dans un souffle. Tu n'as pas une torche électrique et une pioche ?

— Pourquoi ? Tu veux la déterrer ?

Je lui fais un signe affirmatif avec la tête. La torche, il n'avait qu'à ouvrir le tiroir-caisse ; la pioche, il en avait une sous le comptoir, en cas de quelque chose, pour les soirs chauds de la Sainte-Barbe ou de la Sainte-Rosalie, mais elle était en deux parties : le fer d'un côté, le manche de l'autre. Il me les ajusta sur la pierre du seuil en me recommandant :

— Et surtout, ne fais pas péter le manche !

Je n'ai rien répondu. J'étais déjà parti. J'étais déjà à travers prés et haies. J'écartais les orties devant le lavoir de la Serve. Depuis longtemps personne ne l'utilisait plus et pourtant l'eau était toujours aussi limpide et pourtant la pierre lisse de la margelle était toujours prête à servir. Je m'arrêtai à l'entrée de l'auvent, j'éclairai de ma torche la murette que Manuel avait sautée pour se retrouver devant Madeleine qui venait de se retourner brusquement. Je captai leur premier regard.

Autrefois, un homme était venu ici pour river son destin à celui de cette femme. Je le voyais — vingt ans peut-être ? vingt-cinq ? Je voyais cette Madeleine de seize ans aux mains gercées. Avidement, je projetai la lumière de ma torche sur le sol de terre battue. J'ôtai mon pardessus et mon cache-col, je posai ma torche horizontale sur la pile de la fontaine pour m'éclairer. Je commençai méthodiquement à piocher par le pied-droit du mur, là où se faisaient les feux pour les grosses lessives.

Il m'a fallu à peine un quart d'heure pour le mettre au jour ce fanal 135. Aucun de ceux qui l'avaient caché ici n'avait eu la conscience assez tranquille pour y consacrer beaucoup de temps. Tout avait été bâclé dans la hâte, dans la panique.

Il était là, sous le foyer, parmi la terre cuite sous les grands feux d'hiver. Ceux qui l'avaient enterré là s'étaient peut-être dit qu'il fondrait sous le foyer, à force d'être brûlé. Mais non, il était à peine cabossé avec son double hublot, ses verres intacts, vert d'un côté, rouge de l'autre, et son estampille : 135, poinçonnée dans le cuivre d'un médaillon. Je frissonnai au moment de saisir la poignée mobile. Je dus prendre sur moi pour l'extirper de la terre.

La lanterne était enveloppée à la hâte dans un vieux journal qui s'effritait mais où l'on pouvait lire encore un titre sur six colonnes :

« Costes et Bellonte traversent l'Atlantique. »

Il n'existe pas de réalité assez puissante pour dissiper les sentiments d'irréalité qui sont les servitudes des poètes. Ce journal et ce titre ne m'évoquaient pas le jour de gloire qu'ils commémoraient. Je voyais seulement les gestes fébriles de celle qui avait froissé ces pages sans même y jeter un coup d'œil pour y envelopper le fanal.

Je me disais : « Tu es bien avancé maintenant. Tu as bien fait d'obéir à ton vieux réflexe : rechercher la pièce à conviction. Tu l'es maintenant, convaincu ! Ça te fait une belle jambe ! »

Je revins chez Rosemonde l'épaule chargée de ma pioche comme d'une croix, traînant les pieds, le fanal à bout de bras, que j'avais plus ou moins nettoyé. Le Marcel, quand il m'a vu arriver, il s'est exclamé :

— Voï ! Qu'est-ce que c'est que cette bordille que tu nous ramènes ?

— C'est pas une bordille. C'est un fanal.

Il se penchait un peu par-dessus son comptoir. Il louchait sur ma trouvaille avec, me semblait-il, une sorte de méfiance.

— Ma grand-mère, m'a-t-il dit enfin, elle avait le même sur son dessus de cheminée. Elle arrêtait pas de l'astiquer. Fais voir un peu le numéro... C'est ça, oui, c'est ça ! 135 il porte sur l'estampille. C'était le même ! Où tu l'as pris ?

— Elle s'appelait comment ta grand-mère ?

— Madeleine. Pourquoi tu me demandes ça ? Tu l'as connue ?

— Oh, connue... c'est pas le mot !

— Ma parole, mais c'est vrai que tu as l'air d'avoir

vu un fantôme ! Tout à l'heure, je t'ai dit ça machinalement mais maintenant en y réfléchissant...

Quand le Marcel réfléchissait, ça lui faisait de magnifiques yeux de veau qui ne regardaient nulle part.

— C'est lui qui t'a donné ça ?

Il me désignait le fanal d'un doigt accusateur. Je le rassurai autant que possible.

— Allons, allons, Marcel ! Tu te fais des idées sur les fantômes. Quand ils se promènent, ce n'est jamais aux vivants qu'ils se confient. Les vivants ! Ils ne savent même pas ce que c'est !

A travers le rideau de perles que le vent agitait maintenant, je regardais la bifur en ruine de Saint-Maine-Dauphin où régnait encore parfois, sur les maisons des retraités qui en gardaient provision, l'odeur du mauvais charbon qu'on extrayait autrefois de la mine, là-bas, de l'autre côté du Largue, au Bois-d'Asson. Et pour finir d'apaiser l'âme inquiète du cabaretier, je murmurai pour moi-même et sans le regarder :

Tels ils marchaient parmi l'avoine folle
et le vent seul entendit leurs paroles.

— Qu'est-ce que c'est ? demanda le Marcel, sourcil froncé.

— Des vers. Sur une histoire de fantôme, tu ne trouves pas que ça fait une bonne fin ?

Ça l'a fait rire. Ça l'a empêché de voir que le fanal brillait de plus en plus de tous ses cuivres, à mesure que s'éloignait le temps où il avait été enterré.

Pour la tranquillité de la société, recommanda Laviolette, il faut toujours laisser dormir les secrets de famille.

Le Diben
Juin, juillet 1991

Guernica

Vous vous êtes peut-être demandé pourquoi, dit Laviolette, j'ai ces deux grands plis d'amertume de chaque côté de la bouche qui me font ressembler à un vieux chien d'arrêt ? Je les ai eus très tôt. De même que j'ai grossi très tôt. Un jour, je me suis mis à manger pour me consoler des hommes comme certaines femmes le font prématurément pour se consoler de l'amour enfui.

On croit souvent que les gros sont joviaux. Moi-même je m'applique à l'être autant que possible. En me voyant, on dit : « C'est un bon gros. » Non. Je suis un méchant gros. Un gros qui est un vrai misanthrope, c'est-à-dire non seulement qui n'aime pas autrui, mais encore qui ne s'aime pas soi-même. Celui qui s'aime n'est pas un vrai misanthrope. Pour l'être, il faut avoir bien conscience que l'on porte en soi ce qui vous fait horreur chez le prochain. Un vrai misanthrope ! souligna-t-il avec plaisir. Et si vous voulez savoir à force de quoi je suis devenu ce mauvais gros, oyez déjà cette histoire du temps que j'étais maigre.

Je suis sorti de la guerre éberlué d'être vivant, éberlué de n'être plus sur le qui-vive et ne sachant comment emmancher ma vie dans celle du monde. Je suis entré dans la police parce que je ne savais rien faire : pas de métier, pas d'apprentissage, presque pas d'études et surtout, aucune passion pour rien de ce qui intéressait mes camarades. Aucune ambition non plus. Un dégoût insurmontable de moi et d'autrui. J'ai mis longtemps à guérir du massacre.

Enfin, j'avais quelque compensation : un peu d'argent et des espérances du côté d'une tante qui avait fait fortune dans l'épicerie pendant la guerre. C'était le temps où je croyais qu'en partant on laissait son ombre à la maison et qu'on n'emportait que sa lumière. Dieu merci, cette illusion met longtemps à se dissiper. Lorsque, enfin, le pays natal apparaît comme le seul qui ne nous gêne pas aux entournures, c'est que la glaciale intelligence a pris le pas sur l'enthousiasme et, en somme, c'est qu'on est vieux.

Bref, j'étais parti. J'avais décidé d'aller voir des villes du Sud, des églises. J'étais, je me souviens, encore très jeune puisque je préférais le gothique, et flamboyant si possible, au roman le plus dépouillé. J'ai bien changé depuis. Aucun sanctuaire n'est pour moi assez pauvre, assez dépourvu d'ostentation. A mesure qu'on vieillit, on se dispense de plus en plus d'être captivé par des détails.

Un soir, j'avais passé la frontière, j'arrivai en une étrange ville, toute en creux et en collines, mal commode à habiter comme à visiter. Elle était dominée dans le couchant par une immense rosace laquelle, reflétant le soleil, masquait l'église qu'elle éclairait. Elle n'en laissait deviner que les flèches en dentelle de pierre, que les nombreux clochetons qui la crénelaient comme les écailles d'une tortue. Je mis longtemps, par les méandres des ruelles et des artères à tramways, à retrouver ce sanctuaire qu'on voyait de si loin.

Le soleil couchant dans ces contrées parle toujours de malheur à l'homme seul. On sait que des couples se promènent heureux dans les allées, que des familles sont dans les jardins sous les tonnelles en une profonde satisfaction animale, mais la poussière d'or qui annonce le crépuscule du soir vous parle ineffablement d'un temps où vous ne serez plus. Les rares fois où j'ai eu besoin de Dieu, c'était dans ce feu d'artifice de prétendue joie que le couchant me faisait miroiter.

La terre soulevée et abaissée n'avait proposé à cette étrange ville que des creux et des bosses pour se poser. Et il avait fallu un intérêt bien puissant pour attirer tant d'hommes en ce lieu incommode. De plus, c'était une ville où alternaient la cité et la campagne étroitement imbriquées. Soudain, au coin d'un immeuble de luxe tout chaussé de magasins opulents, on tombait sur un jardin modeste où quelque vieil homme arrosait ses légumes.

Quant à l'église qui de loin m'avait paru tenir à la ville, elle était au contraire à bonne distance des premières maisons. Elle était comme séquestrée au bout d'une immense place sans arbres et déclive, pavée de gros moellons rouges bombés comme des melons et qui invitaient fermement à ne pas les fouler au pied. Cette place se déployait en éventail entre le sanctuaire et les rues avoisinantes dont il semblait bien que celles-ci se tenaient prudemment à distance.

C'était une église formidable dans le vrai sens du terme, c'est-à-dire qu'elle faisait peur. On ne savait quelle foi l'avait bâtie. On avait l'impression d'une ferveur revendicatrice du genre : « Je te glorifie,

Seigneur, mais, en revanche, tu me combles de biens périssables. »

Elle était assise devant la ville comme un juge sur son trône et non pas comme l'accueillante maison du Christ. En vérité, cette impression d'hostilité hautaine, elle la tenait de la perspective de cette place déclive qui s'élevait vers elle pour la hausser terrible au-dessus de tous les hommes.

Cette place, déjà dans l'ombre, était déserte. J'étais seul face à elle. Ce n'était pas l'été, ce n'était pas non plus la saison des cars où tant de vieillards parcourent l'Europe, quêtant leurs derniers souvenirs. Je me mis à l'escalader allégrement car rien ne m'a jamais autant excité qu'une énigme insoluble pourtant depuis toujours exposée au vu et au su de tout le monde, et tout me portait à croire que cette église, que cette place, que l'éloignement prudent des maisons bien à l'écart du monument, que tout cela renfermait un secret que je voulais flairer.

Au-dessus de l'ombre de la place, frappé horizontalement par le soleil, le vitrail, lui, brillait toujours, comme un ostensoir, insoutenable. La place s'achevait devant un escalier capable de drainer vers lui des milliers de fidèles. Pourtant, toutes les marches avaient du fruit, c'est-à-dire qu'elles étaient inclinées vers le vide comme si elles voulaient vous déverser hors du sanctuaire, plutôt que de vous y accueillir. Quand on s'y engageait d'ailleurs, on avait l'impression que l'église surplombante allait soudain basculer pour vous écraser sous ses décombres.

Entre le palier et l'entrée du sanctuaire, un parvis s'étendait encore que l'on ne soupçonnait pas en bas du degré. Il commandait un portail à panneaux sculptés qui racontaient la géhenne des luxurieux avec une minutie acharnée. On pouvait s'attarder des heures, captivé, à se repaître de tant de détails.

Sur le tympan, un Christ en gloire, quoique au triste visage, repêchait autour de lui quelques rares justes rescapés de la foi.

Tout cela était énorme, écrasant, et lorsqu'on se retournait vers la ville depuis le parvis on avait l'impression d'usurper le trône de quelque potentat, tant elle était à vos pieds. En somme cette citadelle menaçante ne se révélait pour être une église que lorsqu'on y pénétrait. Là, on sentait l'habitant et non plus le bâtisseur. On percevait l'humilité des vieilles femmes qui pourvoyaient les autels en fleurs des champs.

Je me mis à errer parmi les colonnes et les chapelles latérales à la quête de ce que je cherchais.

« Si vous avez la chance, m'avait-on dit, de venir un jour où le ménage n'a pas été fait, vous pourrez peut-être découvrir l'un de ces ex-voto étranges et impies qui font la réputation de cette église. Le clergé desservant et les pieuses vieilles femmes qui veillent au respect des lieux y font la chasse bien sûr. Seulement la malice des fidèles reconnaissants est sans bornes. Il y en a toujours de nouveaux dissimulés partout : dans l'ombre des statues, parmi l'innocente apparence d'une gerbe de fleurs, au pied des colonnes engagées sous les stalles nominatives, voire même collés, telles des décalcomanies, à l'envers des tableaux de médiocre facture qui représentent le chemin de croix. On en a même découvert, Dieu me pardonne ! dans la logette des confessionnaux. Réjouissez-vous, si vous en dénichez un, de l'incommensurable imbécillité de l'homme, mais ! m'avait souligné mon informateur l'index levé, prenez bien garde de ne pas plonger dans l'horreur par le truchement du comique ! »

Ces paroles sibyllines m'avaient intrigué sur le moment puis je les avais oubliées.

J'avais donc fureté un moment mais en vain sous prétexte d'admirer la nef et les somptueuses chapelles latérales, propres à dissimuler un tableautin, qui la ceinturaient. J'avais détaillé une à une toutes les scènes du jubé qui coupait le chœur, musant exprès, dans l'espoir que les rares fidèles qui traînaient les pieds furtivement dans les profondeurs allaient se retirer me laissant seul à mes recherches. Je me retrouvai alors au centre de l'église, sous la coupole, devant la sainte table. C'était à cet endroit, entre le tabernacle et la multitude des prie-Dieu, que se concentrait l'intérêt majeur de ce lieu saint, ce qui le rendait unique au monde.

L'autel ostentatoire dominait de cinq ou six marches un parterre de quatre dalles qui s'alignaient en éventail, deux de porphyre, deux d'onyx. C'étaient les tombes de quatre grands d'autrefois que leur humilité grosse de morgue avait conduits à imaginer de leur vivant combien ce serait un privilège que de se faire fouler aux pieds par la multitude des fidèles après leur mort. C'étaient eux, immensément riches par les galions d'Amérique et les bienfaits des rois, qui avaient achevé de bâtir cette église alors en plan depuis deux siècles, faute de deniers et de foi suffisante.

Ces grands avaient été parmi les successeurs de Colomb lesquels, faute de découvrir un continent, avaient pu se prévaloir des immenses avantages de ces terres nouvelles, où il suffisait d'exterminer les populations pour s'emparer de tout l'or du monde.

Retour au pays après trois ans d'absence, ils avaient, comme tant d'autres, trouvé leurs femmes pareillement enceintes et ils les avaient passées au fil de l'épée après les avoir sodomisées au fer rouge. De même leur avaient-ils ouvert le ventre sur des fruits défendus qui palpitaient encore pour les jeter dans le même puits.

Après quoi ils s'étaient repentis, absous par le clergé sous contrainte d'achever cette église et par le pouvoir séculier au bénéfice de leurs grands biens. Mais, apparemment, ces absolutions fraternelles n'avaient pas suffi à leur conscience. On n'avait plus vu qu'eux, annihilés dans la pauvreté malpropre, ayant tout distribué aux nécessiteux, étiques à force de jeûne prolongé. On les avait décrits se faisant flageller de verges en toute procession, par des valets de basse lice auxquels la mort était promise en cas d'attendrissement ou même de simple fatigue.

On les avait dépeints portant cilice jusqu'à leur mort, survenue longtemps après. On les avait suivis dans leur errance mendiante exposant leurs plaies et le peuple les plaignant alors par un long murmure de compassion. En somme, ils voulaient être remarqués de Dieu en leur extrême souffrance, calculant que celle d'ici-bas n'était que passagère alors que risquait d'être éternelle celle qu'ils craignaient.

Mais comme, néanmoins, dès leur mise au tombeau, des miracles s'étaient multipliés autour de ces dalles, il y avait quelques siècles que l'Eglise tenait ces quatre justes en suspens de canonisation. Sous certains papes, la procédure s'était accélérée mais ceux-ci n'avaient pas vécu assez longtemps. D'autres, en revanche, avaient enterré leur candidature indécente sous le dégoût et le mépris. Mais le peuple qui ne se trompe jamais dans ces cas-là, accourait à leurs reliques interdites comme les mouches sur la viande avariée. Et il m'avait été dit que dans ce lieu de culte, sans y être nommément défendu, l'accès des jeunes femmes n'était pas souhaité, comme si le cocuage était l'apanage du mâle et que les femelles n'en souffrissent jamais.

En tout cas, ce soir-là, tandis que j'admirais le jubé et la grande rosace, il n'y avait sur les prie-Dieu, perdus parmi l'immensité de la nef, que quelques hommes tête nue. Ils imploraient, les yeux fixes, le grand crucifix où était sculpté le Sauveur, tordu de souffrance réaliste comme un vieux cep de vigne. Ces hommes me ressemblaient comme des frères. Aussi les jugeai-je cocus dès l'abord.

C'est que je venais précisément d'essuyer les premières atteintes de ce mal si fréquent. La femme que j'aimais alors, m'avait dit en substance : *Voyagez, mon ami, car nous ne sommes plus qu'amis*. C'était une des raisons de mon appétit de gothique et voici donc pourquoi je me retrouvais en ce lieu où le cocuage confinait à la sainteté.

Il y régnait un silence sonore à peine ponctué par ce que je jugeais être le sanglot ou le lamento d'un de ces hommes tête nue, loin, très loin les uns des autres comme s'ils reprochaient à leurs frères d'infortune d'avoir été contaminés par eux.

Je cherchais peut-être, quoique sans passion, les ex-voto indécents dont on m'avait parlé mais plus sûrement ce triptyque, attribué au Parmesan, dont aucun guide ne faisait état parce que les experts étaient en querelle sur ce qu'il convenait d'en penser. Je le découvris enfin au bas des quelques marches qui descendaient vers une sorte de piscine où l'on devait, autrefois, baptiser en nombre. C'était dans le recoin le plus obscur de l'église, en retrait de l'autel et du jubé. Ce triptyque monumentalement encadré était écrasé par une accolade en forme de joug de bœuf qui s'efforçait par des sculptures tarabiscotées d'attirer sur elle l'attention plutôt que sur le retable qu'il était censé souligner.

En dépit qu'elle fût très mal éclairée par une ampoule de fortune et de surcroît mal placée, c'était une œuvre rutilante dont on devinait bien qu'elle avait été conçue par un homme en pleine possession du bonheur. Elle représentait un arbre au tronc ceint de ramures et de fruits d'or au pied duquel deux êtres nus étaient affrontés. Le génie du peintre, même s'il n'était pas le Parmesan, avait été de les dresser dans la plus grande banalité du corps humain, sans laideur comme sans beauté, un peu efflanqués, le buste trop long ; chez la femme, des seins peu suggestifs et une croupe sans excès ni défaut comme chez l'homme une barbe peu luxuriante et un pénis de taille moyenne quoique au repos.

Il n'y avait pas la plus chétive lubricité dans le geste de leurs mains, l'une tendue pour donner la pomme, l'autre ouverte pour la recevoir. Il n'y avait de concupiscent que le regard du serpent à deux têtes tressé parmi les fruits et les ramures. Ces deux êtres étaient aussi innocents que le parterre d'agneaux paissant qui moutonnaient autour d'eux et dont les yeux bleus reflétaient les fragments du paradis. *Le jour,* comme écrit Racine, *n'était pas plus pur que le fond de leur cœur.* En conséquence et ce que le peintre, bravant les foudres de l'Eglise, avait voulu exprimer, c'est qu'il n'y avait pas lieu de les punir d'aussi étrange façon.

Je faisais cette découverte avec la présomption de la jeunesse, croyant être le premier à m'en apercevoir, et cette ivresse vaniteuse était telle que j'étais pénétré et par le sujet et par la bonne opinion que j'avais de moi, au point de tout oublier et de rester subjugué devant cet arbre de la science, alors même que l'obscurité envahissait l'église et que depuis longtemps dans le vitrail, le soleil s'était éteint.

Je m'étais reculé au plus loin du large escalier qui formait cette sorte de bassin, au haut bout d'une marche, dans le recoin le plus ombreux où je m'étais assis. J'ai toujours préféré observer les chefs-d'œuvre en diagonale plutôt que de face. Je tiens qu'on peut ainsi mieux entrer en familiarité avec eux.

Il me sembla, mais au très loin, entendre à un certain moment de traînantes pantoufles et le cliquetis caractéristique d'un guichetier qui se promène, ses clés à la ceinture, mais j'avais le poing sous le menton et j'admirais la vie que ce peintre bienheureux avait fait jaillir sur ce panneau de bois avec une joie que les quatre siècles écoulés n'avaient pas réussi à ternir.

Je m'endormis, sans doute, mon poing sous le menton, à force de bonheur, d'apaisement. Je me réveillai en sursaut, les oreilles toutes claironnantes d'un choc identifiable : celui d'un couvercle qu'on vient de rabattre. Ce bruit était d'ailleurs à peine en train de s'estomper. Les voûtes le répercutaient encore. J'étais dans les ténèbres. La loupiote (on ne pouvait pas lui donner d'autre nom) qui prétendait éclairer ce tableau, était maintenant éteinte. Je levai la tête vers la rosace. Il ne devait pas y avoir de clair de lune car le vitrail lui-même était à peine visible sous le reflet des lumières de la ville, au lointain.

Le reste de l'église baignait dans l'obscurité, sauf dans une chapelle latérale, quelques flammes de cierge dont les lueurs tremblaient sur les dossiers cirés des stalles.

Me guidant sur ces reflets, je gagnai à tâtons — et mes pas hésitants réveillaient des échos inquiétants — le portillon découpé dans le grand portail par lequel j'étais entré ici. Mais je ne me faisais aucune illusion : je m'étais laissé enfermer dans cette église comme un bleu. Et quand j'arrivai devant le guichet capitonné de vert comme l'huis d'un notaire, je n'eus même pas la tentation d'en secouer le battant. En effet le halo d'un réverbère lointain se glissait par le chambranle mal joint, révélant la présence d'un pêne solide probablement poussé dans la gâche à double tour. Par acquit de conscience, je pesai tout de même sur le loquet mais je ne fus pas surpris qu'il résistât.

J'essayai de même, toujours à l'aveuglette, d'ouvrir la porte latérale du transept que j'avais remarquée en faisant le tour du jubé. De même m'assurai-je de celle de la sacristie. Peine perdue, tout était solidement cadenassé et hors de portée d'être forcé. Je savais vivre. Je savais ce que c'était qu'un Parmesan, même soupçonné d'être faux. Il devait être protégé par des verrous de premier ordre, tels que seul le clergé sait en découvrir lui qui a tant l'habitude qu'on lui pille ses troncs.

Il ne me restait plus qu'à me résigner calmement à

passer la nuit ici. La pilule était amère car tandis que je contemplais tout à l'heure le Parmesan, parallèlement, je me disais que je mangerais volontiers un morceau à la terrasse de l'un de ces restaurants de la vieille ville qu'on m'avait tant vantés, ainsi que le vin local qui aurait dû accompagner mon repas solitaire.

Maintenant, dans cette nuit totale, ces simples compensations de ma mélancolie m'apparaissaient essentielles. Elle avait eu raison, ma maîtresse perdue, de me conseiller le voyage. Charlotte me semblait lointaine. Je me voyais tel que Goethe à Weimar, armé d'une curiosité insatiable pour tout le reste de la vie que n'encombrait déjà plus mon amour malheureux. Mais j'étais là ! Debout tout seul dans une nef d'église, respirant, sous l'encens, l'odeur des cierges au lointain qui brûlaient dans cette chapelle, allumés par des mains inconnues. Prisonnier ! Et par ma propre imbécillité !

Depuis qu'elle s'était refermée jalousement sur moi par le truchement de ses portes, les dimensions formidables de cette église m'apparaissaient encore plus écrasantes. J'avais cru savoir ce que c'était que le silence, celui qui s'égrenait ici était pourtant tout nouveau. J'avais fini par m'habituer aux ténèbres et à m'y déplacer sans hésitation. Je me repaissais, en somme, de cette possession solitaire qui m'échouait cette nuit-là : les sept siècles de cette église et ce Parmesan que malheureusement je ne pouvais plus voir.

J'errai encore quelque peu, d'une colonne à l'autre, tenaillé par l'envie de manger quelque chose de bon plutôt que par la faim réelle. Mes pas m'avaient ramené sous la coupole d'où descendait comme une poussière d'or la clarté de la ville à travers les lanternes dont il était ajouré.

Je foulai aux pieds, après des millions d'autres pas qui les avaient usées, les dalles des quatre tombeaux. C'étaient de véritables monolithes si colossaux que j'en frissonnai, je ne sais pourquoi. Je m'efforçai de lire les noms des quatre héros qui reposaient là-dessous et dont les hauts faits, y compris leur forfait, étaient fidèlement racontés sur les pierres tombales. Mais outre que la langue m'était inconnue, la pénombre interdisait la lecture. Toutefois, mon attention était assez soutenue pour remarquer, sur le rebord des dalles, là où elles se jointoyaient avec le sol primitif de l'église, des encoches parallèles découpées dans le marbre. « Bien sûr pour permettre de soulever la dalle », me dis-je. Mais la logique du policier dont, hélas, j'étais déjà encombré, rectifia aussitôt : « Mais non ! Ces tombes sont individuelles. Il y a quatre siècles que leurs occupants respectifs sont couchés dedans. Il n'y a aucune raison pour qu'on les ouvre de nouveau. » Je me baissai pour évaluer ces encoches avec mes mains. Elles étaient propres et nettes. Or les creux qu'elles formaient auraient dû être comblés par la poussière du temps, selon le phénomène qui commandait l'usure visible des dalles, à force d'être piétinées. Il fallait donc qu'on eût entretenu ces mortaises au fil des années pour les empêcher de se combler. Dans quel but ? Je m'accrochai pendant quelques minutes à cette petite énigme pour occuper mon esprit.

Le sommeil me saisit d'un coup, tout debout tel que j'étais, sans crier gare, comme il m'a toujours saisi, et dès lors je deviens moribond, je n'entends ni ne vois plus rien. Avez-vous remarqué combien j'ai les paupières lourdes ? Dès qu'elles tombent je ne puis plus les soulever. Il ne me reste plus qu'à chercher un lit quelconque et à m'y abîmer corps et biens. Hélas, l'église n'offrait pas de lit. Je crus trouver refuge sur les stalles mais elles étaient toutes glissantes de cire grâce aux soins des pieuses femmes qui les astiquaient par macération. Sitôt que je perdais conscience, elles me déversaient doucement sur le sol en marches d'escalier où je ne rencontrais que corniches en angles. A force d'errance et de recherches vaines, je finis par échouer derrière l'autel, seul endroit du sol de pierre et de marbre qui fût agrémenté d'un tapis.

Je m'y laissai choir de tout mon long, les bras en croix. J'étais à cette époque, hélas j'ai beaucoup changé, assez indifférent à la qualité de ma couche. J'avais dormi pendant la guerre jusque sur du cadavre encore chaud, lequel avait fini par devenir froid et raide sous mon corps inconscient. C'est vous dire que j'ai le sommeil facile et robuste.

En revanche, à cette époque, les réflexes du combattant ne s'étaient pas encore émoussés chez moi et mon sommeil, quoique impérieux, ne me laissait jamais sans qui-vive.

J'en sortis cette nuit-là par un frôlement indistinct qui me parut provenir de la porte latérale, à la branche droite du transept en croix latine. En même temps, une lueur plus vive que celle des cierges anima dans l'air de la nef les ors des statues et la verroterie des lustres.

La poterne, au fond du transept, était à peine visible, à gauche du jubé, mais je pus apercevoir une ombre qui l'obstruait, portant une lanterne sourde.

Une ombre qui se contorsionnait me semblait-il en un geste furtif. Je compris tout de suite qu'en réalité quelqu'un utilisait pour se signer le bénitier en coquille placé à gauche de l'entrée.

L'ombre se défila et, bousculant le portillon qui grinçait, une autre se glissa à sa suite, puis une autre, puis d'autres encore. En quelques secondes, il y eut au bout du transept un groupe compact qui s'avançait. Toutes ces silhouettes portaient des lanternes. Elles se profilaient immenses sur les colonnes, les murailles, les bois des stalles et les marbres du jubé. Il me semblait qu'à leurs épaules se balançaient des sortes de hallebardes qui prolongeaient leur reflet à travers l'église en un ferraillement silencieux.

J'avais quitté mon tapis pour échapper aux éclats de lumière des lanternes, je m'étais reculé en rampant jusqu'à l'arc du jubé fermé derrière moi. Pourquoi ? J'aurais dû au contraire être poussé à révéler ma présence spontanément pour expliquer ma mésaventure à ces noctambules et me glisser au plus vite par le portillon déverrouillé. C'était la seule attitude raisonnable pour un homme civilisé enfermé par mégarde une nuit, dans une église.

Mais pas plus que le sommeil aux aguets, je n'avais perdu le flair de ces années où j'étais traqué. Ces années où, d'une heure à l'autre, à la moindre erreur de jugement, tout pouvait se solder par douze balles dans la peau, après que la torture vous avait réduit en miettes. Quand on a appris ça entre dix-huit et vingt ans, ceux qui n'ont pas vécu cette expérience ne font pas le poids contre vous. On a sur toutes les crapules vingt ans d'avance. Et ça, c'est comme dans les disciplines scientifiques : le fossé ne se comble jamais.

Pourtant, sauf le cliquetis des lanternes et l'ombre étrange de cette sorte d'arme balancée sur leurs épaules, ces inconnus se déplaçaient sans ostentation en une marche courbée et pleine d'humilité. Ils ne faisaient aucun bruit. Et comme s'ils voulaient laisser leurs traits dans l'ombre, ils avançaient genoux fléchis, et leurs lanternes balancées au ras du sol n'éclairaient que leurs chaussures. Encore étaient-elles masquées d'un guichet à l'ancienne et je ne voyais et n'entendais qu'elles qui ponctuaient l'ombre et le silence de leurs lueurs cadencées et de leurs grincements.

Cette troupe ne venait pas de mon côté. L'un après l'autre, les porteurs déposaient au pied des marches de l'autel leur lanterne et ce que je prenais pour une arme. Ils faisaient une rapide génuflexion et tournaient le dos au tabernacle en reprenant leurs accessoires.

Je ne savais toujours pas pourquoi je me dissimulais ni surtout pourquoi je ne profitais pas de l'occasion pour sortir de l'église. Je n'avais entendu aucun bruit de clé prouvant qu'ils eussent refermé la porte. C'était peut-être le démon de la curiosité qui me dominait. En tout cas, j'étais revenu sur mon tapis, je m'étais rapproché du tabernacle. C'était une plaque de marbre portée par une douzaine d'orants agenouillés dont les bras enlacés faisaient la chaîne pour la supporter. Entre les corps sculptés de ces funèbres atlantes, il suffisait d'avancer la tête pour, profitant de leur ombre, voir tout ce qui se passait devant l'autel, comme le Christ tordu de douleur pouvait le voir du haut de son calvaire.

Il y avait dix hommes devant moi. Comme ils

avaient disposé les lanternes à leurs pieds, je ne distinguais toujours que le bas de leur corps. Ils étaient alignés de part et d'autre de la tombe centrale, celle que je pensais être d'onyx, à égale distance les uns des autres. Ils tenaient maintenant en main les armes bizarres qui tout à l'heure chargeaient leurs épaules. Elles étaient pointées vers le sol comme s'ils étaient en train de terrasser quelque proie invisible. L'illusion dura peu. Je compris au tintement de l'acier sur le sol qu'il s'agissait d'outils et non pas d'armes. De plus, les gestes de ces hommes me rappelaient ceux des cantonniers que j'avais vus à l'œuvre, autrefois, sur les mauvais chemins des Basses-Alpes, lorsque des rochers descendaient sur la chaussée. Les hommes que j'épiais s'escrimaient en réalité sur des barres à mine. Alors, il me revint à la mémoire les encoches que j'avais remarquées sur ces dalles de marbre.

Maintenant, en dépit de la pauvre lumière des lanternes sourdes, mes yeux s'étaient suffisamment adaptés à la pénombre pour qu'il me soit permis de suivre aisément la pantomime de ces hommes silencieux autour de ce caveau qu'ils s'efforçaient de desceller. Les râles de leurs halètements d'effort emplissaient tout le vide de l'église d'un vrombissement amplifié par l'écho. Trois d'entre eux, à genoux, se démenaient pour glisser sous la dalle les madriers qu'ils étaient allés chercher dans la sacristie d'où je les avais vus sortir en courant.

La manœuvre dura longtemps et ne fut pas aisée, mais soudain j'entendis, dominant les râles d'effort, le bruit caractéristique des rouleaux de bois sous la masse de marbre. En même temps, depuis le bas des marches qui conduisaient à l'autel, derrière les orants ajourés qui me permettaient de voir, un remugle inoubliable monta jusqu'à mes narines et aujourd'hui encore il me suffit de l'évoquer pour en retrouver intacte la nature. Il était fait de toutes les odeurs qui avaient été confinées par les siècles en un étouffement secret. Maintenant, en expansion dans l'air, son éventail s'épanouissait sous les voûtes de l'église en un parfum suave qui rappelait celui d'un jardin fané par l'automne et où pourrissent, sous les ondées qui n'en finissent pas, les gros dahlias couchés au sol par leurs têtes trop lourdes. Oui, je sais : le dahlia n'a pas de parfum pour les gens qui ont un odorat volage et superficiel. Mais froissez-en un par un jour d'octobre entre vos doigts et il vous laissera sous le nez une odeur bien plus significative que toutes les roses d'Ispahan. C'était cela la synthèse du remugle qui s'était sublimé hors du caveau lorsque la dalle avait été écartée et qui rampait ainsi jusqu'à moi au long des marches de l'autel : une lourde senteur moisie de dahlias saturés de pluie.

En même temps que je humais cet étrange arôme qui montait des profondeurs, je vis la sarabande de ces hommes silencieux qui s'écartaient de l'ouverture qu'ils venaient de pratiquer, qui ramassaient leur lanterne, qui abandonnaient leur barre à mine comme un trophée devant l'autel et qui, après une sommaire génuflexion, se précipitaient tous vers le guichet par où ils s'étaient introduits dans l'église.

J'aurais dû les suivre, tâcher de me glisser dehors avec eux à la faveur de l'obscurité, mais j'étais trop abasourdi par ce que je venais de voir pour pouvoir agir et puis j'étais hypnotisé par cette ouverture géométrique béante au ras du sol et qui m'aimantait littéralement.

Le bruit de la porte refermée s'était à peine estompé parmi les échos que je sortis de ma cachette pour descendre les marches de l'autel vers le tombeau. La nuit était si profonde sur le vaste trou qui s'ouvrait à mes pieds que je n'en distinguais que la surface étale comme celle d'un lac.

A cet instant quelque chose se déclencha dans les hauteurs, un mécanisme qui mettait du temps à s'ébranler et qui soudain libérait deux coups retentissants. C'était l'heure qui sonnait au campanile. L'église était rendue à sa pénombre. Les cierges brûlaient toujours, au loin, découpant les sculptures ajourées de cette chapelle latérale où je les avais remarqués. Je me dirigeai vers leurs lueurs. J'en saisis deux sur les bobèches, au reposoir d'une statue de sainte Thérèse. Et tout en me disant que je venais de commettre un sacrilège, je revins avec mes cierges au poing jusqu'à l'entrée béante de la crypte.

C'est bien peu de chose, deux cierges, pour éclairer des profondeurs. La moindre torche électrique m'eût rendu beaucoup plus service. Néanmoins, il fallait se contenter de ça. C'est à peine pourtant si je distinguai sous mes pas la forme d'un degré qui tenait d'un bord à l'autre de l'ouverture dans le sens de la longueur. J'y posai le pied. J'en distinguai un autre alors, puis un autre. Je les franchis en tâtonnant malgré mes cierges fermement élevés au-dessus de moi pour éviter d'être ébloui par eux.

Les marches qui commandaient cette tombe offraient les dimensions grandioses d'un escalier de palais, comme si l'occupant énigmatique de ce lieu avait obtenu autrefois le privilège d'y descendre debout.

Autour de moi, à mesure que je m'enfonçais dans la terre, l'odeur de dahlia devenait vinique, opulente, l'atmosphère qui se sublimait hors de la tombe traînait des arômes tanniques dans les effluves qui s'en échappaient.

J'atteignis la terre meuble sans distinguer autour de moi à plus d'un mètre de distance en dépit de mes cierges tenus à bout de bras. Une corniche se détacha de l'ombre, s'avançant tel un corbeau hors de la voûte. Je renversai au-dessus d'elle mes lumignons afin de les fixer par un peu de cire liquide parmi laquelle je les fichai.

Alors je vis. Un catafalque haut d'un mètre cinquante et ouvragé d'orants comme l'autel de l'église, se tenait là telle une présence vivante. Il offrait, horizontal, le spectacle d'un défunt qui avait été déposé à même le marbre, sans doute à la suite d'un vœu d'extrême humilité. Il était enlisé dans sa propre poussière, celle qu'il avait fini par produire à force de se décomposer et qui se mêlait à celle qu'au cours des siècles l'humidité du caveau avait déposée sur lui. Son thorax s'était effondré, tous ses os s'étaient finalement aplatis et vermoulus, de sorte qu'il ne restait plus, hors du linceul gris de ses cendres, que son crâne minuscule dont la mâchoire inférieure avait roulé de côté.

C'est ce que les lueurs indécises de mes cierges me révélèrent d'abord, mais ce n'était pas le plus important. Lentement, lentement, en scrutant d'abord le grand escalier, je commençai à distinguer autour de moi quantité d'autres ossements qui n'appartenaient pas au titulaire de la tombe et qui, surtout, n'avaient pas son âge.

C'était une sarabande de squelettes démantelés ou intacts, figés en des attitudes incompréhensibles. Certains paraissaient abandonnés dans le désespoir, d'autres esquissaient encore un dernier geste de défense ou de révolte. Au bas du degré, des restes hétéroclites étaient en revanche éparpillés pêle-mêle, dominés par quelques crânes de-ci de-là jetés et, sur les girons de marbre, quelque tibia ou quelque humérus oubliés. Ils témoignaient qu'à un moment quelconque on avait dû balayer cette descente au tombeau, à la hâte et dans le désordre, des détritus macabres qui avaient dû l'encombrer.

Le plus grand nombre d'entre ces morts étaient alignés autour des murs du tombeau ou du catafalque qui en occupait le centre. Tous étaient munis dans leur attitude étrangement burlesque, des restes d'un énorme cierge, parfois presque entièrement consumé et parfois au contraire presque intact, lequel alors leur barrait le thorax.

Je m'emparai de l'un d'entre eux qui avait roulé sur le sol pour l'allumer à la flamme des miens beaucoup plus modestes. Après quoi, j'allai examiner un à un, pour ainsi dire sous le nez, les quelques squelettes demeurés intacts. Il en était un, notamment, équilibré par hasard sur l'assise du catafalque, les orbites vides levées vers le plafond et qui conservait encore une attitude humaine.

J'avais vu tant et tant de morts habillés de leur chair, parfois dégoulinants déjà, que le spectacle de ces cadavres enfin propres me laissait dans la plus grande sérénité. Néanmoins celui que j'examinais et que je jugeais le plus récent et le moins abîmé, me donnait une impression de malaise. Je demeurai longtemps à contempler, comme si je le fixais au fond des yeux, les orbites de ce crâne au front levé vers le plafond du caveau, lequel, à un moment quelconque, avait dû, pour lui, signifier le ciel. De même, si j'hésitais à le toucher, ce n'était pas par répulsion mais en signe de respect ou de délicatesse.

Pourtant, j'étais intrigué par une sorte d'ornement qui, à un certain stade de la décomposition, avait dû s'accrocher à une côte, à cause de la broche qui le prolongeait. Je finis cependant par m'en emparer pour l'examiner de plus près.

C'était un bouquet de feutre. A la lueur des cierges, je vis même qu'il conservait encore sa couleur : parme. C'était un bouquet de violettes de Parme qui était suspendu là, aux côtes de ce vieux cadavre. Machinalement, je le portai à mes narines, oubliant que ce n'était que du feutre.

Jusqu'alors, un bouquet de violettes de Parme, fût-il artificiel, avait évoqué pour moi l'Europe romantique et Stendhal en Italie. Mais cette rencontre dans ce caveau dépouilla ce symbole de tout souvenir aimable. Depuis ce jour si je vois une modeste violette ou même seulement si j'en respire le parfum, c'est à celles de Parme, fussent-elles simplement de feutre plissé, que mon esprit achoppe et il me vient alors un urgent besoin d'alcool et de cigarette pour me réchauffer.

Il n'y avait pas que le bouquet de violettes d'ailleurs. Le front du squelette était encore abrité sous une mantille noire dont le tissu avait résisté aux immondes imprégnations qui avaient dû les souiller. J'y touchai. C'était de la soie, de la soie vivante, de la soie qui ne demandait qu'à se vivifier encore sous le froissement de mes doigts. Ces oripeaux, à un moment quelconque, avaient dû participer au mouvement et aux actes de quelque existence de luxe et d'insouciance. Les violettes de Parme, la mantille : c'était donc un squelette de femme qui, avant de mourir, avait ainsi levé au ciel ses orbites maintenant vides. Pour quelle supplication ? Pour quel regret ?

Un cierge à la main, je fis le tour des quelques cadavres plus ou moins bien conservés, affalés autour des murailles. Je m'accroupis auprès d'eux afin de les examiner pour ainsi dire sous le nez. Je ne retrouvai aucun autre bouquet de violettes. En revanche, la soie est une matière tenace. Sur presque tous les crânes que je regardai de près, un lambeau de mantille restait collé.

J'acquis alors la certitude absolue que ce charnier était un cimetière de femmes. Ce qui m'intriguait le plus c'était que ces squelettes n'offraient pas tous le même état de vétusté. Certains étaient vermoulus comme de vieux meubles taraudés, d'autres étaient plus ou moins récents. Celui qui se tenait debout adossé au catafalque était un squelette encore brillant de vie et à peine, me sembla-t-il, dépouillé de sa chair.

Je n'étais plus qu'une interrogation muette. Je cherchais en vain une explication à ce charnier. J'avais oublié — et comment mon instinct de maquisard avait-il pu me lâcher ainsi, au plus mauvais moment ? —, j'avais oublié que si j'étais là, c'était parce que tout à l'heure dix gaillards armés de barres à mine avaient soulevé cette dalle menaçante qui reposait là-haut sur ses rouleaux de bois, qui ne devait pas peser loin d'une tonne et qu'on pouvait d'une minute à l'autre, peut-être, venir laisser retomber sur ses mortaises biseautées.

Cette idée me glaça le sang. J'éteignis le gros cierge que je jetai à terre et, muni des deux autres, je remontai précipitamment le grand escalier que j'avais si imprudemment descendu.

A ce moment précis, j'entendis un roulement formidable au fond de la nef. Le bruit d'un tonnerre progressif et qui n'en finissait pas de retentir. J'éteignis vivement mes cierges et courus m'aplatir dans l'ombre de l'autel. Là, à travers les vides qui séparaient les orants affrontés, je vis qu'une nouvelle source de clarté diluait la pénombre ambiante. C'était le portail principal qui venait de s'ouvrir à deux battants. A cause de cette ouverture béante l'église m'apparut comme éventrée sur la nuit et vidée de tout son mystère. Très loin au-delà du parvis les lumières de la ville brasillaient.

Mais déjà, avec le même bruit de tonnerre (elles devaient reposer sur des roulettes tant elles étaient énormes), les portes se refermaient, la ville disparaissait derrière elles et la pénombre feutrée m'enveloppait de nouveau. Seulement alors je vis que celle-ci se piquetait de lueurs nouvelles et qu'au fur et à mesure que ces éclairages se multipliaient, toute la nef devenait visible, les ors des statues, les rouges des tuniques des saints, la pluie d'étoiles bleues des vitraux et les facettes des lustres qui oscillaient au courant d'air.

J'ai dit que c'était une très grande église. En fait, entre l'autel où j'étais retranché et les portes au-dessous du buffet d'orgue, il devait y avoir plus de cent pas à franchir. Au bout de ce tunnel mal éclairé, j'apercevais, se formant, une sorte de théorie qui s'ordonnait peu à peu pour enfin me faire face, c'est-à-dire faire face à l'autel.

Ce n'était pas une foule mais un groupe nombreux, trente personnes peut-être, enfin me sembla-t-il et, je ne sais pourquoi cette comparaison s'imposa à moi, j'y vis l'effectif d'une noce moyenne.

Au jeu d'ombres et de lumières qui ondulait au-dessus d'elle, je compris de très loin que cette procession se comptait, s'organisait, les places se distribuaient comme ordonnées par un maître des cérémonies aussi strict sur les préséances que parfaitement au fait du rituel qui se déroulait ici.

Chaque individu de ce groupe devait être maintenant muni d'un cierge car c'était une nappe de lumière qui s'ébranlait sous le buffet d'orgue. La procession s'engageait noblement en un pas solennel de cérémonie. Mais ce n'était pas une noce. La vague lente d'humanité qui défilait derrière les orants de marbre était auréolée de noir et c'était sur le tempo d'une marche funèbre qu'elle cheminait.

Au fur et à mesure qu'elle se rapprochait de l'autel, un bourdonnement confus me venait aux oreilles. Les assistants lamentaient tous ensemble à voix basse une antienne où je retrouvais les accents des sœurs carmélites pendant la veille du vendredi saint. C'est l'antienne la plus sombre de tout l'ordre liturgique.

Ils avançaient en un ensemble parfait, glissant sur le carrelage blanc et noir un pas de pavane compassé, inexorable.

En tête, par files de cinq, en serre-file, se distinguaient d'abord les manœuvres qui tout à l'heure avaient descellé la dalle. Ils se dandinaient nonchalamment, le regard vide, gigantesques tels des gisants, vêtus d'une façon qui les faisait paraître hors du siècle. En vérité on ne savait pas, tant ils étaient noirs, s'ils portaient des complets-veston ou des chasubles. Pour la première fois leur visage m'apparaissait à mesure qu'ils se rapprochaient. Mais j'essayais en vain de lire quelque chose sur leurs mimiques inexpressives. Tels des cochers de corbillard, ils avaient l'air d'exécuter quelque besogne routinière dont les ressorts n'avaient plus de secret pour eux et qui ne les passionnait pas. Toutefois, s'ils gardaient la tête droite, je remarquai que leur regard insaisissable s'appliquait à fuir ou à déserter la vision qu'ils avaient en face d'eux et qui était celle de l'autel.

Entre ces manœuvres, serrés au milieu de la nef et tenant leur cierge malhabilement comme si on le leur avait fiché de force entre les doigts, trois hommes insignifiants se soutenaient l'un l'autre. La moitié de leur physionomie disparaissait sous le monument de leurs chapeaux enrubannés de crêpe. Celui du milieu paraissait de beaucoup le plus jeune et il me sembla que ses compagnons l'épaulaient solidement tant il menaçait de défaillir.

Derrière eux et fort marri, à mon sens, venait un personnage gras et sans doute bon vivant d'ordinaire mais dont les bajoues tremblotaient comme s'il avait été enrôlé de force dans l'aventure. Il portait une sorte de robe noire de curé sur un rabat d'avocat, mais ce ne devait être ni l'un ni l'autre. J'imaginai qu'il était là pour donner à cette procession un caractère légal. Clergeons ou greffiers, je ne savais, peut-être des assistants, le flanquaient à droite et à gauche avec la mine que font les huissiers lorsqu'ils partent pour une méchante expédition. En tout cas, ils tenaient leurs armes : un dossier sous le bras qui attestait leur qualité de plumitifs.

Tous ceux-là qui s'avançaient traînant les pieds, licteurs, hommes en deuil et plumitifs, paraissaient poussés de l'arrière plutôt qu'ils n'entraînaient ou ne dirigeaient. Il me semblait qu'ils renâclaient, sauf la loque portée sous les aisselles et dont parfois, lorsqu'il levait les yeux sous son chapeau, je distinguais le regard perdu de chagrin qui cherchait au-dessus de l'autel celui du Christ comme s'il lui réclamait justice.

Maintenant, sous le bourdonnement ininterrompu de l'antienne, j'entendais cliqueter un bruit de chapelets et de bijoux. Les licteurs étaient arrivés comme furtivement devant l'autel d'où, après une génuflexion rapide, ils étaient allés se tapir sur les bas-côtés, presque abscondus dans l'ombre des colonnes. Je ne voyais que leurs phalanges d'étrangleurs tenant leurs cierges à deux mains, mais lorsqu'ils avaient défilé devant le Christ face à moi, j'avais bien distingué leur regard de lièvre. C'était d'ailleurs le même regard qui animait le visage du procureur et de ses assesseurs qui serraient convulsivement leur dossier sous le bras dont ils se dessaisissaient à peine pour se signer. Tout se disposait devant moi, s'ordonnait, tout était en pleine lumière et si proche que le bruit des raclements de gorge et des soupirs me parvenait distinctement, tandis que tous ces hommes noirs s'écartaient soudain pour faire place à un essaim de femmes qui fermaient la procession. Celles-ci n'avaient pas des regards de lièvre mais au contraire directs et impérieux. Sous leurs incessants signes de croix et leurs génuflexions cadencées, elles se rapprochaient de l'autel en une sorte de danse souple qui paraissait un rite à elle toute seule. Sur leurs visages hardiment levés vers le crucifix, je voyais leurs bouches dévider les paroles persuasives de l'antienne. Elles tournaient entre les hommes, froissant leurs tulles dans l'air, sombres et cliquetantes. Leurs chapelets profitant de la sonorité de la nef entrechoquaient leurs grains en un bruit de castagnettes.

Révélée par la lumière ciselante des cierges surgissait de l'ombre toute une galerie de personnages verdâtres dont je ne comprenais pas les fins. Entre les marches du tabernacle et le tombeau ouvert, c'est-à-dire sur un espace long de plus de dix mètres, toutes ces femmes funèbres exécutaient une pantomime que ponctuait le mouvement incessant de leurs cierges lesquels, eux aussi, dessinaient dans le vide le signe de la croix. Longtemps, longtemps, en un désordre savamment orchestré, elles firent la spirale devant l'autel, frileusement pressées les unes contre les autres, et leur pavane toujours accompagnée par cette implacable antienne. Je ne perdais pas un détail de ce spectacle prodigieux : ces femmes au regard incendiaire, ces hommes effacés placardés contre l'ombre dense sur laquelle leurs cierges allumés les esquissaient en trompe l'œil. C'était un tableau aux tonalités vert-de-gris que la pénombre repoussait devant elle pour me le rendre inoubliable.

Cette vision d'ensemble me subjuguait à ce point que c'est à peine si j'avais enregistré le manège de ce grouillement de femmes, lesquelles soudain délivraient hors de leurs évolutions rituelles un personnage que jusque-là on avait soigneusement dérobé au regard du Christ.

C'était une sorte de ballerine noire de haute taille,

voilée de tulle de pied en cap, de telle manière que son voile traînait à terre et ne laissait même pas apercevoir le bout de la chaussure. Elle apparut seule en un clin d'œil alors que jusque-là on ne la distinguait pas des autres. En un grand bruissement apeuré de leurs lourdes robes, les saintes femmes s'écartèrent d'elle en toute hâte comme si une contagion mortelle désormais se dégageait d'elle. Il ne resta plus auprès d'elle que deux duègnes qui l'assistaient, vieilles, le cheveu gris sous la mantille noire et révélant déjà un peu de moustache aux commissures de leurs lèvres rétrécies.

La ballerine se trouva soudainement isolée au centre du demi-cercle qu'ils formaient tous, seule, tournant le dos au tombeau ouvert deux mètres plus loin. Je la voyais immobile, héraldique, noire, soutenue ou maintenue par les duègnes qui la flanquaient.

Ce fut à ce moment-là seulement que l'antienne s'éteignit sous les voûtes de l'église. Ses derniers mots je les entendis s'évanouir au-dessus de moi, parmi la sonorité de la rotonde.

Alors l'homme de robe s'avança vers le groupe que formaient la ballerine et les duègnes. L'un de ses assesseurs tira de son cartable un rituel de cuir qu'il lui tendit comme une offrande. Le basochien l'ouvrit avec cérémonie. Il s'était vêtu à la hâte de cette robe qui l'affublait tout de travers, comme si, réveillé en sursaut, il n'avait eu que le temps de la passer. Je voyais sur l'oreille de cet homme la cigarette roulée machinalement avant d'entrer ici et qu'il n'avait pas eu le temps de fumer et j'imaginais que, sitôt à l'air libre, il l'allumerait avec délices.

Pour l'instant il parlait. Il parlait d'une voix compassée, monocorde. Il récitait une litanie de phrases ponctuées comme d'un letmotiv par ces trois mots que j'étais apte à traduire : *mujer, hombre* et *fidelidad*. Il n'était pas nécessaire d'entendre la langue pour comprendre que c'était un acte d'accusation qu'il était en train de dresser dans cette église. Et c'était un acte d'accusation ficelé avec soin, plein de longs attendus où le récitant ne pouvait reprendre haleine et où, l'index levé pour souligner, il s'étouffait un peu d'horreur, semblait-il, nonobstant son débit impassible.

Toujours soutenue par les duègnes qui se mangeaient les bouts de leur moustache insignifiante avec un peu de gourmandise, la grande ballerine en tulle noir s'affaissait un peu plus à chaque page du réquisitoire. Elle avait perdu de sa hauteur et je la voyais osciller comme si un vent connu d'elle seule la balançait à son gré.

La voix de l'accusateur s'éteignit. Il tendit à son assesseur le volume dont il s'était aidé et aussitôt il en reçut un autre qu'il ouvrit avec plus de respect que le précédent. Néanmoins, il mouillait son pouce pour tourner les pages, se perdait un peu de l'une à l'autre, faisait de fréquents retours en arrière.

Chaque phrase qu'il prononçait maintenant était interrogative et il attendait à chaque fois la réponse en prêtant l'oreille, un peu penché vers ce personnage de tulle noir qui était exposé devant le Christ. Cette réponse était toujours la même, plus ou moins longue à venir. C'était un seul mot d'acquiescement à voix basse exprimé, mais comme le silence était total, on l'entendait distinctement.

Après chacune de ces approbations, ou à chacun de ces aveux, le lamento scandalisé de l'antienne bourdonnait sur l'assistance puis s'interrompait brusquement en un halètement de curiosité parfaitement perceptible depuis l'endroit où je me tenais.

Cela dura longtemps et s'acheva en une homélie réquisitoire du procureur en rabat, lequel cette fois ferma définitivement le rituel d'un coup sec pour le rendre à son assesseur. Après quoi, il se dirigea à pas lents vers le trio masculin endeuillé de crêpes qui lui aussi, depuis le début du dialogue, paraissait un peu plus écrasé qu'il ne l'était déjà à son arrivée. Les deux vieillards qui soutenaient fermement le troisième entre eux, avaient fort à faire, semblait-il, pour l'empêcher de défaillir, comme si les approbations prononcées sous son voile par le personnage invisible l'avaient à chaque fois un peu plus percé de flèches.

Je considérais attentivement cet homme au faciès ordinaire mais qui paraissait jeune, comme si ses traits ne m'étaient pas inconnus. Et soudain je me souvins : il ressemblait comme un frère aux quatre isolés que j'avais pu comparer à moi — y avait-il une heure ou un siècle de cela ? — hier au soir en tout cas et qui priaient solitaires et furtifs, pour on ne sait quel retour des choses.

Le procureur tendit vers eux des mains qui réclamaient un dû. Ils lui remirent alors un paquet oblong, volumineux et qui devait peser un poids respectable. J'entendis le froissement du papier bleu impatiemment déchiré par le robin et je vis surgir tout blanc, vierge et lumineux tel un scandale, un cierge démesuré, indécent, auprès duquel celui de chaque assistant paraissait falot comme une bougie.

Je le reconnus aussitôt : c'était le cierge de l'amende honorable que faisaient les empereurs au pied des papes autrefois. Il se dandinait aux mains du procureur, lesquelles en cette occasion me parurent un peu tremblantes, comme un monstrueux objet phallique. Il fut allumé à celui de la loque humaine abîmée entre les poignes des vieillards et la flamme tarda à se communiquer de l'un à l'autre. A deux reprises, celle de l'objet lubrique foira sur la mèche neuve de son âme, en répandant une ficelle de fumée puante qui vint m'atteindre jusque derrière l'autel. Mais enfin elle s'éleva, formant un cœur oblong, nettement tricolore et qui estompait à elle seule la multitude des autres cierges.

Alors le procureur tourna le dos au trio et il s'avança vers la ballerine aux traits invisibles et les duègnes qui entouraient celle-ci firent mine d'incruster leurs doigts dans ses épaules comme pour la forcer à se prosterner devant le Christ alors que, pourtant, elle se prêtait docilement à la génuflexion et que le bruit de ses rotules heurtant le sol témoignait de sa contrition.

Quand elle fut ainsi à genoux, les duègnes sans ménagement arrachèrent le tulle épais qui recouvrait sa tête, l'en dénudèrent prestement. En même temps, le procureur qui la masquait à mes yeux s'éloigna d'elle en lui tournant le dos. Alors, éclairée par cet énorme cierge qu'elle emprisonnait malaisément entre ses petites mains, je vis une femme ordinaire devant moi.

Je vis un visage ni beau ni laid, un visage de tous les jours, un visage de ménagère, sans fard et sans apprêts, vigoureusement lavé sans doute au savon sans parfum, mais un visage au regard morne. Débarrassée de son tulle, elle portait une mantille noire dont aucun cheveu ne dépassait. Mais ce que je vis surtout, entre ses seins bien formés qui forçaient mon attention, ce fut une floche de feutre couleur violette de Parme que je ne quittai plus des yeux.

Pendant qu'on révélait ainsi cette femme aux yeux de tous, un souple mouvement de discrète retraite se produisait dans l'assistance. C'étaient le procureur en rabat et ses deux assesseurs qui s'esquivaient. Ces derniers serraient toujours comme des trésors les registres dont ils venaient d'user. Ils avaient étouffé les mèches de leurs cierges entre leurs doigts et ils volaient plus qu'ils ne couraient vers l'entrée monumentale. Ils allaient si vite que dans leur hâte à ne pas être dépassés par le voisin, leurs godillots imitaient sur les dalles le bruit d'une débandade. Ils mirent quelque fébrilité à tourner la clé dans la serrure du guichet sur le bas-côté du portail mais j'entendis par trois fois claquer le battant comme une gifle car ils ne pouvaient s'engager ensemble dans l'étroit passage.

Cette retraite n'avait été ni remarquée ni commentée par le reste de l'assistance. Maintenant, le cierge démesuré brûlait tranquille devant le visage de la femme inconnue, faisant briller chaque cil de ses paupières et ses yeux inexpressifs, creusant chaque ride imperceptible de sa face, car elle était jeune, très jeune. Elle arborait même des fossettes qui prouvaient qu'en un autre temps elle n'avait pas été incapable de sourire. Je me repaissais littéralement du moindre trait de cette physionomie, certain de ne jamais pouvoir l'oublier.

L'acte qui se perpétrait devant moi et dont je ne savais pas le sens, m'était imposé non pas comme à un spectateur mais comme à un juge responsable qu'on eût mis au défi d'intervenir car je savais ce qui allait se passer et déjà j'en étais comptable.

Depuis que j'avais vu le bouquet artificiel de violettes de Parme éclairer funèbre le corsage de la femme et surtout depuis que j'avais vu ce cierge qu'on lui imposait de force entre les mains, je savais. J'étais cramponné au corps de marbre de deux orants et l'horreur me contractait le cœur, peu à peu, en sourdine.

Dès que les hommes de loi se furent esbignés, un mouvement cauteleux se développa dans le groupe agenouillé qui parsemait les dalles. J'entendais le frottement des genoux qui rampaient vers la femme au cierge. Bientôt, ce fut une corolle noire de femmes prosternées qui l'encerclèrent étroitement elle et les deux duègnes, lesquelles, chacune penchée vers l'une de ses oreilles, semblaient lui chuchoter un flot de paroles persuasives.

Le groupe des trois hommes au chapeau obstinément rabaissé sur le visage, alors qu'ils auraient dû être nu-tête en ce lieu de culte, était debout, lui, et faisait pendant à celui des duègnes. Ce groupe ne se prosternait pas, ne s'était jamais agenouillé depuis son entrée dans l'église. Maintenant il s'avançait, les deux vieillards traînant presque le troisième plus jeune, parmi les suppliantes qui lui livraient passage. Il arrivait devant le trio noir qu'éclairait comme une lune au zénith ce visage blafard que dénudait le cierge.

Dans le silence total, j'entendis la voix du jeune homme encadré par les vieillards dont je ne voyais que le dos. Il me sembla à son intonation suppliante qu'il mendiait un baiser de paix. Il se découvrit lentement, son chapeau s'abaissa le long de son corps et il avança la tête pour donner l'accolade à la femme au cierge. Alors, elle lui cracha à la figure, posément, une seule fois. Je vis ses traits jusque-là inexpressifs se crisper dans le mépris et la haine. Un murmure d'esclandre parcourut le cercle des suppliantes. L'une d'entre elles même bondit en avant la main levée mais elle fut aussitôt plaquée au sol par ses voisines. L'homme et ses deux soutiens au contraire reculèrent en désordre devant cette attaque. Eux aussi tournèrent les talons et, presque à la même vitesse que les basochiens tout à l'heure, ils se précipitèrent vers la sortie. Je remarquai que l'homme plus jeune n'avait plus besoin d'aucune assistance. Le portillon grinçant claqua aussi derrière eux après leur départ.

C'était donc une affaire de femmes. Il ne restait plus en effet autour de la pénitente au cierge que ce cercle de femelles maintenant étroitement refermé et ces licteurs retranchés dans l'ombre que je comptais pour rien parce que je savais pourquoi ils étaient là.

C'était une affaire de femmes. A travers l'horreur de cette certitude, une stupéfaction naïve m'atteignait qui prouvait bien que j'étais encore très jeune. Sous mes yeux telle une marée sombre, le chœur de ces choéphores rampait vers cette femme seule toujours agrippée par les deux duègnes obstinées qui la maintenaient entre elles. Elles se rapprochaient. Elles l'investissaient en chuchotant. Leurs mains voletaient autour d'elle comme nuée de mouches. Une persuasion suppliante coulait de leurs lèvres à voix basse. Une sorte d'imploration rituelle et me semblait-il, d'après les mots qui revenaient sans cesse, inlassablement scandée.

Il y avait dans ce bourdon de femmes agenouillées et

qui toutes tournaient le dos à l'autel, une puissance incantatoire redoutable qui franchissait la barrière de cette langue, pour moi inconnue. Je me souviens de m'être dit : « Elles lui parlent comme à un bébé de huit mois, comme on lui parle pour l'inciter à faire pipi ou à finir sa bouillie. »

J'entendis, elles entendirent, sonner trois heures au clocher de la cathédrale une fois, puis encore une autre. Elles parlaient toujours. Leur mielleuse invite, quoique de plus en plus bas exprimée, insistait de plus en plus près du morne visage de la ballerine que je continuais à m'imprimer dans la mémoire. C'était maintenant une corolle de masques sévères qui ne prononçaient presque plus de paroles mais se contentaient de susurrer leurs encouragements lénifiants au visage de la pénitente. Certaines de ces suppliantes avaient tourné le groupe des duègnes, insinuant même leur tête entre celles-ci et la femme au cierge.

Ces masques ouvraient des bouches démesurées, haussaient des sourcils qui ridaient leurs fronts, dardaient des regards étincelants qui à eux tout seuls personnifiaient, matérialisaient le scandale. Je pris conscience que c'étaient des yeux de malades, d'hallucinées. Toutes ces harpies avaient des yeux de folles. Mais je savais, de science certaine, qu'il leur suffirait de sortir d'ici pour retrouver le regard banal et la tranquille routine que peut-être elles ne quitteraient plus de leur vie.

Et soudain, il se passa devant moi une chose extraordinaire : la ballerine au bouquet de Parme se redressa brusquement de toute sa hauteur. Je distinguai ses traits pour la dernière fois car elle se détourna brusquement en pivotant sur elle-même.

Le chœur n'en fut pas ébranlé autrement que par un froissement de soie dérangée et de chapelets cliquetants parmi ces femmes attentives. Elles se dressèrent derrière la pénitente et je ne vis plus d'abord que la carapace noire de leurs échines courbes mais elles s'écartaient peu à peu tout en continuant leur psalmodie, et je m'aperçus qu'elles faisaient mouvement autour du tombeau ouvert, qu'elles l'entouraient, qu'elles se penchaient au-dessus de lui, leurs cierges bien en main, ménageant un grand vide devant l'escalier que j'avais découvert tout à l'heure. Entre lui et moi, il n'y avait plus que la pénitente, laquelle déjà avait descendu deux marches.

Si cette femme, par une mer démontée, s'était jetée à l'eau devant moi, l'instinct et le réflexe m'auraient fait plonger à son secours sans réfléchir et au péril de ma vie. De cela j'étais certain. On n'a pas traversé toute une guerre sans avoir été plusieurs fois dans le cas de sauver une vie, surtout quand on l'a faite exprès. Croyez-moi, je n'ai pas fini de me demander pourquoi, cette nuit-là, dans cette église, je me suis abstenu d'intervenir.

Maintenant autour de la tombe ouverte, les suppliantes bénissaient de paroles jubilantes celle qui descendait l'escalier. Une étrange raucité proche de l'orgasme tempérait l'aigu de leurs voix. Penchées au-dessus du vide, elles y inclinaient leurs cierges qui pleuraient la cire sur les marches. Etaient-elles envieuses de celle qui s'était ainsi soudain détournée du monde sous la charge de leurs objurgations ? J'avais beau scruter intensément les creux sombres de leurs traits accusés par les flammes des cierges, je n'y lisais qu'une passion religieuse, dépourvue de haine comme d'amour. Une implacable solidarité de mœurs les soudait les unes aux autres. Leur pensée sans doute était unanime. Elles suivaient comme en extase la descente au tombeau de la sacrifiée qui venait de disparaître au niveau du sol et dont il ne restait plus, éclairant par en dessous les têtes des suppliantes, que le reflet de son cierge expiatoire.

Et soudain il se fit un grand désordre parmi l'assistance. C'étaient les licteurs, jusque-là retranchés dans l'ombre, qui s'approchaient, qui mettaient leurs énormes pattes sur les épaules des suppliantes, qui les écartaient sans ménagement, qui les chassaient au loin, avec des cris gutturaux, lesquels faisaient s'éparpiller le troupeau noir qui se débandait.

Pendant ce temps, trahissant une prestesse de longue date acquise, les dix manœuvres avec ensemble passaient leur barre à mine dans les encoches, s'arcboutaient avec ensemble sur la dalle de marbre qui grondait déjà en roulant sur les cylindres de bois. Ils agissaient avec une incroyable dextérité. J'en déduisis que les choses ne devaient pas toujours se dérouler dans les meilleures conditions. Il devait être arrivé, par le passé, que telle ou telle se soit ravisée qu'on avait eu toutes les peines du monde ensuite à refouler dans la tombe. Les os dispersés que j'avais remarqués dans l'escalier témoignaient sans doute de ces difficultés. Mais pour cette fois tout se passa dans la plus grande dignité et sans aucun incident. J'entendis soudain le souffle formidable du bloc de marbre qui s'asseyait dans ses mortaises en un choc définitif. Les dix hommes en deux gestes successifs et presque simultanés s'épongeaient le front, se tournaient vers le calvaire pour se signer abondamment. Après quoi eux aussi, leur barre à mine qui balançait sur l'épaule, ils se ruaient littéralement sur le portillon qu'ils ébranlaient à vouloir tous le franchir à la fois.

Il ne restait plus que les femmes véhémentes qui s'étaient regroupées devant l'autel, qui s'agenouillaient, qui se signaient, qui rallumaient leurs cierges éteints dans la panique et qui, sans un regard pour le tombeau, se retiraient ensuite en bon ordre, psalmodiant leur antienne interrompue. Leurs voix maintenant, me semblait-il, étaient apaisées, leurs pas traînaient comme ceux de gens vannés par une longue traite ou une nuit de fête, mais satisfaits de la tâche accomplie ou du plaisir éprouvé. Elles n'avaient même pas besoin de se laver les mains du sang de cette juste puisque — et j'en pouvais témoigner — elles ne l'avaient même pas touchée.

J'entendis décroître le bruit de leur psalmodie et le cliquètement des chapelets de verroterie dont elles étaient parées. J'entendis tinter le trousseau de clés dont l'une s'assurait à sa ceinture. Soudain, devant moi, la pénombre maintenant refermée se trouva vide de présence et de bruit.

J'étais seul. Seul avec la femme enterrée vive sous les six quintaux de cette dalle d'onyx. J'étais complètement annihilé par la honte et le dégoût de moi-même. Ce n'était pas l'indignation, ce n'était pas l'horreur qui me dominaient. En vérité, tous les ignobles acteurs de cette barbarie n'avaient pour moi aucune réalité. Leur crime n'avait eu d'autre but que de me mettre en face de ma lâcheté. C'était le dernier vice qu'il me fallût éclairer en moi, tous les autres, je les avais déjà regardés en face, mais, vis-à-vis de celui-là, je m'étais jusqu'alors tenu quitte, sous prétexte de quelques actes de courage, dérisoires parce que collectifs, que j'avais accomplis durant cette guerre qui venait de finir et pour lesquels, d'ailleurs, on m'avait décoré.

Quoi faire maintenant que j'avais laissé refermer cette dalle de crainte qu'on ne m'enterrât moi aussi vivant au-dessous d'elle ? Quoi faire ? Combien de temps, dans cet air confiné, cette femme allait-elle vivre ?

Hypnotisé par la vision de cette dalle dans le clair-obscur, je m'étais mis debout, je descendais les degrés vers elle, lorsque j'entendis un grattement et un soupir en provenance de la sacristie dont la porte s'ouvrait discrètement. Je me rejetai à plat ventre dans l'ombre de l'autel.

Une femme très vieille et très nouée s'avançait à la lumière d'une lanterne identique à celle des licteurs tout à l'heure. Elle traînait sur des pantoufles son corps déformé par toute une vie de servitude. Tout un assortiment tintinnabulant de balais, de seaux et de serpillières la cernaient comme une armure. Elle s'avança jusqu'au tombeau d'onyx. Elle considéra en hochant la tête les détritus suspects qui jonchaient le sol autour de la dalle et aussitôt se mit en devoir de les faire disparaître. Ce fut fait en un tournemain. Après quoi, à genoux et à larges gestes, elle lustra à la serpillière le marbre du tombeau.

Alors seulement, ayant terminé et toujours à genoux — et puisqu'elle y était, me sembla-t-il —, elle inclina la tête jusqu'au niveau du sol, l'oreille collée à terre. Je voyais sa face violemment éclairée au ras de la lanterne. Je ne sus pas, je ne sus jamais quels sentiments elle pouvait nourrir. Un sourire fugitif qui éclaira sa bouche sans lèvres ne me renseigna guère. Il me sembla seulement qu'il exprimait une profonde satisfaction approbatrice.

Elle délaissa pour un moment en tout cas son attirail bien rangé au pied de l'autel. Elle trotta sur ses discrètes pantoufles vers le tronc des cierges, derrière l'un des piliers. Je la vis qui fouillait ses pauvres hardes pour en tirer quelques piécettes. De retour, sous le reposoir de la madone céruléenne qui penchait son sourire vers elle, elle ficha deux lumignons rouges qu'elle alluma. Après quoi, elle s'abîma sur les marches mêmes de l'autel en une longue prière muette qui l'absorbait tout entière. Alors, j'entendis de nouveau couiner la porte de la sacristie mais la femme n'y prêta pas attention. Longtemps, longtemps, elle pria, passionnée, les mains crispées plutôt que jointes. Parfois, elle relevait la tête. La bouche ouverte comme un poisson hors de l'eau, elle se signait d'un geste large. L'horloge sonna quatre heures. L'enterrée vive entendait-elle, d'en bas, le fracas assourdissant du bourdon ? Et combien de temps encore lui serait-il donné de l'entendre ?

La vieille avait disparu maintenant, avec son attirail, mais il y avait un souffle de plus dans la grande église. C'était un souffle oppressé lequel parfois s'amplifiait en un gémissement rauque qui exprimait la désolation. Je vis s'avancer furtivement hors du clair-obscur un homme seul et chapeau bas. Il ne portait pas de lumière. Il ne s'agenouillait pas devant l'autel. Il tournait autour du tombeau d'onyx en le considérant fixement. Lui aussi était de noir vêtu, lui aussi portait un crêpe à son chapeau. Soudain, il s'effondra comme un pantin sur la dalle. Littéralement couché sur elle, il s'efforçait de l'enserrer entre ses bras. J'entendis un son sortir de sa bouche, un son quoique chuchoté qui s'amplifiait, qui parvenait pourtant à réveiller les échos du sanctuaire, dans le vide de la rotonde. Je finis par distinguer les deux syllabes qu'il répétait sur tous les tons de la supplication :

— Pilar ! Pilar ! Ô Pilar !

Je voyais son corps vautré sur la dalle qu'il martelait de ses poings. Je le voyais pénétré de douleur. Faisait-il, lui aussi, partie de ce rituel abominable dont je venais d'être témoin ? C'était peu probable. Il n'y avait personne pour suivre ses simagrées. Il n'avait pas donné de gage au sanctuaire. Il ne s'était pas signé. Il ne s'était pas tourné vers le Christ. Il n'était pas difficile de comprendre qu'il avait aimé l'enterrée vive et que sa douleur était impuissante. Je descendis jusqu'à lui, je lui posai la main sur l'épaule. Il se retourna éperdu. Je lus sur son visage l'épouvante d'avoir été découvert. Ma main ne quitta pas son épaule. Je lui dis le seul mot connu de moi dans sa langue et qui signifie « ami ».

Alors il me fit un signe de son index tourné vers la dalle.

— Pilar ! souffla-t-il.

J'acquiesçai de la tête pour qu'il comprît que je savais. Je me souvins du mot si souvent prononcé tout à l'heure par le procureur dans son réquisitoire. Je le répétai à l'homme sous la forme interrogative :

— *Mujer ?*

Il fit signe que non avec véhémence et de nouveau il s'abîma contre la dalle. Il caressait sa joue contre le marbre. Il murmurait des paroles douces, roucoulantes. Parfois, dans son désespoir, il se prenait à s'arc-bouter, à glisser ses mains dans les anfractuosités disposées sur les tranches du bloc. J'entendais ses ongles crisser contre le marbre, dans leurs efforts impuissants. Une fois ou deux même, il me prit l'aberration de m'arc-bouter à ses côtés pour le seconder. A la fin, à bout de souffle, nous nous regardions, désolés. Je voyais les larmes couler sur ses joues.

C'était un homme aussi quelconque que la sacrifiée qui m'avait livré son visage à la lumière des cierges. Ouvrier ? Employé ? Je ne savais. Il devait avoir trente-cinq ans. Il était assez grand, mais malingre et sans muscles. Pendant longtemps, lui et moi, nous aidant de nos mains, nous avons essayé de communiquer en dépit de nos langues différentes. Nous ne quittions pas des yeux ce tombeau hermétique sous la dalle duquel nous savions que quelqu'un vivait encore. Toute la mimique de cet homme inconnu évoquait l'amour le plus pur et le plus passionné. J'ai fini par comprendre qu'il était l'amant de cette femme et que c'était à la demande du mari, et selon une vieille tradition dans le village où ils vivaient, que la famille — tant celle du mari que celle de l'épouse adultère — avait décidé de l'enterrer vivante. Quant à lui, Ramirez, il me répéta plusieurs fois son nom en se désignant, quant à lui, les frères de l'enterrée vive, trois me fit-il signe, le cherchaient partout pour le poignarder. Il imita violemment le geste meurtrier en se frappant l'endroit du cœur à coups de poing. Mais il s'en moquait. Il n'avait plus d'amour au monde. Je prononçai, sous la forme interrogative, le mot traduisible dans toutes les langues :

— Police ?

Alors son désespoir se transforma en panique. Il se confondit en dénégations éperdues. Non ! non ! Surtout pas la police ! N'importe quoi mais pas la police ! Les frères qui le cherchaient pour l'occire l'effrayaient moins que la police. Il en tremblait, il en oubliait ses affres. Il me contemplait en enfant trahi, comme si le seul fait d'en avoir prononcé le nom me rendait complice de cette institution si funeste aux malheureux. Déjà il s'écartait de moi, il me fuyait, il me considérait en ennemi.

A cet instant précis toute sa personne se dessina devant moi avec des détails que jusqu'ici je n'avais pas remarqués : ses yeux délavés, sa chemise douteuse, son pantalon qui tirebouchonnait sur ses chaussures au cuir usé à force d'usage. Il était trahi par la lumière du jour qui descendait des vitraux latéraux. Les flammes des cierges s'estompaient et devenaient translucides. L'or pétillait sur les auréoles des saints et la couleur vieux cuivre du Christ tordu de douleur se patinait sous un premier rayon de soleil.

Pendant ce temps, un certain remue-ménage se faisait dans la sacristie et près du grand portail. Quelqu'un réveillait les échos en frappant impérativement contre l'un des guichets. Sans nous consulter, l'inconnu et moi, nous retraitâmes ensemble vers le dernier lieu obscur de l'église qui était la sorte de piscine au fond de laquelle le retable du Parmesan se trouvait exposé.

C'est de là que nous entendîmes les traînantes pantoufles du porte-clés qui débloquait bruyamment toutes les issues. L'inconnu me fit signe que ce marguillier était absolument sourd. Nous nous défilâmes derrière les colonnes avec précaution, pensant nous esquiver par une portière quelconque sitôt que le bedeau aurait le dos tourné. Mais à mesure qu'il passait d'une entrée à l'autre après les avoir déverrouillées et comme si elles avaient attendu depuis longtemps l'ouverture, un flot de dévotes glapissantes envahissaient la nef, se ruaient sur les bénitiers et sur les prie-Dieu, s'y abîmaient instantanément en prière. Derrière elles, un certain nombre d'hommes furtifs, du modèle de ceux que j'avais vus hier au soir et cette nuit, s'installaient eux aussi discrètement parmi les travées. Là-bas, devant l'autel, foulant aux pieds l'onyx des tombeaux, deux prêtres se prosternaient ostensiblement et montaient à l'autel, suivis des clergeons, pour célébrer leur première messe.

Je me trouvai à l'air libre et fermai les yeux devant le ciel éblouissant. Le soleil dardait très dur déjà. Il révélait à cru chaque clocheton de l'église, chaque chimère. Les rosaces étaient blanches comme le jour où on les avait posées. Tout était sculpté dans une clarté joyeuse où éclatait le vacarme allègre du bourdon appelant les fidèles.

Quand je rouvris les yeux, je vis au large de la place l'amant éploré qui fuyait comme un capon. Je compris qu'il était aussi lâche que moi et qu'il ne savait plus où terrer sa couardise.

Je m'aperçus alors avec terreur que pendant toutes les péripéties qui avaient précédé ma sortie de l'église, j'avais oublié que derrière moi, là-dedans, quelqu'un, une femme, était enterré vif, et que je ne lui portais pas secours.

Le jour qui régnait était empreint depuis sa naissance d'une innocente joie qu'il n'était pas plus en mon pouvoir d'effacer que de m'empêcher de la ressentir dans mes fibres les plus profondes et d'en être béni. Je devais me forcer pour que l'horreur en moi demeurât constante. Je la sentais s'évaporer en lambeaux au fur et à mesure que je m'éloignais du sanctuaire.

Et d'ailleurs j'avais faim. Et cette faim indécente, après ce que je venais de voir, me paraissait souligner davantage encore ma pleutrerie. J'allais, presque furtivement, ingurgiter en trois bouchées un pan-bagnat au fond de quelque sombre impasse, accompagné d'un vin de là-bas, à couper au couteau. Dieu merci, cela ne me fit ni chaud ni froid.

Mes pas me portèrent alors comme ceux d'un somnambule vers un immeuble où, sur une hampe démesurée, flottait un drapeau arrogant. C'était le poste de police. J'y serais entré, en dépit que j'en eusse, si je n'avais pas vu devant la porte trois sbires bien nourris, joues pleines et dents éclatantes, en uniformes impeccables, qui discutaient le coup, venant de boire leur café. J'allais percuter l'univers de ces braves avec mon invraisemblable histoire. Je voyais de loin leurs sourires heureux. Ils venaient de s'éveiller pleins de tout l'optimisme de ce matin éblouissant. Ils étaient bien payés, bien dans leur peau, bien dans leur uniforme flambant neuf, tout certainement leur paraissait aller pour le mieux dans le meilleur des mondes possibles. J'augurais de cela en mesurant sur leurs képis la hauteur des visières. La hauteur des visières chez les képis est toujours inversement proportionnelle à la bassesse des régimes qui les ont fait dessiner.

En moi, don Giovanni amoureux de la liberté discutait furieusement et sans musique avec Leporello, son double couard. Ce fut Leporello qui l'emporta et il faut reconnaître qu'il ne manquait pas d'arguments. J'étais dans un pays de dictature et l'homme qui veut voyager loin, même en démocratie mais à plus forte raison en territoire d'oppression, doit toujours avoir présent à l'esprit que la police est dépositaire de l'impératif catégorique de la nation dont l'ordre public est la préoccupation la plus constante. Or, *a priori*, avec mon histoire de cauchemar, je commençais par troubler l'ordre public. Je n'étais pas pour rien moi-même officier de police. Cela me permettait de lire à livre ouvert dans l'âme de ces sbires anodins dont la hauteur des visières me cachait les fronts bas.

J'étais étranger, seul et jeune. En outre, j'appartenais à cette nation qui n'est jamais particulièrement prisée dans les pays où l'ordre règne. Oh ! l'on m'entendrait, certes ! Mais on n'en arriverait au fait qu'au bout de cinq à six heures d'un interrogatoire minutieux, destiné à se presque persuader que j'étais au pire un agent du communisme ou un détraqué sexuel, au mieux que j'avais été, l'angoisse et la solitude aidant, le jouet d'une hallucination. Peut-être même, pour la forme, feindrait-on de croire que je m'étais laissé enfermer dans l'église avec l'intention de subtiliser le Parmesan. Mais jamais, au grand jamais, on ne ferait la seule chose susceptible d'infirmer ou de confirmer mes dires : ouvrir le tombeau.

Je passai donc tout raide et plein de déférence interne devant les visières qui reflétaient le soleil. Pour me justifier, j'allai excursionner dans la Manche, voir le pays de don Quichotte et ses moulins. Avoir l'âme de Sancho Pança après celle de Leporello, je me demandais pourquoi je ne me contentais pas de ça ? De quelle essence me croyais-je pour espérer avoir droit à une âme plus grande ? Je mangeais le soir, et de bon appétit, dans des posadas de campagne où les patrons avaient tous des têtes de licteurs à barre à mine. Ils me fixaient dans les yeux sans ciller.

Mais Montherlant a raison : « C'est le troisième jour, écrit-il, qu'il faut voir l'homme qui a été frappé. » Le matin de ce troisième jour se leva pour moi, insupportable. Les choses qui s'étaient estompées reprirent odeur et couleur. Le terrible visage lavé au savon sans parfum se dressa devant moi, au-dessus de ce corps, barré du cierge indécent qui lui écrasait la poitrine. Trois jours ! Etait-elle encore vivante ? Le cierge en tout cas devait toujours l'éclairer. Ou peut-être sa flamme était-elle morte, elle aussi, faute d'air.

J'avais beau essayer de prendre du recul, de ranger l'événement terrible dont je pouvais témoigner, parmi les us et coutumes dont parlent, cinq cents ans plus tard, les historiens avec philosophie, je ne parvenais pas à l'admettre.

J'errais parmi les rues populeuses de cette ville tournant autour du poste de police, de plus en plus près mais de plus en plus craintif, marchant vers lui résolument puis ralentissant le pas et finalement sans force dès qu'apparaissait le drapeau arrogant. Je voyais au bout des soirs interminables briller le néon des journaux quotidiens au fronton des immeubles. J'avais pensé à eux dès l'abord. Mais il y avait quinze ans que dans ce pays la presse avait pieds et poings liés.

Je naviguais au hasard, seul avec ce visage de femme collé sur mon masque tragique. Il y avait des flots de voitures, des feux rouges, des embouteillages, des enfants qui gonflaient jusqu'à l'explosion leurs bulles de chewing-gum américain et qui portaient des tee-shirts publicitaires ; des filles même, quoique rares, en jupe courte et qui faisaient ce qu'elles pouvaient pour avoir l'air d'être libres. Je frissonnais en les voyant car il me venait à l'esprit une chose terrible : ce n'était probablement pas la dernière vivante que j'avais vu ainsi jeter au tombeau, avec son flot de violettes de Parme et son cierge démesuré. Les siècles n'étaient pas accomplis. Avant que l'homme ne s'extirpe par lui-même de ses propres cavernes, des millénaires de souffrances indicibles lui étaient encore promis. Ma résolution était prise : demain j'irais au poste de police. Il leur faudrait bien m'entendre et si, comme il était probable, je ne sortais pas de longtemps des griffes du régime, du moins ce serait avec la conscience tranquille que je subirais mon sort.

Mais je n'étais pas un pur don Quichotte. Demain… *Mañana,* comme ils disent là-bas. Je m'étais réservé cette procrastination pour écrire mon histoire et l'envoyer au consulat de France afin que, si je disparaissais, on ouvre une information, le cas échéant.

Le lendemain à huit heures, je descendis de ma chambre résolu comme lorsque j'avais rejoint le 18 juin 1940 les marins bretons qui partaient en chaloupe pour l'Angleterre par des creux de quatre mètres. Le portier de l'hôtel m'attendait derrière son comptoir. Il me tendit un papier bleu. Machinalement, je lui donnai à poster ma lettre pour le consulat de France. Le papier bleu était un télégramme laconique de ma mère : « Viens. Père décédé volontairement. »

Je bondis dans le premier train utile. J'arrivai en Avignon lorsque déjà mon père était en caisse et je ne revis jamais son visage. Il n'avait pas laissé de message. C'était un être doux, effacé qui ne vivait que pour les locomotives. Il sifflotait tout le temps ou bien alors il chantonnait des romances. Ma mère me dit que la veille encore, le matin où il s'était pendu, elle l'avait entendu chanter dans la buanderie où il surveillait les pots de confiture mis à pasteuriser. Rien, pas un mot plus haut que l'autre, toujours le sourire, entre ma mère et lui un amour pantouflard dont elle se prenait à soupirer parfois.

L'énigme de la mort de mon père était la seule chose qui pût écraser en moi le souvenir de l'église. Des mois durant, le chagrin et l'exaspération de ne pas savoir pourquoi il s'était tué refoulèrent dans l'oubli toute autre préoccupation. Et puis un beau matin, le visage tout blanc d'un récent lavage reparut à mes yeux, barré de cet énorme cierge. C'est parfois un amour qui vous rappelle à la vie lorsque vous pleurez un être cher mais parfois aussi c'est une autre mort.

Ce fut le commencement d'une époque où j'attirai l'attention de mes supérieurs par mon audace et mon obstination dans notre lutte contre les truands. On me vit offrir ma peau en toute occasion. Et comme on a toujours besoin d'une denrée si rare, je franchis rapidement quelques échelons et me retrouvai commissaire.

Personne ne pouvait savoir que, chaque fois que je risquais ma vie, je dédiais mon acte au souvenir de l'enterrée et pour n'avoir pas eu le seul courage qui eût compté à mes yeux : la rejoindre dans son tombeau.

Je profitai de ma notoriété relative pour révéler le

pot aux roses en toute occasion. J'en parlai à la presse. Je me fis interviewer à la radio. Chaque fois que je pouvais, je faisais mon mea culpa devant qui que ce soit. J'en fis même un récit que j'envoyai au *Monde*. Il me fut retourné avec cette appréciation : « Beaucoup trop malhabilement écrit et par ailleurs parfaitement invraisemblable. »

Heureusement il y eut des gens pour me prendre au sérieux. Il m'arriva des choses inopinées : une voiture tous feux éteints me fonça dessus par une nuit de grand vent à Valence où j'exerçais alors. Un soir d'automne, dans les Hautes-Alpes, je rapportai à mon hôtesse un plein panier de cèpes pour qu'elle me les cuisinât. Je lisais béatement le journal au coin du feu en attendant l'heure du souper, lorsque je la vis se dresser en tablier et placide devant moi :

— Et ceux-là, me dit-elle, je vous les fais cuire aussi ?

Elle me tendait sur ses mains ouvertes quatre entolomes livides. De quoi nous envoyer elle et moi dans l'autre monde, puisque je l'avais cordialement invitée à partager ma récolte.

— Heureusement, me dit-elle, que je connais les champignons. Sans ça...

Il était inutile de l'alarmer en lui disant que moi aussi je les connaissais et que ces entolomes livides je ne les avais pas cueillis. Seulement, vous savez ce que c'est : quand on est absorbé par la cueillette des cèpes, on laisse parfois le panier à dix ou quinze mètres de soi dans les fourrés et si quelqu'un de mal intentionné...

Je m'étais fait pas mal d'ennemis, des amis aussi parmi les truands. (Oui, des amis : quand on se tire mutuellement dessus pendant des années, ça finit par créer des liens d'anciens combattants.) Seulement : la voiture qui vous fonce dessus, les champignons vénéneux, ce n'est pas leur genre aux truands. Leur genre c'est le Beretta ou le Smith & Wesson, à la rigueur le pain de plastic. Ce ne sont ni des raffinés ni des imaginatifs.

On m'avait nommé à Gap, une belle ville. Ma mère s'était retirée chez ma sœur, à Grenoble. J'allais la voir une fois par mois. Un jour, j'arrivais en haut de la côte de Laffrey — vous savez, cette funeste ligne droite ? — au volant de ma célèbre Vedette couleur vert pomme. Comme toujours j'essaye mes freins dès que la descente est en vue. Et alors... vous savez, *n'avoir plus rien sous le pied* comme on dit vulgairement, ça fait le même effet à l'honnête homme qu'à celui qui ne croit pas aux tables tournantes et qui voit soudain le guéridon se soulever sous ses mains. Il n'y a qu'un mot pour qualifier les deux choses : c'est estomaquant. J'enclenchai sur-le-champ la troisième vitesse, pour la seconde il était déjà trop tard. Une Vedette ça pesait mille deux cents kilos et déjà lancé comme je l'étais... Bref ! Le moteur fumait quand j'arrivai au fameux virage du pont, en bas de la côte, mais enfin, je pus le négocier à un peu moins de cent kilomètres heure. Il ne me restait plus qu'à me jeter au talus, ce que je fis.

J'avais mis du temps à comprendre d'où me venait le coup mais cette fois j'étais fixé. C'était l'époque où les dictatures commençaient à pratiquer l'hommage du vice à la vertu : elles n'éliminaient plus les gêneurs au grand jour d'une balle dans la nuque. Elles édulcoraient le crime grâce aux formes de l'hypocrisie. Elles tuaient en catimini.

J'étais dans un état de rage froide indescriptible, permanent. Mes facultés de réaction étaient décuplées. Je faisais peur à tout le monde. Dans mon district, les délits avaient diminué de moitié.

Je fis un calcul mental rapide concernant la fréquence des trois attentats dirigés contre moi. Il s'était écoulé trois mois entre le premier et le second, et quatre entre le second et le troisième. J'en déduisis que dans leur imbécile bureaucratie ce laps de temps devait être nécessaire pour enclencher le système qui punissait de mort. Il devait y avoir une question de budget. D'autre part, la chance aidant, j'étais devenu une proie coriace qui réclamait de la minutie, de l'imagination et, conséquemment, une plus coûteuse mise de fonds. Ils allaient se creuser la tête pour me mijoter un traquenard sans appel.

Je décidai de les aider. Je demandai et obtins un congé de cinq mois pour maladie. (On ne fut pas fâché de se débarrasser un peu de moi.) Un ami médecin me procura une jaunisse consécutive à la peur et me donna le truc pour être quasiment jaune. Ainsi safrané de la couleur cocu, je louai une maison à perron et à six fenêtres qui n'avait qu'un seul mérite : le plus proche voisin était à douze cents mètres. Je me fabriquai un joli personnage d'homme qui fait dans sa culotte. Je maigris — quel supplice — afin que pendissent les fonds de mon pantalon. Ainsi tout à fait grimé en pauvre homme, je bricolai ostensiblement, autour de ma thébaïde, déjà bordée de hauts murs, tout un dérisoire système d'alarme et je me mis à attendre.

Mon attente consistait à sortir le moins possible, à faire mes courses, à me barricader bruyamment en rentrant chez moi. J'ai toujours eu un sommeil sur commande, je m'endormais à cinq heures du soir pour me réveiller à dix. Cela personne ne le savait. A dix heures je me levais, je me rasais de frais et j'allais me poster au fond du jardin où je m'étais bricolé une sorte d'affût sous l'angle du mur avec un auvent solide au-dessus de moi contre le serein d'abord et contre une éventuelle attaque par le sommet de la clôture. De là, je commandais toute la façade de la villa qui était d'un blanc crème Chantilly éclatant et visible même par les nuits les plus sombres. Je m'asseyais là, sur une chaise branlante, je roulais une cigarette mais je ne l'allumais pas.

J'ai attendu ainsi dans la plus grande paix pendant cinquante-huit jours, toujours les dents serrées, toujours la rage dans l'âme, toujours avec ce visage commun de la femme au cierge, collé humide contre ma peau comme un crachat.

Ils sont arrivés la cinquante-neuvième nuit, sûrs d'eux, souples, méthodiques, ayant levé tous les obstacles, avec des pas qui crissaient sur le gravillon et qu'ils n'essayaient même pas d'étouffer. Ils n'avaient pas à le faire d'ailleurs. La radio à l'intérieur vociférait à tout crin et les six fenêtres étaient illuminées *a giorno* sur la crème Chantilly de la façade. Ils étaient noirs d'enfer, noirs à n'y pas croire. Je les avais déjà vus quelque part bien qu'ils ne fussent que des ombres chinoises devant moi. Ils étaient énormes, gigantesques, taillés pour terroriser. Mais depuis que je m'étais débusqué en flagrant délit de couardise, personne d'autre que moi-même n'était plus capable de me faire peur.

Je mis un peu de coquetterie dans mon programme

afin de me donner une chance de mourir. Je les sifflai du fond de l'ombre pour qu'ils se retournent.

Je les vis faire volte-face en un réflexe de chien d'attaque et foncer vers l'ombre où j'étais, eux en silhouettes devant les six fenêtres éclairées.

Les hommes ne peuvent pas s'empêcher de se distancer à la course, c'est ancestral, que ce soit à pied ou sur n'importe quel véhicule. Le premier fut sur moi en deux secondes, je l'abattis à bout portant ; le second avait pris cinq pas de retard et je dus le viser. Je tirai mes quatre dernières balles sur le troisième qui s'enfuyait. L'une l'atteignit de flanc, les trois autres dans le dos. Ce fut ma seule faute, mais le visage blanc barré d'un cierge qui me crachait à la figure ne me dispensait d'aucun excès.

C'était la première fois de ma vie que je tuais de l'homme qui n'ait pas un uniforme sur le dos. C'était la première fois de ma vie que je le faisais sans en avoir le cœur chaviré, sans avoir envie de vomir sur moi-même. Je les retournai tous les trois de face afin de bien contempler leurs traits. Mais maintenant ils n'avaient plus l'air de rien. (C'est l'énigme de la mort qu'après son passage nous n'avons plus l'air de rien.) La hargne qui les habitait contre moi où était-elle ? Je pensais qu'ils avaient mère, femme ou enfants, qu'ils seraient pleurés peut-être. Mais leur âme où était-elle ? Par quel horrible malentendu — car je les reconnaissais maintenant : c'étaient trois des manœuvres qui avaient scellé le tombeau la nuit de l'église, autrefois —, par quel horrible malentendu avaient-ils eu le droit cette nuit-là, en se signant devant le Christ, de s'absoudre de leurs actes ? Moi, je ne demandais pas qu'on m'absolve des miens. Je savais bien que je les avais tués par passion et non pas pour me défendre, puisque le troisième avait reçu mes trois dernières balles, inutiles, dans le dos. Non ce n'était pas par nécessité. C'était pour me venger du spectacle que je ne pouvais assimiler dans mon souvenir. C'était pour me venger d'avoir dû me convaincre à cause d'eux que, sur le chapitre de la lâcheté, je ne le leur cédais en rien.

Ces trois coups de revolver dans le dos, d'ailleurs, m'attirèrent la pointilleuse attention du juge chargé de l'enquête. Il était sceptique, étant très jeune, sur la valeur combative d'un homme déjà bedonnant et un peu porté sur l'alcool. Ce fut du bout de la plume qu'il signa un non-lieu.

— J'y suis au regret, me dit-il cependant, mais ces trois hommes n'avaient aucun papier sur eux, aucun briquet, aucun couteau, aucun mouchoir, pas d'alliance. Leur costume, leurs chaussures, leur linge, avaient été achetés l'avant-veille dans un Prisunic. Leurs poches ne contenaient aucune poussière. S'ils portaient, avant cela, d'autres vêtements, nous ne les avons pas retrouvés. Aucun signe distinctif, aucune cicatrice, rien ! Comme s'ils n'existaient pas ! Vous avez tué trois hommes qui n'existaient pas ! Je veux dire socialement parlant. Vous me dites qu'ils étaient étrangers. A merveille ! Mais les morts ne parlent plus et, par conséquent, ils n'ont pas d'accent ! En revanche, ils n'avaient pas d'arme ! Je devrais donc...

Je l'interrompis, sans vergogne.

— Non ! Ils n'avaient pas d'arme ! Mais faites examiner par grâce le tranchant de leurs mains, la droite et la gauche. Je les ai tâtées lorsqu'ils étaient encore chauds. C'étaient des mains de spécialistes.

Elles étaient entraînées à briser des briques posées de chant. Ils m'auraient tué d'un tranchant de main sur la carotide. C'est le seul meurtre qui ne laisse pas de trace : on meurt par percussion interne. Le coup crée une solution de continuité dans le circuit sanguin. Pour vous la faire courte, on arrête le cœur en lui tapant dessus par le canal des artères.

— Je ferai vérifier, n'en doutez pas. D'autre part, pour un tireur d'élite tel que vous, une seule balle suffisait pour le troisième agresseur. Alors, pourquoi quatre ?

— J'ai manqué de sang-froid, monsieur le juge, j'étais sans doute sous l'emprise de la peur.

« L'emprise de la peur » fut ma défense constante. On m'appliqua à la fin la formule salvatrice qui empêche tant de policiers d'être déférés aux assises : « Prévenu d'avoir donné la mort sans intention de la donner. »

Mais un mois ne se passa pas sans qu'on me convoquât, dans mon propre bureau, devant un personnage qui, autrefois, avait été mon compagnon fraternel, quand les balles sifflaient. De belles fois, ensemble, nous nous étions serré la main en nous souhaitant une heure à vivre tout en nous avouant crûment que nous faisions dans notre culotte. Dans la Résistance, on l'appelait Chateaubriand. En réalité il s'appelait Chabriant. Il était devenu, à l'Intérieur, un personnage pivot de la République. On l'envoyait se mouiller partout où l'on ne voulait pas aller soi-même.

Il était installé dans mon fauteuil quand j'arrivai, en train de rouler une cigarette pour se dispenser de me serrer la main.

— Laviolette, me dit-il sans ambages tout en

passant un coup de langue sur sa cousue-main, Laviolette vous nous emmerdez.

Il fit un silence après ce préambule auquel je me gardai de donner une queue.

— Nous espérions un peu, grommela-t-il enfin, que les moyens mis en œuvre par vos ennemis acharnés porteraient quelque fruit, mais apparemment le cas n'a pas échu.

Il perçait quelque dépit dans le ton de ses paroles. Alors je me suis assis en face de lui sans y être invité, j'ai moi-même roulé une cigarette et je lui ai dit :

— Vous allez m'entendre ! Vous allez savoir pourquoi je me moque de ce que pensent ceux qui vous envoient. Pourquoi je me soucie de mon avenir comme d'une guigne ! Pourquoi la vie même que vous déplorez de ne pas m'avoir vu perdre, m'importe peu ! Vous entendrez mon récit et si vous n'en êtes pas obsédé comme moi, c'est qu'alors je vous aurai mal connu.

J'ai planté mon regard dans le sien pour l'empêcher de fuir et je lui ai tout assené, avec ce talent narratif implacable qui m'a été imparti à ma naissance, pour mon malheur, car il est le simple reflet des mouvements violents de mon âme qui se débat. Je l'ai fait descendre dans l'horreur aussi précisément que j'y étais descendu moi-même. Je dois à son honneur de dire qu'il ne m'interrompit pas une seule fois et que pas une seule fois son regard ne tenta de se dérober au mien.

Seulement, à la fin, il avait déjà levé les bras au ciel bien avant que j'eusse fini de parler.

— Elle avait l'air consentante ! s'exclama-t-il. Et cette constatation est de votre propre aveu ! Alors que voulez-vous de plus ? Voilà bien du bruit pour une coutume en voie de désuétude ! Et la malencontre a voulu que, précisément, ce fût vous qui vous fissiez enfermer dans cette église ! Et précisément cette nuit-là ! Alors que cette... cérémonie ne se produit plus guère qu'une fois tous les vingt ans !

Il marqua une pause. Je remarquai que les arguments spécieux dont il usait avaient du mal à franchir sa conscience.

— Et vous entretenez, lui dis-je amèrement, des relations diplomatiques avec un régime qui tolère de telles mœurs !

— Les meilleures, n'en doutez pas ! Et précisément nous sommes en situation d'obtenir — en passe-droit — de tels avantages commerciaux que vous vous trouvez, mon cher Laviolette, devenir un incident diplomatique regrettable sur notre échiquier. Aucun des industriels français concernés, je vous en donne ma parole, ne lèverait le pouce en votre faveur, je vous le garantis !

— Il y a vingt ans, lui dis-je, vous m'auriez montré la voie ! Vous auriez sauté au milieu de ces barbares pour leur arracher leur proie. Au péril de votre vie ! Et c'est vous, maintenant, qui parlez de commerce !

— Eh quoi ! Allez-vous m'entendre à la fin ? Je vous dis que c'est un agneau pascal, un bouc émissaire, un choisi pour l'exemple, que sais-je ? Un symbole ! Oui, c'est ça tenez : à peine un symbole qu'on a enterré vif ! Une sur peut-être un million ! Je vous le souligne derechef ! Est-ce que ça vaut la peine d'en faire une affaire d'Etat ?

Il était venu à bout de sa cigarette. Il l'allumait. Il en tirait deux bouffées avec une satisfaction évidente.

Il se savait le meilleur gré du monde de se trouver bien dans sa peau et de me trouver mal dans la mienne.

Je n'ai plus rien répondu. Il s'attendait à un duel oratoire où il aurait mis en pièces toutes mes indignations. On avait dû lui dire : « C'est un homme intelligent ce Laviolette. Il se rendra à vos raisons. » Je lui imposai mon silence car le silence garde intacte toute la force du fait qu'on a simplement souligné. Pour se donner raison contre le silence l'adversaire ne peut plus que vous tuer sur place comme la brute écrase le violon dont les soupirs de regret l'incommodent. Personne n'a jamais rien pu d'autre que tuer, face au mutisme et au regard de mépris. Je ne lui ménageai ni l'un ni l'autre.

— Enfin voilà ! conclut-il. Nous attendons de vous que vous admettiez — et aussi fort et haut que vos déclarations jusqu'ici fracassantes — que vous avez été le jouet d'une illusion — ce que je crois aussi d'ailleurs ! La fatigue, l'émotion, que sais-je ? Ce n'est pas tous les jours qu'on se fait enfermer dans une église ! Peut-être même, des libations prolongées avec ce vin traître de là-bas ! Enfin, n'importe quoi ! Nos interlocuteurs y attachent du prix : le prix d'un traité de commerce ! Vous ne croyez tout de même pas que nous allons nous laisser arrêter par une enterrée vive ?

Je n'ai pas cessé de secouer la tête en signe de refus sous ses gifles verbales. A la fin, il s'est dressé en écartant les bras.

— Fort bien ! a-t-il dit. Dans ce cas je lève ma main étendue de dessus votre tête.

— Je vous remercie, mais jusqu'à présent je me suis assez bien défendu tout seul.

Il m'a alors gratifié d'un sourire bonhomme.

— Vous savez, m'a-t-il avoué en confidence, les dictatures ont beau rouler les mécaniques, rien ne vaut une bonne vieille démocratie pour savoir régler ces sortes de problèmes dans la plus stricte décence.

Et pendant qu'il enfilait malaisément son pardessus comme s'il attendait de l'aide de ma part, il me lança :

— Personne ! Vous entendez, Laviolette ? Personne n'est à l'abri d'une mort naturelle !

— Je vous dirai merci dans ce cas. La vie sur tant de fumier naturel ne m'agrée pas. Je préfère le néant.

— Vous allez l'avoir ! a-t-il grommelé.

Il se trompait. Je fus sauvé par ce qu'on appelle aujourd'hui un événement extérieur. Là-bas, le dictateur qu'on entretenait soigneusement en agonie depuis deux ans, finit par mourir en dépit de l'acharnement de ses proches à prolonger ses souffrances. Une élégante monarchie, et qui ouvrait les prisons, lui succéda sans transition. L'oubli des offenses et des offensées fut immédiat et sans bruit. Ce peuple savait déjà le poids des réalités économiques. Je cessai à l'instant d'être un obstacle diplomatique. Les nations sont volages comme les individus. Elles sont aussi capables de détruire l'obstacle que de l'oublier s'il ne les gêne plus. Et moi aussi d'ailleurs, hélas, je me mis à oublier ou tout au moins je le crus.

J'eus une surprise agréable. L'amie qui m'avait conseillé de voyager lut mon exploit dans les journaux. Etre capable de tuer trois hommes d'affilée lui parut bien augurer de mes progrès érotiques. Elle me convoqua et n'oublia rien pour que j'oublie. Tout alla bien jusqu'au champagne inclus. Mais quand elle s'avança vers moi vêtue de blanc en transparence, je la vis noire, sa poitrine charmante barrée d'un cierge phallique. Je respirai l'odeur d'un bouquet de violettes de Parme, lequel n'avait existé qu'en lamentable imitation de taffetas funèbre. Je m'excusai.

J'appris un matin, en arrivant au bureau, qu'un attentat terroriste avait gravement endommagé la célèbre cathédrale de X, joyau de l'art flamboyant. A dix jours de là, je reçus une lettre signée Ramirez que je me fis traduire. Elle était courte.

« Quand vous lirez ces lignes je serai mort. Je me suis enrôlé dans les rangs des séparatistes parce que je ne peux pas oublier. Demain, j'aurai assez mérité leur confiance pour qu'on me donne carte blanche. J'aurai assez appris pour savoir comment m'y prendre. Je veux que tout le monde sache. En faisant sauter les tombeaux, tout le monde saura. Vous qui avez été le témoin, je sais ce que vous avez enduré. J'ai tué de ma main sept des scélérats qui ont refermé le tombeau. Il en restait trois, vous vous en êtes chargé. Bravo ! Demain, tout le monde saura que vous avez dit la vérité. Venez sur place pour témoigner. Adieu ! »

C'était l'homme que j'avais essayé de consoler sur la tombe de son amie encore vivante. Je n'avais qu'à penser à mes affres pour imaginer les siennes. Pourtant, je ne retournai pas, dès lors, sur les lieux du crime. Je savais de source certaine que personne n'avait intérêt à déterrer de vieilles turpitudes. Un imposant cordon de sécurité devait cerner le sanctuaire et la surveillance ne se relâcherait pas tant que les traces de cette regrettable coutume ne seraient pas entièrement effacées. Ramirez était mort pour rien. Je n'avais pas besoin d'y aller voir pour obtenir confirmation.

Les années passèrent. Je reçus une étrange invitation d'un étrange personnage. Et si l'invitation était étrange, c'est parce qu'elle s'adressait précisément à moi, qui étais à mille années-lumière de celui qui m'écrivait. Je balançai un moment à déduire s'il ne s'agissait pas d'un ordre déguisé. Puis, à la réflexion, j'acceptai. Cette invitation ne s'abritait derrière aucun prétexte, elle ne me donnait pas mon titre, bien que je l'eusse reçue au bureau. « M. Laviolette », c'était tout. Et l'expéditeur c'était : « M. Zurlinden, marchand à Lucerne, Suisse. » Ce Zurlinden était bien connu. C'était l'homme aux quarante Picasso.

Pendant cent cinquante ans, sa famille avait construit tous les bateaux à aubes qui naviguaient nonchalamment sur les lacs helvétiques ; toutes les locomotives à crémaillère qui s'attaquaient, avant de coûter trop cher, à tous les escarpements des montagnes du monde entier, jusqu'en Nouvelle-Zélande, jusqu'à la cordillère des Andes.

Puis un beau jour, ce dernier descendant avait ramassé toute la donne de son immense fortune et il s'était mis à aimer l'art.

J'arrivai à Lucerne dans ma vieille Vedette vert pomme qui suait la rouille par tous ses bas-côtés effrangés. On me la fit ranger à côté d'une Rolls en robe noire. Il pleuvait. Vous avez déjà vu, vous, Lucerne sans la pluie ? C'est la signature de son charme hautain. C'est une ville qui ne voudrait même pas de Venise pour compagne. Elle sait qu'elle est méconnue.

Le mécène habitait une maison qui s'efforçait de paraître simple, mais comme un loup s'efforce de ressembler à un agneau. C'était un chalet immense, au bord du lac des Quatre-Cantons. Un chalet aux quatre étages soulignés de géraniums et de bégonias. Des femmes souriantes et bien en chair vaquaient à leurs occupations dans des bureaux à gerbes de fleurs. Il y en avait beaucoup, des fleurs et des femmes. Tout le premier et le second étage servaient de cadre à une profusion de toiles neuves. C'est ce qui est frappant dans l'art contemporain : la moindre des œuvres, quelle qu'ait été la vie misérable parfois de son créateur, respire cette clarté aveuglante, ce bonheur des couleurs neuves qui, semble-t-il, ne vieilliront jamais, respireront toujours l'atmosphère qu'elles ont happée d'un atelier où la joie de vivre ne faiblissait jamais. Il y avait là des Klee, des Miró, des Juan Gris, des Dubuffet, des Kandinsky, deux ou trois Item, deux boîtes de Pons et au milieu d'un grand vide, soulignée par le sol de marbre blanc, une sculpture phallique de Brancusi qui s'appelait *Le Ciel*.

Mais Zurlinden n'avait pas mis tous ses œufs dans le même panier. Au troisième étage, on retombait dans la pénombre feutrée propice à la nuit des temps. Les œuvres qui en occupaient les cimaises faisaient antichambre, séparées les unes des autres par des arcades à forme de chapelle. Lourdement encadrées, elles avaient besoin chacune d'un éclairage individuel pour briller de tous leurs feux. Elles allaient, en avançant de salle en salle, du XIXe au XVe siècle. C'était au fond de cette pénombre que Zurlinden m'attendait, debout et amène, la main tendue.

On ne décrit pas la réussite paisible et souriante qui n'a jamais eu, toutes générations confondues, à souffrir de gênantes promiscuités. On sentait tout de suite que cet homme n'avait jamais eu à se laver les mains du sang d'aucun juste. D'autres, autrefois, l'avaient fait à sa place. Cette étrange virginité chez un homme d'argent lui conférait une carnation paisiblement rose qui ne devait rien à aucun artifice.

Pour le reste, c'était un vieillard de quatre-vingts ans qui me dominait d'une tête et qui me scrutait gravement, sans le secours d'aucune paire de lunettes. Tandis qu'il me tendait la main, je lui dis :

— Personne n'a jamais eu envie de vous peindre ?

— Oh si ! me répondit-il en riant. Beaucoup de monde.

Il parlait le français avec un accent germanique quoique distingué.

— Je vous ai fait venir d'aussi loin, me dit-il, parce que je veux vous faire un cadeau. Venez !

Il m'entraîna jusqu'à une porte qu'il ouvrit en me faisant passer devant lui. C'était un bureau à la Vermeer de Delft, au carrelage noir et blanc en losanges, lourdement chargé de meubles colossaux et d'une cheminée de marbre noir où brûlait un feu sagement ordonné. Il n'y avait pas ici de tableaux exposés sauf un seul, isolé au centre d'un panneau, entre deux lambris de chêne sombre. Je savais que c'était un tableau parce que je voyais le triangle de la cordelière qui le soutenait suspendu au mur. Mais pour le reste, il était voilé d'un crêpe noir comme un portrait qu'on ne voudrait plus regarder.

Zurlinden me fit asseoir et m'offrit un cigare que je refusai. Tandis qu'il allumait le sien, je me roulai une cigarette comme je fais toujours. Il me dit :

— Nous n'avons ni l'un ni l'autre beaucoup de temps à consacrer au superflu et c'est pourquoi je ne vous ai même pas demandé si vous aviez fait bon voyage car c'est du superflu que nous sommes en train de nous accorder ici. Et vous peut-être plus que moi. Alors voici, il y a... quelque temps, j'allai à Ferrare en chemin de fer — je ne prends jamais l'avion — pour assister à la dispersion d'une succession aux enchères. C'était le dernier des Montferrat qui venait de disparaître dans la misère, parmi les ruines de son palais, à force d'alcool et d'hallucinations. Il avait vendu déjà toutes les pièces de ses collections, en soixante et dix ans de vie dissolue. Il ne restait donc presque rien et je me reprochais d'aller perdre mon temps à Ferrare.

» Dans le train, je venais de lire, c'était à l'occasion des obsèques du dictateur, une assez longue histoire où il était question de vous. On y parlait de cette nuit dans cette étrange église. On racontait par le menu le terrible événement dont vous aviez été le témoin. Je lisais distraitement et avec le sourire, pensant que ces journalistes avaient beaucoup d'imagination.

» A Ferrare, les enchères étaient presque désertes. Il y avait un monsignore en bas violets, l'inévitable Japonais de service et quelques dames milanaises qui trimbalaient des millions de lires dans des sacs disgracieusement boursouflés. Tout se passa dans le calme et sans passion. Je ne levai pas une seule fois le doigt tant la laideur de ce qui m'était présenté n'offrait aucun intérêt. J'allais partir, rentrer à Lucerne.

Zurlinden s'interrompit après ces mots. Il se leva, se rapprocha nonchalamment du tableau voilé accroché au mur.

— Quand soudain, dit-il, les aides du commissaire-priseur apportèrent sur un chevalet un tableau voilé comme il est ici et le commissaire nous précisa que lorsqu'il était accroché à la cimaise du palais Montferrat, c'était ainsi qu'on l'avait découvert à la mort du prince : voilé ! Mais, lorsqu'ils soulevèrent le crêpe, je vis : ceci !

Alors, en même temps qu'il allumait une rampe pour bien l'éclairer, Zurlinden arracha le voile qui dissimulait l'œuvre et moi je me dressai, tremblant, le cri d'horreur au bord des lèvres, estomaqué. Je me rapprochai, halluciné, de cette toile qui mesurait plus d'un mètre cinquante de large sur un mètre vingt de haut.

Elle représentait l'intérieur de l'église où j'avais été enfermé. Elle la représentait selon la même perspective où je l'avais vue de derrière l'autel ; au premier plan d'ailleurs, grimaçait l'un des orants de marbre où je m'étais accroché. Et de ce point de vue où le peintre s'était placé, il avait, sans aucun décalage appréciable, dépeint exactement la scène dont j'avais été témoin, une certaine nuit, autrefois.

C'était la même petite foule mendiante et suppliante, offrant de larges mains ouvertes sur l'évidence ou jointes sur la prière impie, qui faisait le siège de la femme debout, la poitrine biffée par ce cierge couleur de saindoux, éclairage essentiel du tableau mais qui pourtant ne portait pas encore de flamme. Autour de lui, essentiels, se distribuaient dans la pénombre verdâtre les visages passionnés des duègnes aux doigts déformés par les travaux de ménage, des mères et des épouses scandalisées, la bouche ouverte, les yeux ravagés par les cernes d'une méchanceté lubrique. Les licteurs sur les bas-côtés respiraient l'éternité de la bassesse comme la respiraient ceux que j'avais rencontrés. Bien que nés sans doute à cent ans de distance, les mêmes fronts et les mêmes regards les apparentaient comme si les mêmes mères les eussent engendrés. Mais je n'avais d'attention que pour le visage de la femme au cierge, aussi commun, aussi ordinaire, aussi lavé de frais sans artifice le matin même, que celui que j'avais pu contempler vivant. Il n'y avait qu'un seul détail par quoi le peintre avait flanché. Moi, tant sur les restes des squelettes découverts dans la crypte que sur le corsage de la vivante, c'était un bouquet de taffetas fané que j'avais remarqué. Lui, au contraire, fermant le corsage de la sacrifiée d'une belle touche couleur parme, c'étaient bien de vraies violettes qu'il avait dessinées. En outre, par un extraordinaire tour de force de perspective afin, sans doute, de bien faire comprendre la fin dernière qui suivrait cette scène immobile, le tombeau ouvert était représenté pour ainsi dire vertical derrière la femme.

Je revins à mon fauteuil pour m'y affaler flageolant.

— Vous ne m'épargnez guère..., dis-je à Zurlinden dans un souffle.

Il me posa la main sur l'épaule.

— Attribué à Goya ! s'exclama-t-il. C'est ça que le commissaire-priseur nous a affirmé. Nous étions trois à scruter cette horreur comme s'il s'agissait de la plus banale des compositions, d'un paysage bucolique ou d'un lisse nu suggestif. Le monsignore était particulièrement avide de détails et il approchait de la toile son nez minutieux jusqu'à pouvoir la flairer. Il devait savoir, comme moi, quel événement cette œuvre commémorait. En revanche, le Japonais devait l'ignorer. Il céda presque tout de suite d'ailleurs. Goya ! Il avait fait la moue. Ça ne devait pas peser lourd à côté des valeurs sûres qui dorment dans les coffres de Yeso. En revanche, il y eut lutte acharnée entre le monsignore et moi. Il me jetait des regards venimeux à chaque surenchère. Mais on n'arrête pas un Zurlinden qui veut acheter. Je ne vous dirai pas le prix qu'à la fin je l'ai payé. Il y avait là de quoi refaire le toit du palais Montferrat, mais pour lui il était trop tard ! Je crus comprendre, à sa démarche, que le monsignore courbait l'échine sous l'emprise de la douleur. Je faillis lui courir après pour lui offrir le chef-d'œuvre, mais alors j'ai pensé à vous !

Je gémis ironiquement.

— Vous êtes bien bon ! Mais j'aurais préféré ne pas être confronté à un Goya en chair et en os !

— Attribué à ! rectifia Zurlinden le doigt levé.

— Que me chantez-vous là avec votre attribué à ? *C'est* un Goya !

— Vous êtes connaisseur ?

— Non. Mais quand j'ai vu devant moi ce tableau vivant en trois dimensions, je n'ai pas cessé de me dire dans mon cauchemar : c'est un Goya !

— Bon ! Nous l'attribuerons donc à Goya ! dit Zurlinden.

Il considérait froidement le tableau du haut de son cigare hautain.

— La toiture du palais Montferrat ! grommela-t-il entre ses dents, et parce que je n'ose pas dire celle du palais Farnèse !

Il se tourna vers moi brusquement.

— Prenez-le ! Il est à vous !

J'ouvris la bouche pour lui répondre une grossièreté, mais je me souvins à temps qu'il n'était pas français et que ce n'était pas le moment de perdre notre gravité. Je me contentai de secouer la tête.

— Quoi ? Vous n'en voulez pas ?

— Vous tenez vraiment à ce que je ne puisse jamais

plus oublier ? Jamais une minute ? Quelquefois j'oublie...

Il me serra de nouveau l'épaule dans sa main.

— J'aurais été déçu si vous aviez accepté, dit-il. Pourtant, je vous l'aurais déposé sur les bras et que le diable vous emporte !

Nous étions tous les deux plantés devant le chef-d'œuvre, hypnotisés.

— Je ne peux pas vivre dans l'horreur ! gémit Zurlinden. Je suis de ceux qui biffent à coups de crayon les articles de journaux qui rapportent des cruautés trop vives.

Ce n'était pas le moment — et je n'en avais guère le goût — de lui dire : « Chacun des billets qui ont payé les œuvres d'art de cette maison a été, à un moment quelconque, l'occasion d'innombrables horreurs. » Il ne m'aurait pas entendu d'ailleurs. Il marchait droit vers le tableau. Il en empoignait le cadre.

— Tenez ! me dit-il. Aidez-moi donc à le décrocher !

Je ne comprenais pas ce qu'il voulait mais je lui obéis. Nous étions maintenant de part et d'autre du tableau déposé et Zurlinden soufflait un peu après cet effort.

— Et tenez ! me dit-il encore. Puisque nous y sommes ! Jetez donc un coup d'œil sur l'entoilage ! A l'envers ! Regardez ! Là, au-dessus des étrésillons. Vous avez encore de bons yeux j'imagine ? Il y a une inscription !

Je vis les caractères noirs, bien séparés les uns des autres. Je crus d'abord qu'il s'agissait d'une signature. Mais non, c'était un titre.

— Que lisez-vous ? demanda Zurlinden.

— *La Violeta*... Je crois...

— C'est ça : *La Violeta*. Ce tableau n'est pas répertorié dans l'œuvre de Goya mais je possède plusieurs spécimens de son écriture. J'ai fait expertiser l'inscription. C'est bien d'un Goya qu'il s'agit. Votre coup d'œil est infaillible. Quand je vous parlais du palais Farnèse...

— Vendez-le donc, lui dis-je. S'il vous gêne à ce point.

Ce fut à son tour de secouer la tête.

— Tenez ! dit-il. Aidez-moi encore un coup !

Il me guida vers la cheminée et il reposa le tableau contre le pied-droit de l'âtre. Il recula pour le contempler encore. Les flammes du feu dansaient sur le vernis de la toile dont elles accusaient les craquelures. Comme les vagues de la mer font oublier ses profondeurs, ces écailles de flamme qui fulguraient devant les couleurs sombres les paraient d'une joie inconvenante, d'une joie mauvaise. Celle qu'avait dû éprouver le créateur de cette œuvre quand il l'avait minutieusement parfaite.

— Même le génie cette fois, dit Zurlinden, s'est montré impuissant à transcender l'horreur. Ce Goya n'était pas transigeant !

Il jeta brusquement son cigare au feu.

— Aidez-moi ! commanda-t-il. Si vous ne voulez pas voir un vieillard plier sous l'effort !

Cette fois j'avais compris son dessein et je l'approuvais. La cheminée était immense. Nous pouvions chacun y tenir debout de part et d'autre du feu. La toile et son cadre furent posés en douceur sur l'assise des bûches rouges.

Pendant longtemps tous les deux en silence, nous

avons regardé les flammes irisées par les composés chimiques des couleurs mordre les visages et les colonnes et les voûtes de cette nef et ce vitrail au-dessus aux motifs angéliques. Mais la dernière chose qui disparut dans le néant, ce fut ce visage de femme banal et le grand cierge blanc qui s'insérait entre ses seins.

— Vous êtes beaucoup plus jeune que moi, dit mon hôte en me reconduisant. Vous pourrez témoigner que le vieux Zurlinden était aussi sensible à la laideur qu'il l'a été à la beauté.

Zurlinden est mort, conclut Laviolette. Parfois je vais à Lucerne faire un signe d'amitié à sa tombe. Mais c'est en pure perte qu'il a détruit cette œuvre d'art. Elle est en moi pour toujours. Ce visage de femme banal je ne l'oublierai de ma vie, alors que j'en ai oublié tant d'autres, mes beaux compagnons de bonheur, lesquels pourtant m'ont vu vivre attentivement pendant tant d'années, tant d'autres infiniment proches, que j'ai touchés, que j'ai caressés et qui tous se sont fondus dans la pénombre du souvenir.

J'ai été un piètre amant plus souvent qu'à mon tour — puisque nous en sommes aux contritions dernières — et savez-vous pourquoi ? Parce que, entre le masque de chaque partenaire qui espérait l'extase à quelques centimètres du mien, celui de cette victime aux yeux morts s'interposait qui m'interdisait de donner ou de recevoir de la joie.

Chaque fois, conclut Laviolette, qu'au courant de ma vie il me prenait tentation de croire en l'homme, voire de croire en moi — avez-vous oublié que je suis franc-maçon ? —, je m'administrais comme une cure et d'extrême urgence ce voyage au pays des cathédrales flamboyantes. En cet Etat devenu opulent toute trace d'oppression avait disparu et si le poste de police était toujours au même endroit, les visières des sbires s'étaient modestement réduites.

Je croisais sur cette place en éventail, couleur de sang séché, des cars de luxe venus de toute l'Europe et qui vomissaient des foules convenables, cossues, bien propres, bien modernes, à mille lieues des fantasmes que je nourrissais encore. J'allais m'asseoir sur les marches de l'autel, les mains croisées entre mes genoux. Devant moi, depuis l'explosion prétendument terroriste qui les avait rendus béants, les tombeaux des quatre postulants à la canonisation avaient été soigneusement comblés. Les dalles même avaient disparu ainsi que leurs noms, lesquels d'ailleurs ne figuraient plus sur les listes de la sacrée congrégation des rites, en attente de sainteté.

Le vitrail sombre de la rosace qui avait volé en éclats lors de l'attentat avait été remplacé, faute de moyens, par de simples vitres à armature par où le jour coulait à flots. Il n'y avait plus de mystère. Je pouvais croire que j'avais rêvé.

Mais le propitiatoire que soutenaient les orants était toujours de marbre sous les fleurs qui l'embellissaient. Mais je savais, à l'insistance alléchée qu'ils mettaient à photographier l'emplacement supposé de cet ossuaire dont, bien sûr, ils connaissaient l'histoire — sans cela eusssent-ils été si nombreux ? —, que chacun de ces touristes, y compris moi d'ailleurs, assis les mains croisées sur les marches de l'autel, aurait été, serait, pourvu que le prétexte fût suffisamment aveuglant, capable d'ensevelir n'importe quelle victime, ne fût-ce que pour ne plus l'entendre crier ou pour faire disparaître l'obsession qu'en son innocence elle représentait.

Qu'importe le décor ou la péripétie ? Je n'avais qu'à lire dans ma conscience : le temps des enterrées vives n'était pas près d'y finir.

Le Diben
Août 1991

L'arbre

Je n'étais jamais aussi heureux, dit Laviolette, que parmi les champs d'ivraie qui, autrefois, avaient été emblavés. Le dactyle doré est le blé de l'âme. Et lorsqu'on voit, à travers ses épis blonds, se profiler les ruines blanches d'un hameau, on est payé de sa faim et l'on court vers ces vestiges secs pour s'y baigner comme dans les eaux d'une source.

C'était mon grand-père, lequel, comme vous le savez, était dans la gendarmerie, qui me racontait cette histoire quand il me menait promener sur les hauteurs de Manosque où il avait eu sa dernière affectation, longtemps avant ma naissance.

Mon grand-père aimait les villages en ruine qu'il pouvait peupler de tant de fantômes des bruits de la vie : des fantômes tonitruants d'hommes affirmant leur personnalité et leurs convictions, mais aussi des fantômes de fontaines, de treilles et de jardins bien tenus.

Il était chargé comme un bonhomme Noël d'une hotte d'histoires tristes et c'était toujours le grand poème de la mort que du haut de ses soixante-huit ans il déversait sur moi afin que je m'habitue à elle. Sans doute jugeait-il qu'il fallait s'y attacher de bonne heure puisque toute une vie y suffirait à peine.

J'ai vécu, me disait-il, au milieu de portraits et de tableaux, parfois de chasse, qui n'ont jamais été peints. Parfois, je me promène dans cette galerie de chefs-d'œuvre comme dans un musée. C'est formidable, la mémoire ! Tiens ! Sais-tu où je suis en ce moment ? A Montfuron ! Là-haut, en dix-neuf cent et quelque... Je viens d'entrer chez la mairesse, la veuve Truche, qui m'a crié que la porte était ouverte. Elle était en grand deuil. Le maire, Polycarpe Truche, venait de mourir d'une embolie électorale.

Je t'explique : il y avait si longtemps que la veuve Truche commandait sur ces hauteurs par époux interposé, qu'elle avait fini par croire que c'était elle monsieur le maire. Les dernières élections lui avaient été fatales : elle avait été battue en la personne du Polycarpe et celui-ci en était mort de déplaisir. Enfin... on avait baptisé cette amertume funeste du beau nom de cancer, mais aucun Montfuronais ne s'y était trompé et lors de ses obsèques, même ceux qui avaient voté pour lui étouffaient des ricanements rentrés comme s'ils avaient conscience de représenter la justice immanente.

Après vingt-cinq ans de despotisme édilitaire si l'on continue à vous craindre, il n'y a plus grand monde pour vous aimer. Et sur son passage de veuve, l'Alix Truche, si elle tenait toujours en respect les prunelles de ceux qui la regardaient droit dans les yeux, ne se faisait aucune illusion, en revanche, sur le sourire de joie qui éclairerait leur visage, sitôt que celui-ci serait de nouveau à l'abri sous l'ombre noire des chapeaux.

Cette veuve Truche était énorme par tradition. Il

avait fallu quatre mètres de faille pour lui tailler cette tenue de grand deuil. Quand elle se déplaçait c'était toujours avec la majesté d'un carrosse. Je dis par tradition car, chez nous, les ambitieux qui rêvent d'hôtel de ville n'ont jamais pu conserver des épouses sveltes. C'est devenu proverbial. A quelques rares exceptions près, ce phénomène se confirme au long des générations, sans qu'on ait jamais pu avancer aucune explication rationnelle.

On reconnaît d'ailleurs l'ambition édilitaire des fils de famille — c'est souvent congénital — au soin qu'ils prennent d'épouser un échalas. Il faut les voir jeter des regards soupçonneux sur les belles-mères éventuelles. La fille ne trouve grâce à leurs yeux, si flexible soit-elle, que si la mère offre les salières du désespoir et si, comme pour l'Enfer de Dante, il faut laisser toute espérance dès lors qu'on la serre dans ses bras.

Mais, malgré ces précautions fallacieuses, car naïvement ces ambitieux ne regardent jamais les pères, ils se retrouvent un beau jour avec des tonneaux arrimés à leurs bras. Quelquefois, c'est à l'occasion des premières grossesses, mais le plus souvent c'est un ou deux ans après le premier mandat municipal, comme si jusque-là les épouses eussent été faméliques et que leur soudaine ascension édilitaire leur eût enfin permis d'assouvir leur faim.

Ça ne faisait pas sérieux. De belles carrières départementales, peut-être nationales, en avaient été brisées. On sait bien que le pouvoir engraisse, mais on peut arguer pour soi-même des longues sessions sédentaires auxquelles on est contraint pour débattre profitablement du bonheur des administrés, tandis que lorsque ce sont les épouses qui épaississent, on peut difficilement faire croire qu'elles n'ont pas profité des banquets officiels pour s'empiffrer.

Toutefois, cette veuve Truche, en dépit qu'elle fût grosse, faisait encore rêver. On soupçonnait ses abondances d'être de marbre pur. Lors de certaines noces, des oncles pris de boisson en avaient fait pari. Dans la bousculade du bal après boire, ils avaient sauvagement tenté de lui pincer les fesses en y mettant tout leur cœur. Outre la paire de gifles à désarçonner un cavalier qu'ils avaient essuyée, ils avaient pu se convaincre que les fesses de l'Alix n'offraient aucune prise. Grâce à eux, l'on savait maintenant que monsieur Constantin était un homme heureux.

Ce Constantin était l'adjoint au maire. Il avait ramassé la veste en même temps que le Polycarpe mais lui, il n'en était pas mort. Ils avaient ensemble, avec l'Alix, une habitude assez récente mais pourtant antérieure de quelques mois au décès du maire. Cette liaison ne gênait personne : tout Montfuron était au courant. La seule chose dont on s'était préoccupé c'était de connaître, afin d'être rassuré, s'ils goûtaient quelque plaisir ensemble ; mais on n'avait jamais pu le savoir quelque soin qu'on ait pris à les épier. De sorte qu'une sourde inquiétude planait sur la population qui soupçonnait cet amour de n'être que politique.

Ce Constantin avait contraint ses traits à exprimer toute une bonnasserie anodine propre à endormir la méfiance que nous inspire tout étranger, pourtant sa glabelle proéminente et la moue avançante de ses lèvres, laquelle avait fini par devenir un tic, dissimulaient bien une riche nature secrète, abondante en ressources imaginatives et capable de profonds souterrains.

L'œil qu'il avait sans passion était étonnamment peu expressif et n'était pas de belle couleur, néanmoins languissant et propre à jouer au chien couchant avec les dames.

Mon grand-père impatienté faisait claquer ses doigts :

— Ah fiston ! Ce que je veux te peindre et n'y parviendrai pas, c'est l'œil du Zorme, du père Guilhon, du marchand de biens Nicolas, du notaire Génin, tous gens que tu n'as pas connus et qui portaient, comme en bandoulière, ce même type d'yeux : des yeux accessoires ! Des yeux qui ne riaient jamais dans le rire, ne souriaient jamais dans le sourire, ne s'assombrissaient jamais devant le spectacle de la douleur. Enfin, des yeux qui étaient comme le sextant d'un navire : indéréglables ! Quels que soient autour d'eux les ondulations de l'âme ou les soubresauts du corps. J'ai fermé chez des mourants de ces sortes d'yeux dont il fallait faire effort pour savoir s'ils étaient vraiment passés de vie à trépas.

Autour de ces *miroirs de l'âme*, comme on dit, était organisé, chez monsieur Constantin, un corps incisif comme une lame de couteau, souple ou raide à volonté selon l'usage qu'il voulait en faire, mais sans doute pour prouver que les variations climatiques ne lui faisaient aucun effet, toujours habillé à son avantage, été comme hiver, de pantalons de nankin et de chemises de lin blanc. Il abritait aussi sa calvitie sous un véritable panama dont il possédait trois exemplaires. C'était, espérait-il, grâce à ces trois pièces de vêtement, lesquelles évoquaient des ailleurs exotiques, qu'il avait séduit l'Alix Truche.

Mon grand-père posait sa grosse main sur la mienne :

— Excuse-moi, fiston ! Mon récit va être fleuri de quelques privautés peu compatibles avec ton jeune âge, mais puisque je suis en train de t'apprendre les choses de la mort, tant vaut-il qu'au passage je te fasse toucher aussi aux douceurs de la vie. Il y en a. En tout cas, dit-il, tu t'en tairas à ta mère, et surtout à ta grand-mère, que Dieu garde !

Nous étions arrivés par la Thomassine, les Tours, les Dragons et Pèlegrin jusqu'à ces hauteurs de Barême d'où l'on voit Lure et le Vaucluse. Assis sous le vent rêveur qui pétillait entre deux pins à l'ombre transparente, nous contemplions les croupes nues de la colline où Montfuron épars entre les plis des combes vit encore sa vie maintenant sans passion.

— Et pourtant..., disait mon grand-père, de la passion, il en a eu sa part ce pays.

Il me désignait du bout de sa canne un point précis du cadastre que soulignait, à flanc de coteau, une haie vive.

— Là-bas, me disait-il, avant d'atteindre la route de Manosque, il y a un chemin charretier, autrefois communal, lequel pendant près de cinq cents mètres traverse une ancienne truffière faite d'arbres énormes. Aujourd'hui, la plupart d'entre eux ont été coupés, mais parmi ceux qu'on a conservés, il y en a un qui est si gros qu'il sert de repère à l'armée. Il se dresse à cent mètres de la Font de Bourne, une source au bord de laquelle on aime s'asseoir et qui coule toujours.

Ce chêne, on ignore son âge. On dit centenaire pour simplifier les choses, mais de combien de cent ans, ça on ne sait pas. Son fût s'élève à plus de huit mètres avant que la première branche maîtresse ne fuse de lui pour s'étendre à l'horizontale. On dit centenaire mais pour le façonner tel qu'il est, c'est plusieurs siècles qu'il a fallu. Le vent du nord-ouest l'a saisi dans son erre de plein fouet sitôt qu'il a été en âge de lui donner prise et s'il l'a laissé pousser droit, en revanche, il s'est occupé de ses frondaisons pour les étirer démesurément sous son souffle.

D'ordinaire, les rameaux d'un chêne s'étalent harmonieusement avec son tronc pour axe et la nature ne permet pas que les branches maîtresses soient plus longues d'un côté que de l'autre. Mais celui-ci, malencontreusement placé dans l'axe exact du vallon, offrait au vent du nord-ouest une prise idéale. Il y avait gagné que, d'un côté, ses frondaisons rebroussées étaient atrophiées et que, de l'autre, elles fuyaient sous le courant d'air jusqu'à s'étendre à l'horizontale, pour les plus puissantes, sur une distance de près de dix mètres. Lorsqu'on se trouvait au-dessous de la plus basse, c'était un énorme serpent de bois torsadé et contourné qui vous dominait jusqu'à cette extrémité de ramure qui surplombait le vide d'un ravin.

Pour compenser cette disproportion, l'arbre avait dû s'ancrer dans l'autre sens sur le banc de roche où il était assis, entre les dalles du mille-feuille calcaire qui lui servait de support. Il y avait inséré deux racines qui avaient fait éclater le roc. On pouvait les suivre à l'œil nu, bandées comme d'énormes muscles sous tension qui resurgissaient çà et là à l'air libre dans l'éboulement du talus et qui semblaient palpiter d'une pulsation convulsive sous l'effort immobile qui les soustendait.

Sous la lune, la nuit, elles ruisselaient, bardées

d'écailles fallacieuses et comme en mouvement, en train de ramper vers quelque proie qu'il importait d'encercler.

Mon grand-père soufflait pour reprendre haleine. J'avais dix ans. J'étais à cette époque de la vie où l'on préfère démonter une horloge pièce à pièce pour voir ce qu'elle a dans le ventre, plutôt que de méditer sur le mystère qu'elle égrène. Il me paraissait bien suffisant de savoir que là-bas, près de la Font de Bourne, il y avait un arbre simplement un peu plus gros que tous les autres. Et, imitant ma grand-mère, laquelle, bien souvent, l'interrompait de la sorte lorsqu'il racontait trop long, j'osai lui dire doucement :

— Bref... Il y avait un arbre.

Il me regarda de travers.

— Qu'est-ce que ça veut dire ça : « Bref, il y avait un arbre ? » Si je te dis brièvement : « C'était un arbre », tu ne verras qu'un arbre. Mais si je réussis à te faire comprendre à quoi il ressemblait, tu verras un personnage. Tu préfères voir un arbre ou un personnage ?

Je répondis tout honteux :

— Un personnage bien sûr.

Mon grand-père soupira.

— Ça en est un de personnage, cet arbre, fiston ! Tu vas voir ! Et d'abord, une certaine nuit... Oh, une nuit qui a dû voir les Trois Glorieuses, ou celle de l'Abolition des privilèges, ou peut-être la Saint-Barthélemy, est-ce qu'on sait ? Enfin une nuit qui se perd dans celle des temps. Une nuit en tout cas qui a compté dans la vie de cet arbre. Il s'est battu contre la foudre du crépuscule du soir jusqu'à celui de l'aube. Elle l'a eu à la fin mais pas trop profondément. Il était déjà trop gros même pour elle, pour l'écarteler en deux comme elle fait d'habitude.

Au matin, quand le premier charretier est passé, il a vu comme des nids de serpents d'écorce se tordre sur le chemin, au gré du vent, avec une odeur, a-t-il dit, de copeaux varlopés, pour qu'on se figure bien l'infernale menuiserie dont ce coin de la forêt avait été le témoin. Il dit que les chevaux s'en étaient cabrés d'inquiétude devant ces volutes insolites et qu'il avait pu à grand-peine les refréner à coups de fouet et de hautes paroles. Tous ceux qui passèrent alors ce jour-là, puis les jours, les mois et les années qui suivirent, rapportèrent que du haut en bas de ses huit mètres de fût, cet arbre avait été lacéré par la foudre comme par les griffes d'un énorme lion et sur tout le pourtour de son tronc. Par ces égratignures, longtemps, très longtemps, il saigna sa sève comme un homme son sang. Plusieurs témoins dirent au cours des âges qu'à un moment ou à un autre on n'avait pas donné cher de sa peau, qu'un été même, il vécut sans frondaisons comme au gros de l'hiver, avec juste au bout des branches quelques ridicules houppes de feuilles grosses comme celles d'un chou, sans doute pour compenser la multitude de celles qui, d'ordinaire, lui permettaient de respirer.

Heureusement, il avait tout son temps devant lui et pendant cette longue période où il fut moribond, un grand nombre d'hommes qui passèrent sous ses branches dépenaillées, naquirent, vécurent et s'en allèrent mourant.

Enfin, un jour, il guérit. Ceux qui s'y intéressaient, plus nombreux qu'on ne croit, rapportèrent qu'au creux des sillons à vif laissés par les griffes de la foudre, l'écorce commença à ramper de bas en haut, en couches grises successives qui se solidifiaient comme de la lave qui se répand. En même temps s'accusaient, parallèles, de gros bourrelets cylindriques qui formaient comme des colonnes pour soutenir le tronc dans sa lutte. Je dis : *en même temps,* fiston, mais en réalité, pour que l'écorce neuve recouvre entièrement toute la hauteur du fût, il y fallut le temps imparti à la vie de trois générations d'hommes et ce fut précisément au bout de ce long chemin qu'on commença à faire la réputation de ce chêne. Jusque-là, il n'en est pas question dans la longue tradition orale que j'ai pu remonter.

Elle commença seulement à partir du moment où l'on retrouve cet arbre de nouveau triomphalement paré de ses frondaisons vertes ou rutilantes à l'automne. Alors, on le décrit déjà tel qu'il est aujourd'hui : énorme, le sol au-dessous de lui nettoyé de toute végétation par son ombre même, offrant à chaque octobre une profusion de glands aux sangliers d'alentour.

Qui, le premier, s'est aperçu des vertus négatives de ce chêne et quand ? On rapporte qu'à la fin du XVIIIe siècle, un de Manosque retour avec son frère de la foire de Céreste, après force libations, s'était soudain trouvé devant l'arbre et qu'il avait violemment serré le mors au cheval parce que, dit-il par la suite, il avait vu le chêne flamber avec de courtes flammes bleues.

Il fonça bride abattue jusqu'à Manosque où il se démena pour réveiller les frères de Saint-Laurent. Car à cette époque, fiston, les pompiers n'existaient pas encore, c'était une confrérie, comme il y en avait tant à Manosque, qui se chargeait des incendies. Ceux-ci mirent longtemps à le croire. Un incendie, en général, c'est rare que ça commence par un chêne surtout, avait dit l'homme, qu'il brûlait sans fumée. D'autant que cet homme puait l'eau-de-vie dès qu'il ouvrait la bouche et que son frère, lequel pourtant n'en valait guère mieux, jurait lui qu'il n'avait vu qu'un arbre tout à fait paisible qui se contentait de murmurer au vent de la nuit.

Néanmoins, à la fin, ils avaient attelé. Les quatre percherons du fourgon avaient monté la pompe en bois jusqu'au lieu dit la Font de Bourne, guidés par le frère qui n'avait rien vu, car l'autre, assommé par le grand air et la vision de l'arbre en feu, était inutilisable. On avait dû le laisser cuver ses libations à la remise de l'hôtel Sauvecane, sur un tas de sacs de Messageries. Ce fut pourtant lui, par la suite — car les pompiers ne se vantèrent jamais de l'aventure — qui rapporta ce que son frère lui avait raconté.

— Moi, lui avait-il dit, je leur ai dit : « Voilà ! c'est ici ! C'est ce gros arbre que soi-disant mon frère a vu couvert de flammes. Mais vous pouvez constater comme moi qu'il est tout noir ! Qu'on ne distingue même pas une feuille de l'autre ! » Seulement, c'est à croire qu'ils avaient bu autant que toi les frères de Saint-Laurent parce qu'ils se sont mis à faire la chaîne pour arroser l'arbre avec leurs seaux, à dresser les échelles contre le tronc, enfin à donner tous les signes du branle-bas contre l'incendie. Et pourtant, je te le jure, il n'y avait pas une lueur de flamme sur tout l'horizon ! On y voyait comme dans un four ! Je me demande ce qui leur a pris...

Les légendes se créent par accumulation de coïncidences, mais il faut bien un commencement à leur histoire. On dit que ce fut ce malheureux jeune homme qui commença la série. Quand, à quelle époque exacte est-il mort, deux mois à peine après que son frère et les confrères de Saint-Laurent eurent vu cet incendie fallacieux ? Sauf l'époque — avant ou après la Révolution ? — on sait tout cependant sur ce décès : il mourut en cueillant un panier de poires, à Sassenage, dans l'Isère, chez un bourgeois de Grenoble où il était en condition. Un barreau de l'échelle où il était juché se brisa sous son poids. Il mit des jours à mourir. Il poussait des cris lamentables. On sait même son nom : il s'appelait Lambert.

On est obligé de faire partir de cette date précise l'activité de l'arbre car, soit que la nuit des temps en eût effacé le souvenir, soit que les anciens eussent eu plus de vergogne envers les prodiges, on ne sait rien de lui auparavant sauf qu'il fut foudroyé.

En revanche depuis, les témoignages abondent. On cite en exemple, car il frappa très fort les imaginations, le cas de cette mariée, morte le jour de ses noces d'un *sang-bouillant* comme on dit ici, c'est-à-dire d'un coup au cœur, alors que la réputation de l'arbre était déjà bien établie.

Elle était morte à vingt ans sur le boghei de gala qui l'emportait en voyage de noces. Elle était née à Villemus, à deux collines de Montfuron, deux villages qui partageaient leurs secrets. Or, par malheur, le fiancé, lui, n'était pas d'ici. Personne encore ne lui avait parlé du chêne. C'était un sujet qu'on n'abordait qu'entre soi, de crainte de faire rire le monde.

Le hongre ariégeois étrillé de neuf, les sabots passés au cirage noir, trottait avec majesté. Ils étaient arrivés devant le chêne à petite allure — comme il convient à des gens qui s'embrassent souvent chemin faisant. Ils allaient prendre la grand-route vers Céreste et Apt. Et soudain :

— Oh ! regarde chérie ! avait crié le *novi*. Regarde ! l'arbre brûle !

Pour lui, ce n'était qu'un cri d'angoisse en face d'un incendie possible puisqu'il ne savait pas, mais pour elle c'était un arrêt de mort, car à ses propres yeux le chêne ne faisait que verdoyer sous la brise du soir. Il ne lui montrait que la douceur des choses tranquilles et sans malice.

Car c'était là, fiston, que se nichait le prodige : l'arbre ne brûlait jamais qu'aux yeux des témoins, jamais pour celui qui allait mourir.

Il ne brûla d'ailleurs que durant quelques minutes, le temps que la mariée s'emplît les yeux encore une fois, sous les basses branches de l'arbre, du fond d'éteules couleur d'or qui haussait là-bas le village de Reillanne sur le ciel.

Le cœur de cette jeunesse palpitait mal depuis l'enfance. L'angoisse, à l'annonce que l'arbre brûlait pour elle, lui avait serré la poitrine dans son étau. Elle s'était affalée dans sa robe blanche, ensevelie sous cette lessive de linge propre. On l'avait enterrée telle quelle, dans sa robe fragile, avec son diadème de roses. Pauvre fille !

Un gendarme d'alors, qui eut vent de l'affaire, s'occupa de ce phénomène avec vigilance et incrédulité. L'incrédulité, fiston, est la qualité majeure d'un gendarme, c'est elle qui fait de lui l'égal d'un scientifique.

J'ai retrouvé dans un placard de la caserne, à Manosque, un cahier d'écolier plein de ses attendus. Il réussit à établir que la mariée était connue pour avoir le cœur faible, qu'elle n'était pas superbe mais riche et lestée d'une belle dot, que, depuis longtemps, en dépit de ses dénégations, le fiancé connaissait le pouvoir maléfique de cet arbre ; les témoins qui l'avaient mis au courant, le gendarme les avait retrouvés ; que, d'autre part, pour rejoindre la route d'Apt depuis la salle du banquet, s'engager sur le chemin qui passait sous le chêne ne paraissait pas l'itinéraire le meilleur puisqu'il allongeait d'un kilomètre ; enfin il avait découvert que ledit fiancé entretenait une liaison houleuse et onéreuse avec la dame de Bourgane (un château), laquelle avait les mains trouées et le caprice prompt.

Ce gendarme avait fait suivre ce faisceau de présomptions par la voie hiérarchique jusqu'au juge d'instruction. Celui-ci avait haussé immensément les épaules, disant : « En tout état de cause, une superstition ne saurait être tenue pour l'arme d'un crime. »

Cette formule avait fait jurisprudence en ce qui concerne cet arbre. Ce qui est irrationnel ne peut être accepté pour preuve. Et le fait qu'en cent ans une trentaine de témoins, peut-être plus, l'eussent vu de leurs yeux, pour ainsi dire brûler vif, n'entama pas l'ostracisme des incrédules. Ce ne fut pas faute cependant de la réputation qu'on lui fit. Beaucoup d'intéressés parlèrent entre l'oracle et son accomplissement. Certains accablèrent leurs proches de sarcasmes pour ne pas les avoir crus :

— Tu vois, Constance, je te l'avais dit de tenir les pieds chauds à l'oncle Fortuné ! Dis que c'est pas vrai ? Il n'y a pas six semaines que je t'ai avertie : « Hier au soir, je t'ai dit, en revenant de Reillanne où j'allais faire ferrer le Bijou, j'ai vu l'arbre de Bourne qui brûlait et sais-tu avec qui j'étais dans la carriole ? Avec l'oncle Fortuné justement ! Il m'avait demandé de l'amener pour faire un dépôt à la Caisse d'épargne. » Oui ! Oh, tu peux hausser les épaules ! Je te l'ai pas dit ? Si je te l'ai dit ! Et j'ai même ajouté : « C'est ton parrain après tout ! Et depuis le temps qu'il te demande d'être un peu gentille avec lui. » Oui ! Oh, c'est pas la peine de me dire si je savais quel genre de gentillesse parce que figure-toi que je le sais ! Mais ce que je savais aussi, grâce à l'oracle, c'est que ça durerait pas longtemps et que après tout, un coup ça fait pas pute ! Oui, oh ! tu peux ricaner ! En attendant ça fait encore un héritage qui nous passe sous le nez ! Par ta faute ! Et si c'était le premier encore !

Oui, fiston, disait mon grand-père, ce genre de conversation, ça existe aussi entre mari et femme. Ça aussi il faut que tu le saches. Etant gendarme d'ailleurs, j'en ai entendu bien d'autres. Fais-moi penser de t'en parler.

En tout cas, en ce qui concerne l'arbre, tu imagines maintenant aisément les inestimables services qu'il pouvait rendre car s'il n'est jamais nécessaire de savoir l'heure de son trépas, en revanche, il est parfois utile de connaître celle de son prochain.

Or, tu n'as pas oublié que, de père en fils, ce chêne appartient aux Truche. Il est sur leur bien de toute éternité. Et ils sont comme tous les propriétaires : ils n'admettent pas de partager ce qui est à eux. Ils sont comme ces possesseurs de noyers qui finissent par étendre leurs branches au-dessus de la route, de sorte que lorsque le vent secoue les branches les noix sont pour les malheureux. Le chemin communal passait au pied du chêne, on ne pouvait donc pas y interdire la circulation.

Les Truche déplorèrent en vain ce passe-droit jusqu'au jour où ce diable de Brédannes passa par là. C'était un herboriste qui rendait de grands services aux uns et aux autres. A certains même il avait sauvé la vie. Il vendait son orviétan au hasard des foires, juché sur un corbillard peint en bleu avec des lisérés d'or. Il aimait les femmes et les facéties. Je l'ai connu, étant enfant, âgé de quatre-vingts ans et ne dételant pas. Certain jour qu'il avait arrêté son attelage funèbre sous le chêne de Bourne, il vit poindre un Truche qui venait faire glaner le troupeau sous l'arbre. Il lui dit :

— Ça serait étrange quand même que ce chêne ne brûlât pas à votre seule convenance ! Il est chez vous. Il a un pouvoir inquiétant et tout le monde peut en profiter ! Vous croyez que c'est juste ?

— Eh oui, mais comment faire ? Vous voyez bien que le chemin communal passe au pied !

Le Brédannes avait hoché longtemps sa longue tête de mulet.

— Vous devriez, lui avait-il dit, vous mettre bien avec le maire. Ce chemin, ce chemin, il est malcommode. Là-bas, au vallon des Couquières, il passe sur un pont qui a peut-être deux mille ans ! C'est les Romains qui l'ont bâti. Il ira pas loin : deux coups de pioche et tout tombe !

— Oh mais ! ils le reconstruiront !

— Pas si c'est vous le maire ! Pas si vous offrez généreusement du terrain dont vous ne manquez pas pour faire une déviation bien plus commode. Alors là, attention ! Ne barguignez pas. Passez sur le profit, offrez ce que vous avez de meilleur ! Parce que vous avez des gens qui voteront contre leurs propres intérêts rien que pour vous emmerder, s'ils sentent la moindre lésine ! »

Sur ce, le Brédannes remonta sur son corbillard bleu ciel et ils ne se rencontrèrent jamais plus. Seulement le levain de ces paroles avait remué la pâte molle de ce Truche. Certaine nuit de grand vent, ils allèrent, lui et ses fils, donner aux assises de ce pont quelques coups de pioche que nul n'entendit. Un pont où les plantes et les arbustes disjoignent les pierres depuis deux mille ans ça ne demande qu'à se laisser ébranler. Oh, il ne s'écroula pas. Il menaça ruine, c'est tout. A la surface caladée une fissure apparut qui rendait inégales les deux moitiés du tablier et chaque fois que la charrette passait dessus, on tressautait et l'on se disait : « Voï ! ça c'est la crevasse du pont ! Tout beau jour il s'ouvre en deux et tu verras : ce sera juste au moment où nous autres nous passerons ! »

Le vieux Dentelle, maire de Montfuron de père en fils depuis la nuit du 4-Août, le vieux Dentelle n'en dormait plus. Il faisait le siège du conseil général, lequel lui opposait l'endémique manque d'argent.

— Mon pauvre ! Il y a des endroits plus nécessiteux que le vôtre ! A titre d'exemple il existe dix passages entre Argenton et Auran où l'on ne s'engage qu'en se signant ! Vous n'en êtes pas là, vous, à Montfuron. Pour rejoindre Manosque vous n'avez que de passer par le Moulin de la Dame !

— Ça allonge de deux kilomètres !

Mais le vieux Dentelle prêchait dans le désert. Le Truche d'alors était passé voir quelques maires et quelques conseillers de l'arrondissement.

— Je lui ai proposé moi, au Dentelle ! Je lui ai

proposé de faire échange de l'actuel chemin contre la même surface de mes emblavures de la Signore ! Là-bas, il n'y a pas besoin de pont ! Vous faites l'économie d'un pont ! Et ça raccourcit d'un kilomètre le trajet pour aller à Manosque. De sorte que tout le monde y trouve son avantage. Sauf moi... Mais moi, du moment que l'intérêt public est en jeu.

S'il avait dit : *du moment que ça peut rendre service*, le Dentelle n'y aurait peut-être pas vu malice. Mais cet *intérêt public en jeu* sentait terriblement la brigue. Il fit refuser la proposition à une faible majorité. Certains innocents en effet se demandaient pourquoi on déclinait cette offre avantageuse. Ils le comprirent quatre mois plus tard. Il y eut des élections municipales. Le Truche présenta sa liste avec le programme de la déviation. Il passa à trente voix de majorité sur deux cent quarante votants. Un triomphe.

Le conseil général accorda sans discussion, pour raccorder la nouvelle route à l'ancienne, la même somme à peu près qu'il avait refusée pour refaire le pont. Il n'y avait à cela aucune autre raison que l'inadvertance comme il advient souvent.

Et maintenant fiston, si tu crois que les Truche avaient confisqué l'arbre pour en monnayer les bienfaits d'une manière ou d'une autre, tu te trompes ! Ils n'étaient quand même pas si simples. En vérité, pour te le faire entendre, cet arbre ils en avaient honte. Il était sur leur famille comme un surnom infamant qu'à force de vivre celle-ci eût récolté. Ils voulaient qu'on l'oublie comme on aurait oublié par exemple, et pour la même raison d'infamie, une fille qui aurait fauté et qui aurait ramené à la maison le fruit de sa faute. Cet arbre il n'en fallait plus parler. Or tant que des étrangers attirés par l'oracle viendraient tourner autour, il demeurerait inoubliable.

D'abord, ils se contentèrent de chasser les importuns à grands coups de gueule, puis ils firent siffler leur fouet au-dessus d'eux. On commença à se dire qu'il faisait chaud autour du chêne des Truche. Certains alors voulurent monnayer l'oracle. Ils se firent répondre non par un seul signe de la tête, sans explication ni commentaire. Les Truche connaissaient sans l'avoir appris la vertu d'une réponse laconique, lisse comme un galet et qui ne laisse aucune aspérité où raccrocher quelque argument.

Il se présenta un maquignon de Céreste, jovial et tonitruant, qui frappait sur le ventre du Truche d'alors, sous prétexte d'école communale qu'ils auraient fréquentée ensemble. Il brandissait à tout bout de champ, comme s'il eût voulu acheter un veau, un vaste portefeuille attaché au gilet par une chaîne et où les billets de mille étaient dépliés pour réduire l'épaisseur de la liasse.

On branla du chef de droite à gauche pendant tout le temps qu'il exposa son cas. Il avait fait pari avec un collègue d'Apt, lui tenant que l'arbre brûlait et le collègue que c'était de la blague. Il demandait, moyennant finances, qu'on lui permît de veiller au pied aussi longtemps qu'il faudrait.

Comme il s'éternisait tenant toute la place et assurant tout seul la conversation, le Truche d'alors s'était levé posément, sans cesser de répondre non avec sa tête balancée de droite à gauche. Il avait fait signe au maquignon de le suivre ; l'autre avait obéi, interloqué. Il l'avait accompagné jusqu'à la porte qu'il lui avait ouverte toute grande et là, lui avait tendu la main toujours sans un mot.

Toutefois, cette manière souveraine de dire non sans parler n'avait pas découragé le tonitruant Cérestan. Une nuit, un raffut du diable réveilla toute la maison chez les Truche. C'était une jardinière lancée à fond de train qui traversait l'aire devant la ferme et s'engageait dans ce qui avait été le fameux chemin communal. Le maquignon en tenait les rênes, faisant claquer en homme libre son fouet au-dessus du cheval. Une traînée de rire frais se dispersait à la suite de cette cavalcade.

Mais la poudre quand elle parle éteint les rires. Il n'y eut au fond des bois cette nuit-là qu'un seul coup de feu. Il passa juste au-dessus des oreilles du maquignon et fit, de l'arbre oracle, tomber une brassée de feuilles.

Le boghei tourna bride et vint au-devant du Truche qui avait tiré et dont l'arme fumait encore.

— C'est de la blague ton arbre ! Tu vois bien qu'il ne flambe pas !

Il brûlait au contraire et d'étrange façon : perdant sous ses feuilles des gouttes de flamme en forme de larmes couleur de sang qui s'évanouissaient lentement avant d'atteindre le sol. Ces lueurs illuminaient sinistrement la face du Truche qui avait tiré, sinon comment, dans cette nuit profonde, aurait-il pu viser ? Il y avait, sur le banc de la jardinière, à côté du conducteur, une ombre voilée que le Truche ne reconnut pas pour un homme.

On sut plus tard que l'enjeu de la chose était beaucoup plus qu'un pari. Le boghei avait laissé dans son sillage un parfum muscat qui trahissait sa particulière. Peut-être six semaines après sa rencontre avec l'arbre, le maquignon mourut d'apoplexie. Il arborait depuis longtemps une nuque en bourrelets, violacée comme une aubergine.

La dame de Bourgane fit refaire le toit de son château.

Le monde oublia ces péripéties et ne se souvint que du coup de feu. Les Truche n'ajoutèrent rien pour le souligner, ni pancarte menaçante ni interdiction d'aucune sorte : à bon entendeur salut. On se le tint pour dit. Mais c'était dans leur fruit qu'était le ver. Une nuit de Noël, retour de la messe, les deux aînés du Truche d'alors voulurent en avoir le cœur net, savoir combien de temps il leur faudrait ronger leur frein, avant d'atteindre à l'héritage. Ils avaient tous bien bu, le père aussi, qu'ils attachèrent sur un chevalet pour le porter sous l'arbre. Là, il ne tarda pas à pousser des cris terribles, suppliant qu'on aille le délivrer, disant qu'il était aveuglé par les flammes, qu'elles le léchaient comme s'il était déjà en enfer. Les fils dégrisés s'empressèrent de le détacher en lui criant pour le rassurer :

— Crains rien, pa ! c'est ta cuite ! L'arbre ne brûle pas ! On te le garantit ! Tu en as au moins pour trente ans !

Mais quand ils l'eurent libéré et qu'il fut debout, il avait encore le bras en visière devant les yeux.

— Qu'est-ce que vous racontez ? Il n'a jamais tant brûlé de sa vie ! Foutons le camp !

Ils abandonnèrent le chevalet au pied du tronc. Ils revinrent à la ferme en s'engueulant. Le père était au comble de l'indignation.

— Ah, vous avez voulu savoir quand vous hériteriez, mes enfants de pute ! Eh bien vous l'avez la réponse : jamais !

— Coumo jamais ?

— Non jamais ! Vous n'avez pas compris, non ? L'arbre brûlait !

— Non il ne brûlait pas ! On est témoins tous les deux : on l'a pas vu brûler !

Car comment auraient-ils pu comprendre ? L'un avait vingt et un ans, l'autre dix-neuf. Est-ce qu'on pense à la mort à cet âge-là ? Ils étaient grands et forts. Ils étaient pleins de projets. Ils aspiraient à l'héritage. Jamais ils ne réfléchirent à ces flammes qu'ils n'avaient pas vues. Et d'ailleurs ils n'en eurent pas le temps. La conscription vint. L'un tira le mauvais numéro. On l'envoya au Tonkin ou au Dahomey, je ne sais plus. Même son corps n'en revint jamais. L'autre, un jour qu'il tuait le cochon, le cochon se vengea. Tout affairé qu'il était à affûter un couteau sur le fusil à aiguiser, le fusil glissa contre l'établi et retourna sa pointe vers le ventre de l'étourdi. Il n'y eut pas de sang. Seulement un trou entre deux muscles dans le gras du ventre. Le Truche ne jugea pas utile d'en faire état. Trois jours plus tard, il était sur son lit de mort bandé comme un arc par le tétanos. Le père, en pleurant, dut lui casser les articulations sur son genou pour qu'on puisse le mettre en boîte. Il ne resta de vivant qu'un cadet qui n'espérait rien. Il demeura le seul héritier d'un domaine envié non seulement pour sa prospérité, mais aussi à cause du sortilège de l'arbre qui lui conférait une sorte de noblesse.

Quand Alix Peyre épousa le petit-fils de ce Truche, ce fut la légende de l'arbre qui détermina son choix. Elle y vit un privilège qui rehausserait son prestige de fille de la Crau. Elle-même n'était pas sans rien et il fallut quatre hommes solides pour descendre du haquet le coffre de mariage qui contenait son trousseau.

Alix, à l'époque, c'était comme je te l'ai dit, une de ces filles flexibles auxquelles il ne faut pas se fier pour la suite à venir. Elle accusait quarante-sept kilos à la bascule du moulin à vent le jour où par jeu, alors qu'ils étaient seulement fiancés, le dernier des Truche coiffa deux sacs de blé qui s'y trouvaient déjà avec cette tare charmante. Quarante-sept kilos ! Bateau ! En mettant les choses au pire, ça ferait soixante kilos à cinquante ans. Le mariage se fit sans arrière-pensée de part et d'autre, dans la certitude que chacun respecterait les termes non exprimés du contrat.

— Mène-moi sous le chêne, dit Alix en montant sur le marchepied du boghei.

Ils avaient fui la noce et partaient en voyage. Déjà, ils haletaient de désir. Mais c'est dans ce halètement que les volontés s'affrontent et s'affirment. Celui qui ne cède pas est le maître pour toute la vie.

— Tu es folle ! dit Polycarpe. Souviens-toi de celle de Villemus ! Je t'ai raconté son histoire ?

— Oui. Mais moi je ne risque rien. J'ai le cœur solide !

— Mon pauvre père m'a fait jurer à son lit de mort de ne jamais retourner sous cet arbre !

— Alors c'est bien simple, Polycarpe : ou tu me mènes où je veux ou je fais chambre à part ! Choisis !

Il la mena sous l'arbre, dans la nuit, où ils firent l'amour pendant que le cheval attendait patiemment. Alix était au comble du bonheur. Elle avait rêvé de cet arbre comme d'autres rêvent de château ou de cassette à bijoux. Elle épousait un personnage démesuré, un mythe, une légende et, bien que ces richesses fussent impalpables, elles dépassaient de beaucoup en magnificence toutes celles que ses amies d'enfance pourraient un jour s'offrir.

Bien que la fortune des Peyre fût mieux assise que celle des Truche, elle exigea de se marier sous le régime de la communauté universelle. En agissant ainsi, l'arbre devenait sa propriété. Elle l'épousait aussi. A son père qui la mettait en garde en lui expliquant les anomalies aberrantes de ce système, elle répondit :

— Est-ce que vous avez vous, dans vos terres, un arbre qui annonce la mort ? Croyez-vous que tout ce qu'on peut mettre dans la balance de l'autre côté compense ce prodige ?

Effectivement, lorsqu'on a dans son héritage un oracle, il est vain de se convaincre qu'on fait partie du commun des mortels. Alix était fière de son chêne et parfois, par amour, elle allait la nuit tourner autour de son tronc en lui triturant doucement l'écorce.

La première fois que le Polycarpe toucha la place froide dans le lit conjugal, il crut que l'Alix avait un amant, mais non, c'était seulement un arbre. Il la suivit, de loin, car l'approche du chêne ne lui disait jamais rien qui vaille. C'était bien assez qu'il lui eût permis de consommer sa nuit de noces sans prendre parti.

Mais hélas, c'est capricieux un sortilège. Ça n'obéit pas à la logique ou alors ce n'est pas à la nôtre. En tout cas, celui-là, il fut longtemps tel un volcan : éteint ! Longtemps il ne rendit plus l'oracle.

Alix était frustrée. C'était tout juste si elle n'accusait

pas son mari de tromperie sur la marchandise. Elle avait beau promener sous les ombrages du chêne ses belles amies à ombrelles dans l'espoir qu'une fois au moins il s'illuminerait, ce fut en vain. Elle en eut le cœur net le jour où elle y amena sa sœur de lait, une poitrinaire déjà transparente comme feuille morte et dont le souffle sifflait à peine comme un gazouillis d'oiseau. Elle mourut, d'ailleurs, six mois plus tard, mais jamais, malgré plusieurs confrontations, l'arbre impassible ne manifesta aucune lueur dans ses frondaisons vertes.

On raconte que ce fut à cette occasion que l'Alix se prit à grossir.

Le Polycarpe ne lui en dit d'abord rien, se contentant de ruminer sa stupéfaction. Il n'y avait pas dix ans, quand il l'avait assise sur le quintal de blé, elle pesait seulement quarante-sept kilos. On en était loin alors ! Or ce Truche était un homme dont la complexion érotique ne s'accommodait pas des grosses. Il commença de s'abstenir. L'Alix, cependant, avait pris la nonchalante habitude d'un orgasme un jour sur deux. Son amour-propre résista quelques semaines. A la fin, une nuit, elle lui dit :

— Tu l'as perdue ?

Il y eut de l'autre côté du lit un silence qui dura deux minutes. Le Polycarpe se demandait s'il devait répondre ou faire semblant de dormir. Il en est de ces explications entre conjoints comme des guerres qui ne sont pas déclarées : avant, c'est encore la douceur de la vie, après c'est l'enfer. Mais le démon de la sincérité tapi dans l'homme fait que celui-ci brûle de rendre les situations intenables. Il aurait pu se taire, le Polycarpe. Non ! Il parla.

— Tu as grossi, répondit-il.

Il fallut encore deux minutes de silence pour que cette parole irrémédiable atteignît l'autre moitié du lit. L'Alix était médusée par l'accusation, nue et crue devant la brutalité de l'attaque et comme dévoilée de telle sorte qu'il ne lui restât plus qu'à se couvrir le quant-à-soi à l'aide de ses seules mains. Deux minutes pour recouvrer son souffle, c'est peu dans ces conditions.

— Tu m'as trompée ! dit-elle. C'est pour ça que j'ai pris un peu de poids !

— Coumo ! Je t'ai trompée ! Qu'est-ce que tu me chantes ?

— Oui ! Tu m'as trompée ! Tu m'as promis un arbre qui annonçait la mort ; il y a dix ans qu'on est mariés et jamais ! J'ai pourtant promené autour, des gens qui n'avaient plus que le souffle et jamais il ne s'est mis en frais ! Jamais il n'a été autre chose qu'un arbre ordinaire !

— Tu es folle ! Comme si j'étais capable, moi, de lui dicter sa volonté à cet arbre ! D'abord j'en ai peur. Et tant mieux si depuis dix ans il s'est tenu tranquille ! Il nous a fait assez de mal !

— Alors tant pis ! N'en parlons plus et laisse-moi grossir en paix !

— Il est peut-être trop vieux..., dit Polycarpe plein d'espoir.

— Si on m'avait dit ça..., soupira Alix. Jamais j'aurais cru qu'un sortilège ça puisse mourir...

— En somme, tu m'as dit oui à cause de mon arbre ?

— Eh bien oui ! dit-elle. A te dire la vérité, avant qu'on me parle de ton arbre, je comptais m'ennuyer ferme ici ! Tu crois que c'est un terrain pour moi, Montfuron ? Avant toi, j'avais été demandée par un marchand d'amandes du Bourg-Saint-Andéol qui traitait trois mille quintaux par an !

— A l'heure qu'il est, ça lui en aurait fait un de plus, marmonna le Polycarpe entre oreiller et couverture.

— Qu'est-ce que tu dis ?

— Oh rien, je soupire !

— Ça va ! dit Alix. Je me le tiens pour dit !

Comme toutes les pauvres femmes, en ce geste millénaire de défense dérisoire qu'elles font toutes quand l'homme les abandonne, elle se poussa, malgré ses rondeurs, le plus loin possible au bord du matelas, laissant entre elle et lui le vide du désespoir.

Et dès lors elle se mit à grossir sans vergogne. Elle engraissa comme un défi, comme un remords. Elle installa son énormité à côté du maire comme un péché qu'il eût commis. Les maires d'alentour en faisaient des gorges chaudes.

— Tu as vu le Polycarpe ? Il s'est assez vanté d'avoir épousé un échalas ! Il s'en faisait même un symbole de l'honnêteté de sa gestion ! Regarde-le maintenant son échalas ! Tu dirais un demi-muid ! Et elle n'a que trente-cinq ans !

Ce fut sur ces entrefaites que monsieur Constantin fut attiré dans l'orbite de Montfuron. Il était arrivé, comme tout le monde, par les Granons, aux rênes d'un élégant attelage où il se trouvait seul avec une place vide sur la banquette de cuir. Son intention première avait été de descendre jusqu'à Manosque où il comptait se terrer dans la vieille ville car il n'était pas tout à fait certain, en dépit qu'il en connût, que ses mortels ennemis fussent tous heureusement morts. Mais quand il atteignit le col de Villemus et qu'il vit Montfuron bien isolé dans les terres et dégagé à l'infini, il comprit que deux cavaliers se verraient ici à perte de vue et qu'il serait bien mieux protégé en rase campagne que par le dédale des ruelles de Manosque aux lumières torves. Montfuron, lui parut-il, était ce qui convenait à un homme tel que lui afin de connaître enfin un bienheureux incognito.

Il venait de faire fortune dans la fibre de chamérops mais après de telles péripéties africaines qu'il en avait encore le poil tout mouillé et qu'il était pris d'un urgent besoin d'effacer ses traces et de passer pour mort.

Montfuron et ses landes lui parurent à souhait pour une nouvelle existence. Il engagea doucement l'équipage sur les ornières du chemin. Il les jugea souples aux roues du tilbury.

Il avait des cartes de visite, ce qui imposa silence tout de suite, et des francs de Germinal par sacs de cinq kilos dans le tiroir du tilbury.

Il vit tout de suite une maison aux volets bleu charrette où l'herbe croissait dès la marche du seuil. Il avait besoin de n'être pas ostentatoire. Cette maison candide : une porte, un volet de chaque côté, trois volets à l'étage, lui parut le comble de l'anonymat. Il s'y fondit. Il laissa pousser sa moustache plus prématurément blanche que ses cheveux et il eut l'air alors, mais sans excès, d'un vieillard précoce quoique très décent.

Dès lors, le tilbury resta les bras levés et le cheval se mit à engraisser à l'écurie. Monsieur Constantin, pendant trois ans, ne s'offrit plus qu'une seule promenade : il allait sur les aires du moulin inspecter l'horizon à l'aide de jumelles de marine. Quand il voyait poudroyer la route sous les pas de cavaliers sans attelage, que ce fût du côté de Manosque ou de celui des Granons, il se roidissait d'inquiétude et il restait là, quelquefois deux heures de temps, jusqu'à ce que les cavaliers eussent dépassé les chemins d'accès qui menaient à Montfuron. Une seule fois il fut en alerte quand il vit deux hommes prendre avec décision le raccourci ténébreux qui serpente depuis Montjustin. Il ne fit qu'un saut jusque chez lui pour armer ses deux carabines et les poser bien à plat sur la table de la cuisine. Après quoi il ouvrit la porte toute grande et laissa retomber devant le seuil le rideau de jute qui protégeait des mouches.

Rien ne présente chez nous de plus grand danger pour nos ennemis, fiston, que ces rideaux de jute énigmatiques qui battent doucement au vent par temps de canicule. Ce sont des écrans transparents pour celui qui est à l'affût dans l'ombre où il est retranché. Mais pour celui qui se présente au grand jour, sur le terre-plein d'une aire en plein soleil, ce sont des toiles épaisses qui ne signalent ni la présence ni l'absence.

En trente ans de gendarmerie, j'en ai ramassé peut-être sept ou huit de ces visiteurs qui s'avançaient l'arme au poing devant l'un de ces rideaux opaques, tués par erreur ou de propos délibéré, mais toujours criblés de chevrotines.

Heureusement pour monsieur Constantin, ce jour-là ce fut une fausse alerte. C'était un député et son secrétaire qui venaient faire campagne à la mairie pour glaner quelques voix.

Trois ans : pendant trois ans, dans le champ de ses jumelles de marine, monsieur Constantin découvrit fortuitement, quand il balayait du regard tout l'horizon du pays, les formes de plus en plus généreuses de l'Alix Truche qui vaquait à ses occupations aux abords de la ferme : l'Alix éparpillant le grain des poules ; l'Alix perchée sur la pointe des pieds et abattant comme un homme la cognée contre quelque bûche posée sur un billot.

En dépit de son inquiétude, cette image cent fois enregistrée ne laissait pas que d'imprégner l'imagination de monsieur Constantin pour plus tard, telle une impression qui vous atteint mais que l'on relègue afin de n'être pas distrait de l'essentiel, c'est-à-dire des chemins du monde d'où la mort peut venir.

Trois ans... En trois ans (si tant est que le dernier traquenard monté contre eux par Constantin les eût laissés en vie), le vent d'Afrique peut tuer prématurément deux frères habitués à boire et à jouer leur chemise à toute espèce de jeu, avec des gens plus habiles qu'eux dans l'art de tricher.

Quand même trois ans... De belles fois monsieur Constantin ébaucha le geste de décrocher ses jumelles et ne l'acheva pas. Ou alors parfois, par des dimanches après-midi de solitude torride, il les décrochait tout de même, mais c'était pour vérifier si l'Alix ne déambulait pas autour de son bien. Avec délices il la contemplait engraisser.

C'était en effet un homme dont la complexion érotique ne s'accommodait que des grosses. Bientôt, il ne se soucia plus de ses ennemis fantômes, son obsession tourna au plus court et devint rêve de chair ferme. Il se mit à circuler dans Montfuron et alentour en jetant, de-çà de-là, de grands coups de chapeau.

Les Montfuronais qui jusque-là l'avaient tenu en suspicion, commencèrent à l'enrober dans leur cercle, afin, plus tard, de l'assimiler.

Il avait fallu tout ce temps à Montfuron pour que la population, le voyant débonnaire et à la bonne franquette, cessât de cultiver l'image d'abord alarmante qu'elle avait dessinée dans son imagination collective. « Ce sera quelque colonial », se dirent-ils. Il les avait aidés, par ses vêtements tropicaux, à trouver enfin à quoi il ressemblait.

Un homme une fois classé dans la méfiance de ses semblables peut enfin montrer partout, en toute quiétude, les différentes facettes de son personnage.

Monsieur Constantin put s'autoriser à rendre quelques services. Et notamment, à voiturer jusqu'à Manosque dans son tilbury quelque villageoise ayant oublié de faire quelque achat à la dernière foire. Il la ramenait au bercail le soir, au pas tranquille du hongre qui trottait sans fatigue sur la dure montée. Il la laissait obligeamment devant sa maison ou sa ferme, attendant pour repartir qu'elle fût à l'abri des portes claquées.

— Et alors mon cher ! Tu peux me croire : d'une correction ! Tu te rends compte ! Il est même venu me donner la main au marchepied ! C'est pas toi, bougre de chameau, qui me donnerait la main au marchepied !

L'homme ainsi apostrophé convenait par son silence qu'effectivement il n'aurait jamais pensé à ça.

On vit monsieur Constantin soulever le rideau de

perles au café vert de la Chaberte, lequel sentait le melon et la truffe. Il dit là finalement qu'il s'appelait Florian. Il s'était aperçu que Constantin faisait trop long. Ils l'appelaient tous « monsieur » pour abréger et ça ne facilitait pas l'abolition des distances. Avec Florian, bateau ! On pouvait parler de bonne franquette.

Tous ces petits soins qu'il mit à leur complaire firent que tous ces gens ombrageux comme des mulets l'acceptèrent dans leur routine, simplement déférents envers son aisance et le mystère de son passé. Bref : on lui dit bonjour le premier, on l'appela Florian en jouant aux cartes mais on ne lui serra pas la main. Quand il vous la tendait, on préférait soulever son chapeau, par respect. Par chance à Montfuron, à l'époque, tout le monde avait un chapeau. Mais, surtout, personne ne lui parla de l'arbre.

L'arbre, monsieur Constantin dut le découvrir tout seul, à ses risques et périls.

Pour t'expliquer comment et pourquoi il le découvrit, fiston, il faut remonter un peu plus loin dans la vie de ce monsieur Constantin. Un jour, dans quelque Etat à justice sommaire, il avait été emprisonné pour avoir fourni de l'huile frelatée à tout un hospice où l'on avait déploré cinq morts à cette occasion. Il lui avait fallu attendre trois mois pour que les fonds qu'il avait fait débloquer en France parvinssent à destination afin qu'on le relâchât et qu'on classât l'affaire.

Trois mois c'est long. Pour le rendre persuasif à l'égard de ses banquiers dans les lettres qu'on lui permettait d'écrire, on aiguisait bruyamment, devant la case où il était détenu, les deux sabres des exécutions capitales, lesquels servirent plusieurs fois, durant ce laps de temps, à la décollation de quelque menu fretin.

Il avait à sa disposition, en tant que détenu précieux, des latrines et un livre accroché au plafond où il avait toute latitude d'arracher des pages en guise de papier hygiénique. C'étaient les œuvres d'Horace, un poète latin. Echappées à quelque naufrage, elles oscillaient au bout d'une ficelle tel un pendule tentateur. Il se prit un jour, par inadvertance, à lire ce qu'il y avait d'écrit sur ce papier providentiel. C'était un homme qui n'avait jamais ouvert un seul livre de toute sa vie. A peine eut-il atteint le terme d'une de ces longues périodes dont Horace a le secret, qu'il renonça à s'essuyer avec ce papier sacré. Il traversa le reste de la péripétie ce livre sous le bras, prêt à mourir pour lui si on tentait de le lui arracher. On ne lui demanda qu'un supplément de rançon.

Et ce fut à cette occasion qu'il décida de clore sa carrière par un coup de fortune qui la résumait toute et où il laissa derrière lui cette traînée de vengeance qui le fit trembler pendant trois ans et jusqu'à Montfuron.

Montfuron, dès l'abord, lui parla d'Horace et quand il se détourna de sa route pour venir y vivre, c'était pour avoir deviné parmi les replis des collines ces creux verdoyants où se niche une miraculeuse paix.

Il est vrai que Montfuron a toujours été un village qui commence au ras des prairies. Il n'est pas construit, il est posé. Qu'on le prenne par n'importe quel bout de ses ruelles montantes, il est impossible de ne pas voir d'abord le ciel devant soi, et le vent qui se plaint d'arbre en arbre a toujours eu trente-deux noms contradictoires selon l'opinion des uns ou des autres.

Le reste, à l'époque dont je te parle, était fait de clos jaloux derrière des haies de pittospores où l'on cachait ses bonheurs ou ses misères. A hauteur d'homme il était impossible de savoir ce qui se tramait dans ces quadrilatères où vivaient le jardinier et son jardin.

Or, tel soir où monsieur Constantin rentrait un peu tard de Manosque, en arrivant sur les aires du moulin à vent, le hongre soudain se planta droit sur ses quatre pattes, pointa les oreilles et refusa d'avancer. Constantin allait lui envelopper les naseaux d'un sifflement du fouet lorsqu'il perçut un ample bruit qui secouait l'air.

C'était une déchirure grave comme le grommellement sourd d'un orage à sa naissance puis cela s'harmonisait en une cascade de trilles suaves qui éventrait l'atmosphère dans les profondeurs du couchant, soulignant les splendides volutes que les nuages nonchalants semaient dans le ciel en bouquets pastel.

Constantin resta longtemps le fouet levé, le hongre resta longtemps les oreilles pointées, l'un et l'autre écoutant ce grand brame d'amour qui se vautrait sur les courbes des collines et se piégeait en trémulant sous les feuillages des arbres.

Cette lamentation vespérale dura jusqu'à ce que les premières étoiles fussent visibles au-dessus de Lure. Tout Montfuron était autour des soupes, tout au plaisir de savourer le bien-être de n'avoir rien à débattre avec la nuit qui commençait. Constantin connaissait trop bien la vie pour se risquer à déranger quiconque aux seules fins de demander simplement :

— Qui sonne du cor à cette heure tardive ?

Il brûlait pourtant de le savoir. Il vit de la lumière

du côté de la Chaberte. C'était un de ces soirs d'octobre où il est encore loisible de laisser la porte ouverte sous le rideau de perles, bien qu'on se dise soudain :

— Hou ! Le serein tombe ! Tu es pas folle, toi, de laisser ta porte ouverte ?

Et alors on se précipite pour rabattre ce contrevent auquel on n'a plus touché depuis le dernier mois de mai. Constantin arriva juste à temps pour se glisser dans l'ouverture derrière la Chaberte qui pensait ne plus avoir de client pour la soirée.

— Il vous faut du tabac ? dit-elle revêche.

— Non non ! J'ai soif. Je voulais simplement boire un coup.

— J'allais fermer.

Une cabaretière qui refuse de gagner un sou de plus c'est dur à manipuler. Constantin y mit tout le charme dont il savait disposer. Il parla du soir qui était si beau. Elle finit par lui laisser forcer le passage qu'elle interdisait de son étique carcasse.

Il fallait que Constantin fût bien dévoré de curiosité pour insister car ni les mots tendres sur le crépuscule radieux ni le geste large pour ôter son panama devant elle n'avaient déridé la Chaberte. Toute maigre et toute osseuse, le dessous des yeux ravagé de cernes par un chagrin viscéral quoique sans cause précise, cette pauvre Chaberte savait bien qu'aucun homme seul avec elle ne lui parlerait d'amour. Non qu'elle fût laide : elle était décourageante. Et cette vérité qu'aucun client ne lui avait laissé oublier était encore plus désolante quand il s'agissait d'un aussi bel homme que ce Florian, venu tard au pays, enveloppé de tout le mystère de l'Afrique. Aussi, pour échapper à la tentation de lui sauter au cou malgré lui, se tenait-elle au haut bout du comptoir, à essuyer quelque verre inutilement.

Sirotant son mandarin grenadine à l'eau de Seltz (c'était ce qu'il avait trouvé de plus cher à lui commander) Constantin réfléchissait. Il ne croyait pas politique de lui poser la question à brûle-pourpoint et surtout, telle qu'il se l'était formulée.

— Je suis étonné, dit-il, de la douceur qui règne encore en ce soir de fin octobre. Ça me fait penser aux forêts de l'Ile-de-France, quand les chasses à courre rentrent au bercail.

— Chasse à courre ! ricana la Chaberte.

— Vous savez ce que c'est ?

— Pardi ! Il y en avait dans le temps ici, qu'est-ce que vous croyez ? Il y a dans les parages encore assez de comtes et de marquis sans le sou pour qu'ils aient eu envie d'organiser ce genre d'assassinat ! Chasse à courre !

Elle haussa les épaules.

— Il y a bien quarante ans qu'on n'a plus vu un cerf sous les défens du Luberon !

— C'est curieux..., murmura Constantin.

Puis il se tut. Il regardait son verre pensivement. Parfois il le portait à ses lèvres. Il ne disait plus rien. La Chaberte n'y tint plus.

— Qu'est-ce qu'il y a de tant curieux ?

— Tout à l'heure, il m'a semblé entendre sonner du cor.

— Ah c'est ça ! Oh mais il vous a pas semblé ! Moi aussi j'ai entendu !

Elle ne put s'empêcher de se tirer du bout sombre du comptoir où elle cachait sa maigreur. Elle revint vers la lumière de la suspension où elle eut le front de regarder Florian droit dans les yeux.

— C'est le père Tasse ! dit-elle.

Et elle se toqua vigoureusement et longtemps la tempe avec l'index.

— Qui est-ce le père Tasse ?

— Un vieux ! Qu'est-ce que vous voulez que je vous dise ? Ça lui prend des fois le soir, au moment où vous vous y attendez le moins. Il vous fait prendre de ces sangs bouillants ! Un cor ! Je vous demande un peu !

Elle n'arrêtait pas de se marteler la tempe à grands coups de son index squelettique.

— Il est où ce père Tasse ?

— Là-bas, après Perpère, à gauche, sur le chemin qui conduit chez les Truche. Il est moitié fou ! Si vous voyiez le bastidon qu'il s'est bâti ! Mais vous ne le verrez pas, c'est un clos ! Et pour y être admis, Moustier ! Ce Tasse, c'est un misogyne !

— Oh mais, dit Florian, ça, vous pouvez compter sur moi ! J'irai ! Je le verrai !

Le suave brame du cor enchanta son sommeil cette nuit-là dans le souvenir. Il lui semblait qu'avec cette musique, Montfuron était devenu le sommet du bien-vivre et il lui tardait de connaître ce musicien qui jouait du cor pour l'amour de Dieu.

Il se leva, prêt à l'action. Il avait eu le temps, depuis son arrivée, de se renseigner sur ces clos, particularité du lieu-dit, derrière lesquels se cachaient jalousement les propriétaires. Il savait qu'à hauteur d'homme il n'avait aucune chance d'en connaître l'intérieur. Et d'après ce que lui avait dit la Chaberte, le propriétaire n'était pas commode ! « C'est un misogyne », avait-elle averti. Elle avait probablement voulu dire « misanthrope ».

Bien qu'attelable, le hongre était aussi de monte. Il le sella. Il s'abstenait depuis longtemps de monter. A cheval, avec son panama et ses pantalons à sous-pieds, il était reconnaissable à trois kilomètres et la cible d'un cavalier est plus facile à viser que celle d'un piéton. Mais maintenant il avait oublié ses frayeurs. Rien ne lui coûtait pour connaître ce sonneur vespéral.

Il se mit en route au soleil de midi. Chacun vit passer sur la place ce cavalier reconnaissable qui maniait son cheval avec la morgue d'un aristocrate.

Il avait un peu oublié aussi, en sus de ses frayeurs, cette Alix à l'embonpoint prometteur, qu'il avait entr'aperçue à la jumelle et qui l'avait si fort ému. Ils se rencontrèrent pour la première fois ce jour précisément qui devait, par ailleurs, tant marquer dans la vie de Constantin.

Elle allait jusqu'à la poste faire un versement. Elle ne pensait à rien. Elle avait maintenant cet air désenchanté de femme à qui nul ne rend plus hommage. Elle leva son regard humble vers ce cavalier de grande allure qui aussitôt souleva son panama et le laissa soulevé. Il était charmé par tant de chair lumineuse et par ces yeux d'eau claire, immenses dans cette grosse figure. Il fut tout de suite tenté de lui en faire compliment, mais une préoccupation parallèle aussi entêtante que la surprise qu'il venait d'éprouver lui brouillait l'esprit, aussi se contenta-t-il de demander :

— Excusez-moi, madame, sauriez-vous par hasard la demeure de monsieur Tasse ?

Elle virevolta sur ses talons, tout son corps volumineux pivota gracieusement en un seul élan et elle tendit son bras musclé vers le tournant du chemin.

— C'est là-bas ! dit-elle. En face de la chapelle d'Ardantes. Vous verrez la flèche de la gloriette. Vous ne pouvez pas vous tromper !

Sa main légèrement animée d'un mouvement qui imitait la marche se tendait horizontale, l'index pointé. Il vit qu'elle avait le doigt fin, en dépit de son embonpoint, et ce doigt décidé, dardé vers le clos du père Tasse, Constantin se jura de le porter un jour à ses lèvres. Quant à elle lorsqu'elle reprit son chemin, elle résista pendant cinquante pas au désir de se retourner. Quand elle le fit, elle savait qu'il avait déjà disparu sous les arbres qui servaient d'allée à la chapelle.

En vérité, le cheval longeait déjà la limite du bien qu'Alix avait désigné à Constantin. C'était un clos ceint de pittospores taillés au cordeau et maintenus fermement prisonniers de la forme dont on les avait affublés. Le hongre dominait cette haie d'une forte tête. Il encensait, déjà curieux de tout nouveau spectacle, et il s'arrêta de lui-même devant le tableau qu'il découvrait. Constantin qui ne lui avait pas donné d'ordre, fut comme obligé lui aussi de plonger son regard au-delà de la haie.

Il vit alors le plus beau spectacle du monde : c'était un vieillard dans un fauteuil dépaillé qui s'offrait avec volupté au soleil d'octobre. Autour de lui, tous les attributs dont Horace prétendait qu'ils suffisaient au bonheur étaient généreusement étalés. Le clos était vallonné de quelques bosses d'herbe verte, complantées par un ou deux arbres fruitiers de chaque espèce commune et notamment par deux pommiers de pommes rouges dont quatre béquilles soutenaient les branches chargées ; quelques massifs de grasses fleurs constellaient de rouge et de jaune les bosses herbues et entre ces rotondités opulentes, né d'une source silencieuse au pied d'un coudrier, un ruisseau scintillant, large de deux travers de main, agrémentait les cent mètres du clos, pour se perdre soudain, près de la haie, par le minuscule orifice d'un gouffre au fond duquel pourtant on ne l'entendait pas cascader.

Les quelques planches d'un jardin potager descendaient en escalier vers la berge de ce ruisseau et sur elles, au soleil, scintillaient les cloches de verre d'une melonnière pour célibataire où achevaient de mûrir quatre ou cinq melons obèses de l'espèce dite *brodée* et qui embaumaient l'air.

« *Voici ce que j'avais toujours demandé aux dieux* », se récita à voix basse monsieur Constantin en souvenir de ses lectures dans l'ergastule exotique.

Au fond de ce jardin pour philosophe, le vieillard au soleil siégeait sur la terrasse sous le berceau de fer d'une treille et l'on devinait derrière lui l'une de ces merveilles d'architecture individuelle que les naturels appellent avec modestie un bastidon parce qu'il ne comporte généralement qu'une seule pièce. Ce bastidon, volet et porte verts, était coiffé d'un toit à quatre pentes et le flanquait à distance convenable ce symbole de l'aristocratie onirique : une gloriette.

C'était une logette cylindrique à peine plus épaisse qu'un pilier d'église, éclairée par deux petites fenêtres géminées et serties de vitraux. Carapacée de tuiles vernissées arrondies et multicolores, sommée d'un coq girouette, une flèche élancée couronnait l'édifice et, quoique ne dépassant pas les quatre mètres de haut, y faisait néanmoins cathédrale. Lorsque l'orgueilleux père Tasse qui l'avait érigée de ses propres mains ainsi que le bastidon, contemplait ce chef-d'œuvre, il y voyait Chartres.

Comme il y a des coups de foudre pour un être il y en a aussi pour un paysage choisi. Le mode de vie de ce vieillard tel qu'il lui était littéralement assené comme une torgnole et par son aspect physique et par l'univers qu'il avait créé autour de lui fut pour monsieur Constantin une vérité révélée.

« *Voici ce que j'avais toujours demandé aux dieux de m'accorder* », se répétait-il à l'infini. Cette vision avait effacé celle de la femme opulente rencontrée peu auparavant et qui l'avait pourtant si fort marqué.

Le hongre alezan dont la tête reposait au sommet de la haie bien taillée devait avoir éprouvé le même émerveillement car il hennit à trois reprises vers le vieillard, comme un appel, comme une question.

Le père Tasse leva les yeux vers cette tête de cheval et il vit le cavalier glabre, de belle apparence, qui le saluait aussitôt. Ce salut était le chef-d'œuvre de Florian Constantin. Il se trouvait avoir dans les mains quelques tours de panama jamais les mêmes, qu'il servait à ses semblables en un chatoiement de miroir aux alouettes. Les gens ainsi éblouis ne voyaient plus que les arabesques du chapeau et ils oubliaient de regarder la glabelle du propriétaire, proéminente comme celle d'un homme préhistorique.

La déférence est une arme terrible. Il est difficile de résister à quelqu'un qui vous marque son respect en dosant savamment la flagornerie. Devant ces signaux d'allégeance, le vieillard interloqué sentit fondre la hargne spontanée qui l'avait roidi dès l'abord. Il n'avait qu'une casquette mais il la souleva lui aussi avec beaucoup de bonne volonté.

— Vous avez là une propriété magnifique ! lui lança le cavalier.

La vue de la gloriette et ce qu'elle supposait l'avaient averti qu'il ne fallait ici minimiser en rien ce simple clos et ce petit jardin. Le vieillard fit la moue.

— Vous trouvez ?

— Elle ferait mon bonheur ! dit Constantin.

Sans cesser de garder le chapeau haut levé, il poussait doucement le hongre du côté du portail, vert lui aussi, désireux de se montrer tout entier, lui et son cheval, pour un examen critique que l'attitude du vieillard circonspect semblait réclamer.

Et en effet, lorsque le père Tasse eut toisé deux ou trois fois de pied en cap ce cavalier à la riante figure et qu'il eut évalué le prix de la sellerie, il se mit debout et s'avança dans l'allée.

— Entrez donc ! dit-il. Attachez votre destrier à l'anneau du pilier et venez donc vous rafraîchir ! Je ne vous ai jamais vu ? Il y a longtemps que vous êtes dans ces parages ?

— Quelques semaines, mentit Constantin. Je m'appelle Florian Constantin.

— Hé hé ! Ça vient de loin ça ! Moi je m'appelle Bienaimé Tasse.

— Hé hé ! Ça vient du cœur ça !

Tasse ouvrit tout grand un battant du portail. Constantin avait mis pied à terre et il paraissait ainsi plus long qu'à cheval. Ils se trouvèrent face à face, la main de l'un, le père Tasse, mollement chiffonnée en une timide avance et celle de l'autre, Constantin, largement déployée au contraire et toute séduisante de mâle sincérité.

Le seuil du clos était franchi pour l'étranger. C'était un exploit dont nul Montfuronais ne pouvait se flatter. Le père Tasse était jaloux de ses limites comme un Touareg du désert. Il était vrai que nul encore ne l'avait pris par la vanité. Les Montfuronais s'esclaffaient devant sa gloriette et ses melons sous cloche. C'était la première fois de sa vie que quelqu'un considérait son clos comme une œuvre d'art. Il avait tout tiré lui-même, y compris la clôture de pittospores, d'un terrain ingrat payé trois mille francs.

— A cause de la source ! lui avait souligné le propriétaire, sans doute pour s'excuser de le lui vendre aussi cher.

Il était arrivé ici attelé entre les brancards d'un charreton qui contenait, empilées à la diable, toutes les épaves d'un naufrage terrestre ; encore jeune homme cependant mais la figure et l'âme déjà tout de travers par quelque coup du sort qu'il avait reçu en quelque endroit du monde. Le fait qu'il gardât toujours un œil mi-fermé ne renseignait pas sur sa naïveté ou sa malice et l'on ne savait pas non plus d'où il sortait.

C'était un homme qui ressemblait assez à un point-virgule. L'asymétrie particulière de ses traits semblait prédestinée à sa passion. Elle lui permettait de s'adapter parfaitement à la baroque conformation du cor de chasse qu'un Florentin, sans doute, inventa autrefois sur les conseils de Machiavel. Le front paraissait plus à droite que le bas du visage et notamment la virgule du menton qui filait courbe carrément vers la gauche. Le corps était à l'unisson du visage, pas bien droit non plus et se supportant sur le tranchant des pieds, ce qui ouvrait largement la parenthèse des genoux, comme si toute sa vie le père Tasse eût serré un cheval entre ses cuisses. Le tout ne devait pas peser plus de cinquante kilos.

Pour l'instant, il trottinait vers le bastidon, désignant ses arbres, ses fleurs et son ruisseau, disant le mal que tout cela lui avait coûté, les doutes qui l'avaient assailli, bref, parlant de son jardin comme d'un chef-d'œuvre qu'il aurait peint. Les pommiers à fruits rouges arquaient leurs branches jusqu'à terre en un salut obséquieux ; les cloches à melon accrochaient les rayons du soleil au couchant et maintenant qu'ils en étaient proches, Constantin pouvait entendre le ruisseau murmurer.

Hélas fiston, jusqu'ici, jamais nulle beauté sur la terre n'a réussi à empêcher l'homme de calculer et parmi cette pacifiante vision bucolique, ces deux malheureux n'arrêtaient pas de calculer. Et d'abord, Constantin évaluait l'âge du père Tasse : quatre-vingts ? quatre-vingt-cinq ? Assez vieux en tout cas pour faire un mort. Ses poignets se piquetaient de taches de terre qui tendaient à se rejoindre tant elles étaient denses. Il en avait même une, redoutable, au coin de la tempe qui devait lui parler de sa fin prochaine tous les matins quand il se rasait devant son miroir. Mais tout cela ne faisait pas un mort. Et Constantin en avait connu de ces vieillards aux yeux chassieux qui vivaient encore dix ans n'ayant pourtant plus que le souffle. Comment savoir ?

Pourtant dans son imagination, les initiatives propres à assurer son bonheur lui paraissaient claires. Il se disait : « Il faut que je réussisse à lui acheter sa maison avant qu'il meure. Le plus simple, le plus avantageux semble-t-il, ce serait de lui proposer le viager. Mais auparavant j'irai voir l'Irma à Manosque, pour qu'elle me fasse dire par les cartes ce qu'il lui reste à vivre au père Tasse. »

Quant au vieillard, il supputait la fortune de Constantin à vue de nez : « Mazette ! Un cheval comme ça, ça doit coûter bonbon à l'écurie ! Et tu as vu cette selle ? Chez Richebois, à Manosque, elle doit pas faire loin de cent francs. Et ses bottes ! Tu as vu ses bottes ? Autrefois, rien que pour les lui enlever, il se serait fait assassiner au coin d'un bois ! Ah c'est un bel artisan, cet homme ! »

Additionnant ainsi les éléments visibles qui permettaient de chiffrer la fortune de son hôte, c'était un regard bienveillant d'admiration arithmétique que le père Tasse lui accordait, et cet examen concluant une fois terminé il entraîna Constantin séance tenante vers le bastidon d'une seule pièce où nul, pas même le facteur, n'avait jamais pénétré. Toujours, fût-ce par pluie battante, Bienaimé Tasse avait réussi à contenir tout visiteur intempestif au seuil du sanctuaire. Il ne recelait pourtant aucun secret et le mystère, s'il existait, procédait de la nudité même de ces lieux sans ombre. On y voyait d'abord et parce qu'on en respirait l'odeur un panier de poires qui rosissaient dans un compotier à pied sur la toile cirée de la table ronde cernée par quatre chaises paillées.

De là, le regard plongeait directement jusqu'au lit, tapi dans un coin. Quoique pourvu d'un gros oreiller et d'un édredon jaune, ce lit fait au carré avait l'aspect réglementaire d'une couche à soldat. On le devinait propre à éreinter le sommeil tant il paraissait dur mais il devait aussi contenir les rêves pour les empêcher de déborder hors de l'inconscient. Il était placé à droite de l'âtre ouvert et, de couché, on devait pouvoir faire accompagner sa nuit d'abord par les flammes puis par les tisons qui gardent si longtemps la forme de la bûche, enfin par les braises qui ne deviennent blafardes que parce que le jour point, qui les fait pâlir jusqu'à la mort.

« Une telle assurance pour se défendre de la solitude vaut toutes les belles de nuit du monde, se dit Constantin. Cet homme sait se prémunir contre les pensées. »

Quant à cet âtre lui-même et quoique froid en cette saison, on pouvait imaginer qu'il avait été conçu dans un seul but : servir de support à l'instrument de musique qui avait d'abord attiré Constantin vers ce havre de paix. Le cor de chasse était en effet suspendu à la hotte de la cheminée tel un massacre de cerf. Il étincelait, sans doute massé au sable fin tous les matins, et le raide morbier au garde-à-vous contre le mur qui égrenait les minutes, se mirait dans le pavillon de cuivre, avec son heaume austère et son balancier, de cuivre aussi. Tout le reste du meuble était accessoire et ne servait qu'au plus utile.

En présence de cette unique pièce mais si bien conçue pour le rêve, Constantin se dit que les quatre chambres de sa maison et son salon de velours rouge lui paraîtraient maintenant bien communs à habiter. « Sans compter, se dit-il, que je la verrais passer tout le temps et que je serais à moins de trois cents mètres d'elle. » L'Alix entrait ainsi dans ses calculs comme pour les justifier. Il voyait fort bien cette femme désirée allongée un soir d'hiver devant cet âtre, sur les peaux de bêtes qu'il y aurait disposées.

Le père Tasse était sur le qui-vive. Il se perdait en conjectures. (Ce fut le terme qu'il employa plus tard pour me raconter cette histoire.) Quoiqu'il en fût orgueilleux, il ne pouvait quand même pas croire que son bien fût convoité par un homme assez riche pour s'offrir, chez Richebois, une selle de peut-être cent francs.

Mais il aimait d'être intrigué et, pour tout dire, il commençait à s'ennuyer parmi toutes ces beautés propres, selon Horace dont il n'avait jamais entendu parler, à assurer le bonheur. Il jaugeait Constantin discrètement de son œil mi-fermé et ce bel homme fringant de vie qui faisait irruption dans la sienne lui paraissait de taille à lui tenir tête en subtile trame et souterraines manigances. Aussi était-il très excité lorsqu'il servit à son hôte deux doigts d'une eau de coing qui se troublait depuis deux ans dans une bouteille à moitié vide tenue debout dans un placard humide.

Constantin stoïquement fit clapper sa langue sur cette mixture éventée.

— Je parie, dit-il, que ce breuvage est fait avec vos propres fruits ?

— Et avec ma propre eau-de-vie ! Les pampres que vous voyez sur cette tonnelle me fournissent cent kilos de raisin ! Je fais soixante litres de vin et cinq litres d'eau-de-vie, monsieur, à l'alambic de l'Henri Magnan !

Ils étaient installés dans la conversation, à l'aise au creux de deux fauteuils qui perdaient abondamment leur fond paillé, sous la tonnelle au soleil où le père Tasse avait ramené son hôte.

Ils passèrent ainsi une heure à parler avec enthousiasme du clos et des douceurs de Montfuron. Quand ils se quittèrent avec promesse de se revoir incessamment, ils étaient les meilleurs amis du monde mais ils ne se connaissaient pas mieux qu'avant de se rencontrer car le propre des hommes étranges, c'est qu'ils sont économes de paroles sur leur passé. Le père Tasse se garda bien d'expliquer son amour pour le cor de chasse à Florian et celui-ci s'abstint de lui parler d'Horace.

Ils se revirent, l'imagination fleurie au contact l'un de l'autre mais toujours la garde levée devant leur secret, employant des trésors d'insignifiance pour éviter, en parlant, de trahir quelque aspérité par où l'interlocuteur aurait pu avoir prise. Bientôt, ils furent cul et chemise et s'en allèrent par chemins se promener ensemble.

Pendant ce temps l'Alix était en ébullition sous le regard de Constantin qui ne manquait jamais de soulever longuement son chapeau à chaque rencontre. Elle se disait : « Qu'est-ce que tu t'imagines, grossasse comme tu es ? Son regard ? Il doit regarder toutes les femmes comme ça. Oui, je t'accorde qu'il ne soulève ainsi son chapeau ni pour la Chaberte ni pour la Bonnabel — que Dieu garde ! — ni même pour la petite Fayet qui a de si beaux yeux bleus. Qu'est-ce que ça prouve ? » Mais elle commençait à être enchantée.

Elle avoua sa passion la première et ce ne fut pas à Florian qu'elle en parla mais au Polycarpe son mari, un soir en lavant la vaisselle. C'est en général à ce moment-là que les femmes d'autrefois parlaient le plus volontiers aux hommes. C'était l'heure où le bon repas avalé ils avaient le plus l'impression, devant la docilité active de leurs épouses, d'être maîtres chez eux, ce qui les prédisposait à être au contraire le plus vulnérables.

— Tu devrais, lui dit-elle doucement, prendre monsieur Constantin dans ton équipe. Il est convenable et il a de l'allure. De tout sûr il te fait grappiller quelques voix.

— Il n'est pas d'ici, rétorqua le Polycarpe.

Il n'aimait pas quant à lui les hommes sveltes et pâles qui ont des mains de pianiste et qui savent tenir un cheval au garde-à-vous entre leurs cuisses serrées.

— Moi non plus je ne les aime pas, dit l'Alix. Mais celui-ci s'est fait accepter. Il est presque populaire. Et regarde un peu : il a été invité chez le père Tasse où même toi tu n'as jamais réussi à mettre les pieds.

— Il me reçoit au portail ! ronchonna le Polycarpe.

— Tu vois bien ! Et puis moi je pense que si tu prends ce Constantin sur ta liste, il sera beaucoup plus facile à surveiller. D'autant que, avec ton idée…

— C'est pas la mienne d'idée ! C'est la tienne !

— Enfin, notre idée de mettre dans le programme la reconstruction du pont romain.

— Une idée extravagante !

— Ah oui ? Tu connais un autre moyen, toi, de ravoir les emblavures que ton couillon d'arrière-grand-père a vendues à la commune pour une bouchée de pain ?

— C'était à cause de l'arbre ! gémit piteusement le Polycarpe.

— Ah ne va pas me parler de celui-là ! Ah c'était une belle escroquerie ! Quand je pense qu'on a échangé ma dot contre un oracle qui n'existait pas !

Elle froissait l'air comme une lionne de ses allées et venues outragées mais songeant surtout à faire plier le

Polycarpe à sa volonté, afin que monsieur Constantin apprît qu'elle l'aimait.

— Tu vas voir comme c'est facile tiens ! De les obliger à passer sur l'ancien chemin alors qu'il y a cinquante ans ils ne voulaient pas entendre parler du nouveau ! Tu vas être obligé d'y faire passer le cylindre pour les trois ou quatre qui ont une tomobile !

— On en a bien une nous !

— Nous c'est pas pareil. Nous c'est utile. Mais viens pas dire : le marquis de Dion tu crois qu'il en a besoin d'une lui ? Surtout qu'il a pas dû la payer cher sa tomobile ! C'est son frère qui les fabrique !

— Il va encore se présenter contre moi celui-là ! gémit le Polycarpe. Et alors lui, il en a des amis !

— Pas autant que monsieur Constantin. Tu n'as qu'à demander à la Chaberte. Il est populaire. L'autre jour, il a payé la goutte à toute la clientèle. Pour rien ! Pour le plaisir ! Ce sont des choses qui font souvenir.

— Il en a pas lui de tomobile ! grommela le Polycarpe.

— Parbleu ! Il préfère le cheval. Ça sent moins mauvais. Tu le vois avec ses mains faites de cambouis ? C'est un homme d'autrefois. Tu dirais un mousquetaire !

Elle mettait dans ce mot tout l'amour des femmes pour la moustache.

Il céda. Un soir, à la nuit profonde, il s'en vint gratter discrètement à l'huis chez monsieur Constantin. Il arrivait maussade et la main molle à peine tendue. Il parla d'abord des aléas de la profession paysanne et de la pluie qui ne tombait toujours pas. Deux fois il faillit tourner la poignée de la porte pour s'en aller. L'idée de l'Alix qui lui donnerait le tournis en dansant devant lui le pas de la lionne outragée, le dissuada de prendre congé. Alors il parla de l'eau à la pile qu'on allait brancher, de l'électrification qui commencerait dans trois ans et du pont romain qu'on allait reconstruire.

— L'équipe, dit-il, qui se sera distinguée dans toutes ces belles réalisations sera bien payée de ses peines par la reconnaissance de la population.

— Je vous entends bien ! dit Constantin.

Il avait la joie dans l'âme. Autant que la proximité du père Tasse avec la propriété Truche, le fait d'entrer au conseil servait ses desseins. Il serait bien le diable si la nécessité d'aller voir le maire chez lui ne se présentait pas et si, une fois là, il ne pouvait se ménager un aparté avec la mairesse. Cependant, il avait bien présent à l'esprit la main mollement tendue et la valse-hésitation devant la poignée de la porte. Polycarpe se trouva devant un homme qui faisait la moue.

« Cet autre enfant de pute de marquis de Dion sera passé par là ! » se dit-il. Il dut soliloquer une heure durant sans aucun encouragement de la part de Constantin. Le menton sur la main, dubitatif comme un pense-petit qui ne sait pas s'il doit jeter du pique ou du carreau, Constantin en parfait joueur de cartes le regardait s'aplatir sans pitié. Une heure ainsi ! De quoi exaspérer un politicien s'il n'est pas rural. Mais l'idée que le marquis avait déjà fait le siège de Constantin obligeait Polycarpe à se surpasser. Néanmoins, il crut mettre le pied sur son adversaire qui le reconduisait civilement en lui promettant enfin son concours. Il lui dit doucereusement :

— Vous savez, monsieur Constantin, seul, je n'aurais jamais eu l'idée de venir vous trouver. Je sais trop combien vous tenez à votre tranquillité. C'est l'Alix, ma femme, qui a pensé à vous. Moi, vous savez, quand elle a une idée... J'ai toujours cru conseil d'elle, alors ma foi, vous ou un autre...

Constantin se retint pour ne pas serrer dans ses bras ce maire sans malice. C'était donc elle qui avait eu l'idée ! Donc elle l'avait remarqué ! Donc elle lui faisait signe ! Il parla avec lyrisme de cette nuit superbe qui régnait sur Montfuron au point qu'on voyait la Voie lactée. Il dansait presque de joie en désignant au loin l'ombre noire de Lure qui ondulait sous la Grande Ourse. Le bonheur le dilatait. Il se serait volontiers envolé pour peu qu'on lui donnât quelque élan. Polycarpe le regardait avec méfiance. « Il ne se tient plus de joie, se dit-il. Ou bien il est momo ou bien il espère prendre ma place. Il peut toujours courir ! » Comment se serait-il douté, lui qui n'aimait que les maigres, que l'Alix pût inspirer de l'amour ?

Quand Constantin revit le père Tasse après l'avènement de la quatrième municipalité Truche contre la coalition réactionnaire du marquis de Dion, il lui sembla que le vieillard lui marquait de l'humeur. C'était la première fois de novembre qu'il était nécessaire de faire un peu de feu vespéral. Un coup de froid était monté de la plaine un matin, qui avait bouilli les dahlias du clos. Les drennes turbulentes s'étaient abattues sur les pommiers, chassant le dernier merle dont on avait vu onduler le vol vers les jardins de Manosque, trois cents mètres en contrebas. Monsieur Tasse se chauffait les mains aux flammes de cette nouveauté de l'année : le feu préparé à la fin de la saison dernière et que, lorsqu'on a quatre-vingt-cinq ans, on dispose en soupirant, ne sachant si ce sont vos propres mains qui le rallumeront. Il était mélancolique et ne se leva pas pour son visiteur. Constantin qui ne l'avait plus vu depuis quelque temps pour cause de liesse électorale, le trouva fort vieilli.

« Il serait temps », se dit-il. Lors de sa dernière visite, il avait pu lire sur le diplôme suspendu au mur comme un tableau, la date où l'élève Tasse Bienaimé avait décroché son certificat d'études. Ça lui faisait quatre-vingt-cinq ans aux prochaines vendanges. Mais il comprit, à la mine du vieillard, qu'il n'était peut-être pas encore opportun d'aborder le sujet qui lui tenait à cœur.

— Ah ! C'est dommage ! dit le père Tasse d'une étrange voix acide. Vous vous êtes laissé piquer par la tarentule politique !

« J'aurais dû proposer au maire de le prendre sur sa liste, se dit Constantin. Tu vois ! On n'est jamais assez sur ses gardes avec les modestes ! »

En effet non content de ne pas se lever, le père Tasse ne lui tendait pas la main. Constantin en eut froid dans le dos. Le ruisseau glacé qu'il venait de voir et le jardin nu qu'il venait de traverser lui poignaient l'âme dans leur dépouillement plus encore qu'ils ne l'avaient fait naguère dans leur opulence d'automne. Et à travers les vitres à rideaux de vichy, l'âtre qu'il découvrait allumé pour la première fois lui parlait d'un bonheur assez mystérieux pour le captiver le restant de ses jours. Tout cela était suspendu au caprice ombrageux d'un vieillard à l'amour-propre froissé. La mine du père Tasse et ses aigres propos ravissaient hors de portée ce rêve bucolique d'un homme que le destin se plaisait à fatiguer. L'Alix qui occupait, croyait-il, toutes ses pensées, était reléguée pourtant hors de son souvenir par la panique qui le saisissait à l'idée de perdre le clos.

Parmi tant de secrets, il choisit délibérément de jeter celui-ci en pâture au vieillard pour détourner l'orage.

— Ah ! soupira-t-il. Si vous m'autorisiez à m'asseoir, je vous conterais mes affres par le menu. N'allez pas croire que ce fut de gaieté de cœur !

Le père Tasse se tourna vers lui. Il avait les pommettes roses que l'on voit si souvent aux outragés de petite ambition.

— Remarquez bien, dit-il à son visiteur, que moi aussi le Polycarpe m'a demandé de faire partie de son équipe, seulement moi j'ai su dire non !

« Bien fait ! songea Constantin. Ça t'apprendra à te fier aux modestes ! Celui-là, il a tellement eu envie d'entrer au conseil qu'il s'imagine avoir refusé de le faire ! »

— Ah ! gémit-il. Si vous aviez été éperdu d'amour, vous auriez dit oui !

Il profita de l'étonnement du vieillard qui le regardait sans comprendre pour se laisser choir dans le fauteuil en tendant ses mains au feu avec reconnaissance. Depuis son enfance chez sa grand-mère, c'était la première fois de sa vie qu'il pouvait ainsi avancer ses mains vers les flammes devant un feu de bois.

Un quart d'heure durant il parla de l'Alix avec une passion décuplée par la peur. Le père Tasse qui n'avait plus de l'amour qu'une approche désincarnée était bien étonné qu'une personne comme l'Alix pût inspirer un tel désarroi sentimental. A mesure que

Constantin la parait de toutes les séductions, le vieillard la suivait dans sa réalité quotidienne : dandinant sa plantureuse personne avec suffisance et contentement de soi, néanmoins, quand Constantin se tut à bout de souffle, il avait presque changé d'avis tant son visiteur avait parlé avec feu.

— En ce cas à la bonne heure ! dit-il. Je craignais que notre amitié n'eût à souffrir de votre engagement. J'ai la politique en horreur !

Il biffa l'air d'un tranchant de main définitif.

— Mais… Ma foi… Puisqu'il s'agit d'amour ! Si vous vous êtes compromis dans ce cloaque pour vous rapprocher de l'objet de votre flamme… Je vous remercie en tout cas de m'en avoir fait confidence. Vous pouvez être assuré que je garderai votre secret comme le mien propre.

Constantin surprit alors le regard du père Tasse furtivement accroché au cor de chasse qui brillait contre la hotte de la cheminée. Ce regard était chargé d'inquiétude comme si l'instrument était susceptible de lui tomber dessus. Et soudain, avec le charmant primesaut des vieillards, il se tourna vers Constantin, un œil toujours mi-fermé mais l'autre pétillant de malice.

— Somme toute, dit-il, ce Polycarpe serait cocu ?

— Pas encore, répondit modestement Constantin.

Il rougit comme un jeune homme. Cette incongruité énoncée par le vieillard le désobligeait, souillant de ridicule, à son avis, non seulement la victime mais aussi tous ceux qui avaient part à l'affaire. Il détesta le père Tasse pour l'avoir prononcée. Mais celui-ci était déjà retombé dans sa mélancolie. Il contemplait parmi les flammes de l'âtre un spectacle que Constantin jugea très lointain dans l'espace et surtout dans le temps.

— Ah l'amour ! soupira le père Tasse. L'amour !

Il hochait longuement la tête et il prononça le mot trois ou quatre fois encore comme s'il allait en parler savamment. « Il va te raconter son histoire », se dit Constantin plein d'espoir.

Il se trompait. Le vieillard était abîmé en lui-même et il sembla à son hôte qu'il pleurait. Il jugea le moment peu convenable pour lui parler de viager.

L'hiver fut rude, le printemps long à venir cette année-là. Il y eut des congères drossées par le vent du nord qui obstruaient les cours de ferme, l'entrée des rues et les sentiers entre les peloux des tertres. Le moulin dut chômer en dépit du vent qui domina l'hiver, mais la glace s'était prise dans les antennes, les ailes étaient trop lourdes pour s'envoler. Les amours de Constantin demeurèrent stagnantes. Alix et lui ne pouvaient que se dévorer des yeux lorsqu'ils se rencontraient. Tous deux cuisaient à petit feu dans les marmites de l'enfer, ne pouvant ni se parler ni se happer.

Le père Tasse hivernait au coin de son feu. Il notait sur un agenda le temps qu'il faisait au jour le jour. La neige saupoudrait le clos, rendant la vie dure aux passereaux. Chaque matin Constantin venait garnir les mangeoires chez son vieil ami. Ensuite, de derrière la vitre, ils contemplaient front contre front cette bataille des oiseaux pour la pitance.

— De vrais hommes ! glapissait le père Tasse. Surtout les verdiers ! Regardez-les ! Ce qui les intéresse ce n'est point tant de manger eux-mêmes que d'interdire aux autres de le faire !

Ils hochaient la tête tous les deux en gens raisonnables, bien heureux de se croire au-dessus de cette mêlée dont ils n'arrêtaient pas de médire. Constantin commençait à faire la connaissance de son commensal, de plus en plus étonné il en épiait le caractère car il lui trouvait avec le sien propre d'étranges similitudes.

« Raison de plus, se disait-il, pour ne pas lui parler de viager. Est-ce que tu aimerais, toi, qu'on vienne te hâter la mort en te payant ton bien pour après elle ? Tu aimerais être le billet de loterie de quelqu'un ? Non ? Alors ? Oui mais, se disait-il, toi tu as quarante-huit ans et le père Tasse, lui, il en a quatre-vingt-cinq ! Oui mais, quatre-vingt-cinq, on ne sait jamais qu'on les a. On en parle devant autrui, avec détachement, comme si on le savait, mais c'est pas vrai. D'autres peuvent avoir quatre-vingt-cinq ans, mais pas soi ! Alors tiens-toi tranquille ! Il faudra lui faire venir les choses de très loin. Choisir le moment. Tu serais beau s'il disait non ! »

« Il t'en parlera bien à la fin », se disait le père Tasse. Il lui savonnait la pente. Il lui murmurait :

— Eh bien ? Et vos amours ?

Constantin allongeait sa moue.

— Ah ! soupirait le père Tasse, vous habitez trop loin. Elle a trop de choses à faire. Et puis vous la voyez aller chez vous ? Tout Montfuron serait aux fenêtres ! Ah, si vous habitiez, par exemple, chez moi, là oui ce serait brave ! A part la chapelle il n'y a personne entre ici et là-bas. De grands après-midi l'hiver, le brouillard y brasse l'air. Trois cents mètres ! Elle pourrait vous rendre visite entre la vaisselle et la soupe du soir. Le meilleur moment ! Vous vous rendez compte, Florian ?

Il se rendait compte. Il serrait les lèvres. Il secouait la tête. Il posait une main apaisante sur celle du vieillard qu'il tapotait. C'était lui qui le consolait du souci qu'il semblait se faire pour ces amours coupables. On ne se retire pas des affaires après fortune faite à quarante-cinq ans sans que certaines particularités de votre caractère ne vous aient permis cette aubaine et que celles-ci vous restent disponibles en toute occasion.

« Il cherche à te faire te déclarer pour te dire non ! se disait Constantin. Tu as commis une faute énorme. Jamais il ne te pardonnera de faire partie du conseil ! »

Et Tasse se disait :

« Dommage ! J'aurais eu grand plaisir à lui dire non ! »

A ces jeux passait le temps. Le printemps s'assena d'un seul coup par trois jours de pluie ininterrompue qui firent monter le thermomètre de dix degrés et, un matin, on vit Lure à l'horizon, noire et trempée comme une serpillière et on la vit verdir dans la journée même. L'herbe fraîche poussa jusqu'au seuil des maisons.

Le père Tasse reprit sa canne, guilleret.

— Eh bien, Constantin, si nous recommencions nos promenades ?

— Avec joie ! dit Constantin.

— Mais cette fois tant pis ! C'est un peu loin mais il faut ce qu'il faut ! Je vais vous mener jusqu'à la Font de Bourne ! Il faut bien que vous le voyiez ce fameux pont pour la reconstruction duquel vous avez voté.

Ils partirent donc de bon matin. Ils déjeunèrent de pâté de grive et de bon vin sur la margelle de la Font de Bourne. Le père Tasse fit sa sieste sur un lit de bruyères. Il s'éveilla vers trois heures.

— Et maintenant, dit-il, en route ! Je vais vous montrer une curiosité. Oh ne vous attendez pas à merveille ! Ce n'est qu'un arbre ! Mais alors un bel arbre ! Un chêne d'au moins trois cents ans. C'est à peine à cinq minutes. Après nous prendrons le chemin du retour.

Il marchait allégrement en tête, faisant sonner sa canne inutile contre les cailloux du chemin.

— Tenez ! dit-il. Regardez ! Approchons-nous ! N'est-il pas beau ? Et toujours jeune ! Tant de gens sont morts depuis qu'il est né ! Des centaines de millions ! Peut-être des milliards ! Vous pensez, en trois cents ans ! Et lui tous les automnes il perd ses glands, plus tard il perd ses feuilles et au printemps plouf ! Il recommence ! Ah j'aurais aimé être un chêne. Si j'avais été un chêne... Mais qu'est-ce que vous faites, Constantin ? Vous êtes bien loin ? Je parle pour l'amour de Dieu alors ?

Il ne faisait rien Constantin. D'abord, de loin, il avait cru voir un arbre qui offrait l'étrange allure d'une tête de cerf immense, buté sur une seule patte gigantesque et couleur de tortue. Il dardait en avant ses cors innombrables embusqués parmi les feuillages. Au moment où il allait s'exclamer d'admiration pour faire plaisir au père Tasse (alors que ce n'était pas du tout ce sentiment-là qu'il éprouvait) il entendit au-dessus de lui un pétillement comme si des milliers d'oiseaux picoraient l'écorce de l'arbre. Il s'immobilisa. Il laissa le père Tasse s'avancer tout seul sous les frondaisons, à deviser et à faire des arabesques avec sa canne d'apparat.

Lui, Constantin, il était cloué au sol comme la femme de Loth. Devant lui, l'arbre flamboyait. Il brûlait avec de petites lueurs sèches qui frissonnaient agiles sur chaque feuille, chaque rameau, chaque branche. Ces éclairs fugitifs ne détérioraient pas les frondaisons, ne les consumaient pas. Elles les parcouraient semblait-il sans les toucher. L'arbre tout entier était devenu un bouquet bleu tremblant de flammes comme un âtre en hiver.

— Eh bien ? cria le père Tasse. Qu'est-ce que vous foutez si loin ?

Son visage en point-virgule et son œil malin mi-fermé faisaient merveille dans cette atmosphère empreinte d'irréalité. Jamais vieillard n'avait été plus serein. Il observait de loin le long Constantin les bras largement ballants comme ceux d'un épouvantail au gré du vent. Son panama se boursouflait comme s'il voulait s'envoler. Ses vêtements de bonne coupe flottaient cependant autour de lui comme s'il avait soudain maigri. Il était cloué entre les ornières, en la position malcommode où l'immense étonnement l'avait sidéré sur place, muet et le visage vert.

« Je suis le jouet d'une hallucination », se disait-il car les formules toutes faites sont ce que l'homme a inventé de plus lénitif pour se prémunir contre l'étrangeté du monde.

Monsieur Tasse qui ne l'avait pas amené ici sans dessein, sachant lui ce qui bouillait dans sa marmite, monsieur Tasse l'admirait sans retenue. Pour un peu il eût soulevé sa casquette.

« Le gaillard est de taille, se disait-il. Ou bien serait-ce que l'arbre n'a pas brûlé ? »

Il lui prit une grande inquiétude. Il observait

Constantin de loin avec acuité. « Mais non, se dit-il, il a brûlé ! Il brûle encore ! A mon intention ! Vive Dieu ! Regarde-le ton Constantin ! C'est un gaillard de première catégorie ! Mais quand même : tu dirais la femme de Loth juste au moment où elle vient de se retourner ! »

En un temps où la moindre parole pouvait signifier la mort, Constantin avait appris à maîtriser la sienne quitte à se mordre la langue, aussi devant ce spectacle déroutant et auquel il était mal préparé, réussit-il à s'imposer silence mais ce ne fut pas sans mal. D'autant plus qu'il était incapable de démêler pourquoi il s'abstenait de s'exclamer et de désigner du doigt le prodige.

— Eh bien ? lui criait le père Tasse sans ménagement. Vous voici bien immobile ? Auriez-vous vu l'Antéchrist ?

Constantin abaissa lentement son regard stupide d'étonnement. Il prit conscience du visage du père Tasse et se dit, à cette occasion, combien celui-ci était bizarre, fuyant de toute part telle une phrase mal construite. Il prit conscience que si l'œil droit du vieillard était parfaitement ouvert et limpide du plus beau bleu, le gauche, en revanche, il ne se souvenait pas d'en avoir jamais vu la couleur.

« Il y a un mystère ! » se dit-il.

Et au père Tasse il répondit :

— Je vous admire !

— Ce n'est pas moi qu'il faut admirer, c'est l'arbre ! L'avez-vous bien observé ?

— A loisir ! souffla Constantin.

Il sentait sur ses paupières le souffle chaud de ces innombrables serpents bleus qui continuaient à pétiller en plein soleil. Mais soudain, se dressa venant de Lure un de ces immenses nuages noirs dont on croit qu'ils ne donneront jamais une goutte de pluie parce qu'ils se déplacent depuis le nord. Mais parfois l'on se trompe, ils vont s'arrimer aux rives de la Durance et là ils s'écroulent en trombes d'eau.

Le père Tasse avait une grande habitude de toute espèce de ciel.

— Vite ! cria-t-il. Mettons-nous à l'abri !

L'orage commençait à aboyer entre Reillanne et Saint-Michel.

— Mais à l'abri où ? dit Constantin.

— Là ! Sous l'arbre ! Où voulez-vous ?

Le père Tasse était arrivé à la hauteur de son compagnon et il l'entraînait par le bras jusqu'au pied du tronc. Pour Constantin, cette voûte opulente du feuillage resplendissait de lumière comme une nef d'église sous les cierges d'une fête.

— Mais on m'a toujours dit qu'il était dangereux en cas d'orage de s'abriter sous un arbre !

— Pas celui-ci ! cria le père Tasse.

Un déluge de grêlons et d'averse mêlés crépitait soudain sur tout le pays de Montfuron noyant cet arbre où ils étaient blottis, le frêle vieillard et le fringant colonial dont le panama déversait des rigoles d'eau sur le veston de lin blanc.

« C'est un gaillard de première catégorie ! » se répétait le père Tasse sans se lasser.

Pas un muscle ne tressaillait sur le visage de Constantin. Ni l'orage ni l'immense étonnement qui le laissait pantois à se voir ainsi sous une nef de lumière que la pluie ne perturbait même pas, ne parvenaient à ébranler sa maîtrise de soi. La vérité c'est qu'il se croyait réellement le jouet d'une hallucination et qu'il ne voulait pas que nul s'en aperçût. Là-bas, en Afrique, autrefois, il avait eu la dingue, certain jour où le soleil avait tourné pendant qu'il poursuivait sa sieste, se croyant toujours à l'ombre. Au réveil, les boys avaient dû s'y mettre à cinq pour l'empêcher d'aller nager dans le marigot aux crocodiles. Si par hasard il était à nouveau victime de ce mal bizarre, tout Montfuron prendrait peur. Il cesserait d'être populaire (les fous le sont rarement longtemps), on le regarderait entre haut et bas, chacun continuerait à le saluer respectueusement mais sans s'arrêter et les fillettes tireraient au large en le voyant poindre. Si l'Alix savait qu'il avait eu la dingue il pouvait en faire son deuil. Voilà pourquoi à l'abri de cet arbre maintenant rose pour lui comme un feu de Bengale sous l'horizon obscur, monsieur Constantin gardait une face de marbre.

L'orage persista une heure durant, virant au loin, allant reprendre des forces sous la face nord du Ventoux avant de revenir pilonner les hauteurs de Montfuron. Ils virent Lure au loin, sous le ciel déchiré. Le sommet resplendissait de neige neuve. Le printemps chez nous n'est pas chiche de ces revirements.

— Foutons le camp ! dit le père Tasse. Venez vite ! Il fait froid ! Recampons-nous !

Il fuyait comme un homme que la mort poursuit. « Comme un lapin ! » se disait Constantin. Il admirait que cet octogénaire pût s'en aller ainsi trottant au mépris des drailles aux galets délités par l'averse, la canne belliqueuse comme s'il poursuivait quelqu'un et non pas tel qu'un vieillard ayant besoin d'un bâton pour s'aider à marcher. Ils atteignirent le clos noyé de pluie de justesse avant que le déluge ne s'abattît de nouveau sur Montfuron.

— J'ai froid ! dit le père Tasse.

« S'il crève je suis foutu ! » se dit Constantin. Il observait le vieillard tout tremblant qui soulevait le manchon de la lampe à pétrole pour donner de la lumière car le jour s'éteignait déjà au couchant obstrué par les nuages.

— Moi aussi, murmura Constantin. J'ai froid dans le dos !

Ils se firent un bichof couleur amarante que le vieillard servit dans des bols à déjeuner et qui les réchauffa jusqu'à l'âme. Le père Tasse scrutait son vis-à-vis à travers la buée des deux bols où le vin bouillait encore. « Il a l'œil stupide, se disait-il. Il est toujours sous son arbre ! »

Quand il le lâcha au portail à nuit close, sous le ciel maintenant étoilé, il dut l'orienter bien d'aplomb sur le chemin où il s'engagea comme un somnambule. « Demain, se dit-il, il commencera à réfléchir. Espérons que ses réflexions le dirigeront du bon côté ! »

Constantin s'éveilla avec devant les yeux cet immense candélabre incandescent qui l'éblouissait. Il fut debout d'un bond. « Il faut que je sache, se dit-il. Au diable les convenances ! » Dès le début de l'après-midi il se coiffa avec soin et sella le hongre. Il avait besoin d'avoir grande allure pour la démarche qu'il voulait faire et surtout ne pas avoir l'air d'un détraqué retour d'Afrique. Il s'abstint même du petit verre matinal de rhum dont il se confortait les jours ordinaires.

Le père Tasse à l'affût derrière sa vitre vit se

profiler au-dessus de sa haie cet homme tronqué qui passa de profil sans un regard au clos. « Oh, se dit-il, il est préoccupé mon gaillard ! »

Constantin un peu oppressé ne fit qu'une traite jusqu'à la cour des Truche. Par timidité, il faisait sonner haut les sabots de sa monture sur les pavés du courtil. Il avait préparé son discours tout au long du chemin : « Truche, allait-il dire au maire, vous qui êtes un homme d'âge et d'expérience et qui de plus êtes assermenté, dites-moi la vérité : je suis fou ou ce que j'ai vu existe ? »

Il s'attendait à tout sauf que ce fût l'Alix qui lui ouvrît la porte. Ils restèrent immobiles, lui à cheval, elle au seuil de la cuisine, tenant une assiette qu'elle essuyait encore et sur laquelle, le torchon à la main, son geste resta suspendu. Stupide d'étonnement, il eut quand même le réflexe de soulever très haut son chapeau.

Il s'écoula ainsi entre eux, qui se regardaient droit dans les yeux, le temps que dans les profondeurs de la maison la pendule sonnât trois heures et qu'elle le répétât deux minutes plus tard.

« Il est enfin venu », se dit-elle. C'était la première fois depuis qu'il était adjoint qu'elle le voyait d'aussi près.

— Entrez ! dit-elle. Vous m'avez fait peur ! Vous êtes pâle comme un mort !

— Je suis ainsi depuis hier. Votre mari est là ?

— Non ! répondit-elle fermement. Vous vouliez le voir lui ?

Il avait attaché le hongre à l'anneau du montoir. Il s'avançait comme un somnambule, les jambes en coton, ayant abdiqué toute prestance. La solitude où il trouvait Alix le prenait d'autant plus au dépourvu que l'obsession qui le subjuguait depuis la veille avait effacé de sa mémoire les délices qu'il se promettait avec elle. Il se trouvait dans la disposition d'esprit d'un gamin auquel la Vierge Marie vient d'apparaître pour la première fois, c'est dire s'il était éloigné de toute préoccupation érotique.

Elle, de son côté, était mal préparée à ce qu'on lui parlât d'amour. Elle protégeait sa robe de travail par un de ces tabliers de ménage qu'on traîne trois ans avant de s'apercevoir qu'il vous fait honte. Elle qui était si fière de ses pieds demeurés menus en dépit du poids respectable qu'ils devaient maintenant assurer, elle les avait mis à l'aise dans de larges savates qui ne prêtaient pas à croiser les jambes pour mettre en évidence la finesse des chevilles. De plus elle portait sur les épaules une berthe disgracieuse dont les pans lui soulevaient les seins.

Elle lui ouvrit néanmoins toute grande la porte de son salon campagnard qui tenait du débarras et du musée arlatan, à cause des meubles lourds qui l'avaient suivie lors de son mariage. Il remarqua qu'en plus opulent, la même odeur de vin de noix régnait ici comme chez le père Tasse.

« Il a eu un sang bouillant, se disait-elle. Et c'est vers toi qu'il se réfugie ! »

— Assoyez-vous ! dit-elle.

Elle resta debout devant lui, qui s'était laissé choir sur le canapé, consciente que si elle occupait à côté de lui la place laissée vacante, son poids le ferait basculer contre elle, ce qui serait indécent et ridicule.

— Vous vouliez parler à Polycarpe ?

— Oui, je voulais lui parler.

— Il est allé passer le rouleau sur nos blés des Embarrades. Il ne rentrera qu'à la nuit.

Elle rougit dans la pénombre en prononçant ces mots. Il lui semblait qu'elle les énonçait avec intention.

— Mais, ajouta-t-elle très vite, s'il s'agit des affaires de la commune, il me tient au courant de tout.

— Non. Il ne s'agit pas des affaires de la commune.

Constantin se dressa et se dirigea vers la fenêtre qui prenait jour sur le chemin suivi la veille, le chemin qui menait à l'arbre. Il parla le dos tourné.

— Il s'agit d'une affaire à moi. Vous m'avez dit que j'étais pâle quand je suis arrivé. Est-ce que je vous fais l'effet d'un homme de bon sens ?

— Mais oui ! Pourquoi ? Mon Dieu, qu'est-ce qui vous arrive ? Attendez ! Je vous sers quelque chose de fort !

Elle bondissait vers le buffet. Elle revenait avec une bouteille et deux petits verres.

— Tenez ! dit-elle. C'est vrai que vous êtes pâle ! Buvez ça !

Elle lui tendit le verre.

— Je ne vous dis pas ce que c'est, vous vous en apercevrez bien tout seul.

Elle avait en vérité versé le génépi autant pour elle que pour lui. Elle était sûre qu'il allait s'apercevoir qu'elle tremblait devant lui et elle ne voulait pas que ce soit le dit. Elle avala le liquide d'un coup, avant lui, sans penser à trinquer. Cela lui fit l'effet d'une épée de feu qui lui aurait transpercé la gorge. Des larmes abondantes lui jaillirent des yeux. « Je ne suis pas convenable ! » se dit-elle.

— Vous êtes d'ici ? demanda Constantin.

— Non. Mais j'y suis depuis mon mariage. Seize ans !

Une sorte de joie enfantine lui faisait oublier son tablier sale et ses savates.

— Oh, dit Constantin, si j'avais su de vous déranger, j'aurais pu aller demander à la Chaberte.

— La Chaberte, c'est une langue de pute ! trancha tout de suite Alix. Non, si vous avez quelque chose sur le cœur, c'est plutôt à moi qu'il faut le confier.

Il aurait dû à son tour être inondé de joie en entendant ces paroles qui résonnaient comme un aveu mais le spectacle auquel il avait assisté la veille le remplissait encore d'un religieux étonnement qui le privait de ses réflexes ordinaires. C'était à peine s'il voyait l'Alix en face de lui et qu'elle eût des savates et une berthe, c'est ce qu'il n'aurait su dire.

— Parlez ! dit-elle. Le Polycarpe a dû vous dire que je suis toujours de bon conseil.

Il revint lentement s'asseoir son verre vide à la main.

— Je ne voudrais pas, dit-il, que ça s'ébruite. On va me prendre pour un fou et je me demande si en fait...

Alors, avec d'infinies précautions pour ne pas rompre l'équilibre du siège, elle s'installa loin de lui sur le canapé et elle lui dit :

— S'il y a un secret, comptez sur moi. Personne ne vous le gardera mieux que moi.

— Oh, un secret ? Je ne sais pas... Plutôt une illusion peut-être. Enfin voilà : hier, je suis allé me promener vers le pont romain, vous savez ? celui qu'on va réparer ? Et alors là, il m'est arrivé une chose bizarre... Enfin, une chose curieuse. Vous savez, il y a un gros arbre à cet endroit, un très gros chêne, dit-il.

Avec ses bras arrondis, il voulut simuler la circonférence du tronc.

— Mais, dit-il, beaucoup plus gros que ça. En vérité, il faudrait trois hommes, je crois, pour en faire le tour.

— Je sais, dit l'Alix. Il est chez nous.

— Chez vous ?

— Oui. Il nous appartient. Lui, la source et les truffiers qui sont autour. C'est tout à nous.

Constantin hocha longuement la tête et il dit :

— Je me demande figurez-vous si cet arbre-là appartient bien à quelqu'un. En tout cas moi, hier, quand je suis passé dessous, il m'est arrivé une chose que je me demande... C'est pour ça que je voulais parler à Polycarpe. C'est le maire, lui. C'est un homme d'âge et d'expérience. Il m'aurait dit lui...

Il y avait déjà quelques minutes que l'Alix avait froid dans le dos à mesure que Constantin avançait dans son récit. Mais le voyant atermoyer de la sorte, elle ne put plus y tenir. Elle lui agrippa le bras convulsivement et elle lui dit :

— Vous n'êtes pas en train de me dire que vous avez vu brûler l'arbre ?

— Si ! s'exclama Constantin. Mais comment ? Vous saviez ?

Elle se claqua les mains l'une contre l'autre.

— Il a vu brûler l'arbre ! Vous avez vu brûler l'arbre, vous !

Son regard étincelait dans sa grosse figure. Elle criait littéralement. Elle se retenait de toutes ses forces pour ne pas le secouer comme un prunier.

— Oui ! Je l'ai vu brûler ! répéta Constantin. D'abord avec des flammes bleues. Et ensuite il y a eu l'orage et alors il est devenu tout rose. Comme un feu de Bengale, ajouta-t-il à voix basse.

— Un feu de Bengale ! gémit l'Alix. Et moi j'ai jamais pu voir ça ! Et moi mon père a payé toute une dot pour que je puisse voir ça ! Les meubles que vous voyez là ! Le trousseau ! Les louis d'or ! Tout ! Ces Truche, ce sont des pauvres à côté de nous ! Seulement ils avaient cet arbre. Et moi, mon père m'adorait et il savait que j'avais le cœur sensible. Et il savait qu'épouser un homme de chez nous avec beaucoup de bien ça ne me dirait rien. Alors il m'a trouvé cet homme : ce Polycarpe qui avait chez lui un arbre qui annonçait la mort. Eh bien non ! J'ai été trompée ! Il y a seize ans que je suis mariée et jamais une seule fois, ni moi ni personne ne l'a vu brûler ! Jamais ! Et il va le faire pour vous ! Pour vous qui êtes un étranger !

Elle n'avait même plus envie de lui. Elle n'avait même plus envie qu'il la prenne dans ses bras. Elle le regardait de ses gros yeux flamboyants comme un ennemi, comme un prédateur.

Elle avait toujours sa berthe sur les épaules et ses savates aux pieds mais finalement elle s'était mise à nu devant lui et il la voyait brasiller de colère, sa chair couleur de cet arbre qu'elle n'avait jamais vu autrement qu'ordinaire. Dans ce corps volumineux, il voyait briller l'une de ces âmes romantiques dont on rêve sans jamais croiser leur route. Il la désirait. Il l'aima. Mais il avait retenu dans ce flot de paroles quatre mots seulement qui lui glaçaient le sang.

— Pour annoncer la mort ? dit-il.

— Oui ! Mais pas la vôtre ! Celui qui voyait flamber

l'arbre ne mourait pas. C'est ce que le Polycarpe prétend. Vous n'étiez pas seul ?

— Non. J'étais avec le père Tasse.

L'Alix fit un beau mouvement de sa main jetée par-dessus son épaule.

— Oh celui-là ! Il est assez vieux pour faire un mort !

— Vous ne voulez pas dire qu'il va mourir ?

— Si ! Dans les trois mois ! Tous les récits concordent. Celui pour qui l'arbre flambe il n'en a pas pour une saison. Enfin... C'est ce qu'on dit...

Constantin siffla longuement entre ses dents. Tout un bouquet de conséquences heureuses fleurissait dans son imagination soudain miraculeusement crédule. Il se leva.

— Qu'est-ce que vous allez faire ? dit l'Alix inquiète. Le Polycarpe croit que son arbre ne brûlera jamais plus. Ils ont eu toutes sortes de malheurs dans la famille du temps où il brûlait régulièrement. Alors il ne faudrait pas...

— Vous voulez que ce soit un secret ?

— Oui, dit l'Alix dans un souffle. Un secret entre nous.

Ils se regardèrent. Ce fut tout. Ils étaient à un mètre l'un de l'autre mais ils n'osaient pas se toucher. Ils se croyaient sous les yeux de tout Montfuron et de plus le secret qu'ils venaient de partager les avait bouleversés. Dans le fond, c'étaient des êtres simples et pour aujourd'hui ils avaient leur content d'émotion. Ils ne voulaient pas y ajouter le surcroît de l'amour.

Elle le raccompagna jusqu'au portail voûté de la ferme, admirant sa taille et sa souplesse. Et quand il se retourna pour lui dire au revoir, elle baissa les yeux comme une femme surprise dans ses calculs.

— Vous ne direz rien à personne, lui demanda-t-elle, de tout ce dont nous avons parlé ? Vous me le jurez ?

— Sur votre tête ! dit-il. Est-ce que je me fais bien comprendre ? Mais qui sait ? Nous pourrions peut-être, si tout va bien, en parler ensemble, parfois ?

Il détachait les rênes du hongre au montoir de la voûte et il n'osait pas se retourner pour lire la réponse dans les yeux d'Alix. Il ne voulait pas savoir. C'était trop délicieux cette incertitude de l'attente.

Alors soudain, sur les landes, du côté du moulin, ils entendirent un grand brame désolé qui froissait l'air du soir sur Montfuron la tranquille. C'était un déchirement de soie qui leur creusait l'estomac et qui semblait capable d'émouvoir même Lure énigmatique dans ses fonds, sous le mystère vert de ses chênes et qui rosissait pourtant dans le crépuscule comme une personne vivante sous les paroles d'un aveu.

— C'est le père Tasse qui joue du cor ! s'exclama Alix à voix basse.

— Est-ce que vous savez pourquoi il en joue ?

— Non. Mais ce que je sais, c'est qu'il n'en jouera plus très longtemps. Si vous avez vu brûler l'arbre pendant que vous étiez avec lui... Deux mois, trois mois, pas plus. L'arbre n'annonce que les morts subites... Dommage, dit-elle, quand il joue, je sens quelque chose qui me remue le cœur.

Ils se quittèrent sur ces paroles. Elle osa à peine, quand ayant fait volter sa monture il ne put plus la voir, lui faire de la main un signe timide.

Il rentra chez lui pour soigner le cheval et lui garnir

son râtelier. C'était le meilleur moment. Celui où il arrêtait toutes ses décisions. Il parlait au hongre tout en le brossant et il lui demandait son avis. En général, les petits hennissements du cheval étaient de bon conseil.

Quand il se remit en route, à pied cette fois, il faisait nuit noire. Quelques rares lumières signalaient le village qui s'endormait. Grâce à la blancheur des cailloux, on distinguait à travers champs le tracé du chemin. Quand il atteignit le clos du père Tasse, Constantin fut saisi aux narines par une odeur dominante de lampe à pétrole qui file. Par les carreaux de la fenêtre aux volets ouverts, le faisceau de lumière qui éclairait jusqu'au portail révéla au regard de Constantin un monstre aux contours grêles, perché sur quatre roues et d'où provenait dans le silence le chuintement régulier d'une goutte d'huile qui résonnait à terre sur un caillou du chemin.

La pénombre qui régnait devant la croisée permettait de distinguer à l'intérieur deux silhouettes gesticulantes. Un gentilhomme castillan ou d'ailleurs se serait retiré sur la pointe des pieds, craignant d'être indiscret, mais Constantin devait sa position dans le monde à sa promptitude à étouffer ses scrupules. En outre, il était encore malade de rancœur à la pensée que chez la Chaberte, en dépit de tous les coups à boire qu'il avait payés à tant de gens, personne ne lui avait parlé de l'arbre. En ce pays qui nourrissait de tels mystères dont il était exclu en sa qualité d'étranger, tous les moyens lui semblaient bons pour tenter de les percer. Aussi n'hésita-t-il pas à ouvrir le portail sans bruit et à venir se poster à quatre pattes sous l'appui de la fenêtre.

Des éclats de voix s'entendaient à l'intérieur qui prouvaient bien qu'il ne s'agissait pas d'une conversation amicale.

— Tu n'as toujours été qu'un palefrenier ! disait quelqu'un. Je n'aurais jamais dû t'élever à la hauteur d'un veneur !

— Tu n'as jamais été qu'un assassin ! rétorquait le père Tasse. Combien de fois t'ai-je vu laisser égorger tes chiens par le loup avant d'aller l'abattre ! Ça te plaisait ce spectacle ! Oui, égorgés ! Tous, jusqu'au dernier !

— C'est faux ! Deux seulement ! Et tu sais bien que c'était par colère contre toi !

Protégé par l'obscurité, Constantin risqua un œil à l'intérieur. Il vit le père Tasse vert de colère qui empoignait la table de cuisine dans l'intention peut-être de la renverser. Sa petite taille était cambrée comme celle d'un coq de combat. Face à lui, un vieillard du même âge mais ventru et sanguin lui donnait la réplique, lui aussi vert de rage et pareillement agrippé à la table. Muets maintenant ils se mesuraient du regard. Soudain le vieillard sanguin s'écroula sur une chaise comme un pantin. Il grimaçait de douleur. Il parla. Il ne criait plus. Sa voix parvenait à peine jusqu'à l'indiscret à l'affût derrière les vitres closes. Elle avait des accents suppliants.

— Ne sonne plus ! Chaque fois que tu sonnes je la vois devant moi !

— Si je ne sonne plus, grommelait Tasse, tu t'endormiras dans la peau d'un assassin ! Tu t'y habitueras ! Tu y trouveras des appas !

— Tu sais bien ! Tu sais bien *toi* que ce n'était qu'un accident !

— Je sais que je pleure encore !

— Pleure autrement ! Pleure en silence !

Le vieillard sanguin se leva. Constantin le vit tirer d'un portefeuille quelques billets qu'il étala en éventail sur la table. Il tourna le dos et marcha vers la porte. Constantin n'eut que le temps d'aller s'abscondre derrière la gloriette.

Il vit sortir le visiteur qui passa devant la clarté de la fenêtre. Il boitait. Lui aussi marchait avec une canne pour quelque cause fallacieuse car il la faisait siffler dans l'air à la manière d'une épée. Constantin attendit dans l'ombre qu'il eût élancé à grand effort de manivelle sa machine nauséabonde. L'air empestait le pétrole sur tout le clos obscur dont l'engin tonitruant avait effarouché le silence. Constantin balança s'il allait frapper à la porte comme s'il arrivait inopinément. Il y renonça. Il avait pour aujourd'hui son content de surprises. Néanmoins, il ne put s'empêcher de revenir vers la croisée, histoire de voir comment le père Tasse se comportait.

Les billets jetés sur la table par l'autre vieillard avaient disparu. Le père Tasse était affalé le buste en avant, la tête entre les mains, ses frêles épaules secouées de sanglots. Constantin se retira sur la pointe des pieds.

Mais dès le lendemain, car le temps pressait songeait-il, il se dirigea à nuit noire vers le clos tentateur. Au seul mot de *viager* qu'il prononça le plus tôt possible, Tasse eut comme un mouvement de pudeur offensée et il dit :

— J'ai un neveu, figurez-vous ! Et j'aimais beaucoup ma sœur. De sorte que ce neveu...

Il mentait. Il ne l'avait plus ce neveu depuis bientôt

deux ans. Il était mort de désespoir à la suite d'un pari stupide qu'il avait tenu contre lui-même et qu'il avait perdu. Ce neveu était ambitieux. Il avait besoin d'argent pour monter cette chose nouvelle qui faisait tant d'envie aux jeunes gens nouveaux : un de ces hangars à outils où l'on soignait les véhicules à pétrole. Il s'était dit légitimement : « L'oncle a soixante-dix-neuf ans. Si les choses se passent comme d'habitude, il n'en a plus que pour un an ou deux. Il n'a rien mais il a son clos. Auprès d'un amateur éclairé, ça vaut bien le prix d'un garage. Je le lui achète en viager et bateau ! Ah oui bateau ? s'était-il dit. Les un ou deux ans, ça peut bien en durer trois ou quatre. Et alors ? Avec quoi tu lui payes la rente ? Tu as juste de quoi faire face six mois, huit mois peut-être en te serrant la ceinture. Mais après ? Ce qu'il faudrait c'est une certitude... Oh mais dis donc attends voir ! Ma mère qui était de par là-haut dedans, elle me parlait toujours d'un arbre qui prédisait la mort ! Qu'est-ce que je risque d'y mener l'oncle en le promenant ? Au moins, alors, j'en aurai le cœur net ! »

Il l'y mena. Le père Tasse était un esprit fort. Il ne croyait pas à toutes ces sornettes. En revanche, il croyait fermement qu'avec une morale saine et une hygiène rationnelle l'homme peut vivre jusqu'à cent ans. Chez lui, un pain de sucre d'un kilo durait quatre mois suspendu au plafond par une ficelle. Il ne lui donnait qu'un seul coup de langue le matin, en dégustant sa chicorée. Jamais de gibier. Une bonne soupe de légumes tous les soirs et pour tout potage aux fêtes carillonnées, quelque os à moelle en guise de viande.

« Avec un tel régime, se disait-il, on peut envisager

de vendre sa maison en viager. » Il accepta docilement de se laisser mener sous l'arbre dont il feignait d'ignorer les vertus, jusqu'à ce que celui-ci rendît son oracle, ce qui se produisit la troisième fois sous les yeux du neveu un peu ébaubi et qui ne se vanta de l'aubaine à personne car il craignait encore, on lui en avait tant parlé, les coups de fusil des Truche jaloux de leur bien. Toutefois, il conduisit le père Tasse séance tenante chez le notaire.

— Ça vous fera pas mourir, l'oncle !

— Sûr que non ! dit le père Tasse. Et puisque ça te fait tant plaisir de me faire une rente.

Le neveu s'installa dans l'attente. Trois mois, quatre mois... Puis un an, deux ans, trois ans... Il était aux abois. Plus rien à manger. Sous peine de tout perdre, il fallait continuer à payer la rente qui le ruinait. Il avait attrapé le scorbut à force de ne se nourrir que de pilchards en boîte. Il était mort misérablement à l'hôpital mais, auparavant, il avait fait venir l'oncle pour lui faire son mea culpa.

— C'est bien fait pour moi, l'oncle ! J'ai eu une mauvaise pensée en vous menant sous l'arbre ! Je croyais que vous ne vivriez pas plus de quelques mois !

— Il ne faut jamais croire même à ce qu'on voit ! lui avait répondu le père Tasse en lui fermant les yeux. Ça ressemble toujours trop à ce qu'on espère.

Avec les hardes de ce neveu qu'il avait fait vendre pour solde de sa dernière rente, il s'était acheté ce cor de chasse qui trônait, astiqué à mort, contre la hotte de la cheminée.

« Somme toute, s'était-il dit, cet arbre n'est pas absolument inutile. »

C'est ce qu'il pensait encore ce soir en observant ce

Constantin tout piaffant d'impatience auquel il convenait de tenir la dragée haute.

— Votre neveu ! s'exclama Constantin sur un ton méprisant. Qu'est-ce qu'il foutra de ce clos votre neveu ? Il le vendra à des Marseillais de mauvais goût qui raseront votre bastidon et votre gloriette pour construire à la place une de ces grosses villas en brique de style anglo-normand !

— Oh je sais bien ! acquiesça le père Tasse. Je sais bien allez !

Il avait tout du vieillard frileux et désabusé qui est une proie facile.

— Tandis que moi, moi, poursuivait Constantin avec feu, c'est comme une œuvre d'art que je vous l'achète ! Je vous le promets : le mort saisira le vif ! Je ne changerai pas un objet de place ! Je n'en ajouterai aucun ! Je vivrai dans vos pas ! Je me mettrai à soleiller sur la terrasse comme vous et dans le même fauteuil ! Je mettrai votre casquette ! De loin, quand ils passeront, les gens de Montfuron penseront que vous n'êtes jamais mort !

« Il va t'offrir un panier de figues comme rente ! » se dit le père Tasse alarmé.

— Vous ne pourrez pas jouer du cor ! dit-il avec tristesse.

— J'apprendrai ! assura Constantin.

Il fut d'une folle générosité. Il offrit un bouquet qui fit lever les sourcils au notaire et la rente fut à l'avenant.

« Puisqu'il n'en a plus que pour trois mois, se disait-il, je ne vais quand même pas le voler ! »

La vision de l'arbre rose fusant sous le ciel tel un feu d'artifice l'exaltait sans retenue. Il avait oublié qu'une sainte terreur lui avait refroidi le dos lorsqu'il avait assisté à ce caprice de la nature. Il revoyait les beaux yeux tristes de l'Alix hochant la tête : « Il n'en a plus pour longtemps », avait-elle dit.

Mais qu'est-ce que ça veut dire *longtemps ?* Constantin qui s'était mis à attendre dans la même quiétude que le neveu, s'éveilla un an plus tard avec un sac de louis en moins qu'il avait dû vendre. L'amour, il est vrai, lui tenait lieu de patience. A plusieurs reprises en effet, furtivement, au fond des bois, l'Alix craignant toujours d'être saisie en flagrant délit, ils s'étaient malaisément et maladroitement aimés, bien éloignés de pouvoir nourrir tous leurs rêves. Ils patientaient toutefois, dans l'espoir qu'un jour ils pourraient s'éveiller dans les bras l'un de l'autre ayant enfin bouclé le cercle d'ébats que tant d'amants se promettent souvent en vain.

Mais aucun amour ne guérit une plaie d'argent, aucun rêve ne lui résiste. Ayant vu fondre en vain tout un sac de louis sur la tête en point-virgule du père Tasse, Constantin commençait à aller promener tout seul sa longue carcasse du côté de l'arbre-oracle avec un drôle d'air. Un jour, il y avait dix-huit mois qu'il attendait en vain, il s'enhardit jusqu'à venir lui compisser le tronc. Il lui sembla ce jour-là que l'arbre ricanait.

Le pire c'est qu'il devait toujours faire bonne figure devant le père Tasse, prendre l'air insouciant de celui qui n'est pas pressé, feindre une sollicitude inquiète si parfois, l'hiver, le vieillard se prenait à tousser.

— Ah mon pauvre Florian, je te fais bien attendre ! lui disait le père Tasse entre deux quintes de toux.

« Il te regarde, se disait-il, comme un bernard-l'ermite qui guette la mort du mollusque dont il convoite la coquille. »

— Mais non mais non ! protestait Florian. Y songez-vous ? Vous faites partie du chef-d'œuvre. Et si je regrette le viager c'est parce que je pense que le tableau n'aura plus aucun sens si vous n'êtes pas là pour l'animer.

Mais s'il est facile, à la rigueur, d'être encore stoïque de la sorte après dix-huit mois d'attente, en revanche, au bout de trois ans, cela devient de l'héroïsme. D'autant que, entre-temps, le père Tasse avait encore illustré son active longévité.

Constantin aimait à se rendre le dimanche au sortir de la messe où Alix assistait. Il aimait confronter dans le souvenir l'image de cette pieuse femme vêtue d'une robe bleu de nuit et serrant entre ses mains demeurées menues le missel de sa première communion, avec celle qu'il conservait d'elle, énorme bacchante échevelée et gémissant de plaisir dans l'herbe sèche sous les genêts protecteurs. Il ne se rassasiait pas, la sachant sincère dans les deux cas, de la retrouver si bonne chrétienne après l'avoir tant perdue de plaisir que les flammes de l'enfer ne pouvaient que déjà lui effleurer le derrière.

Un tel jour qu'il se hâtait ainsi, le panama tenu à la main, le veston flottant au vent, vers l'église par le plateau du moulin dont les ailes vrombissaient, il vit poindre du plus lointain une troupe en bon ordre qui rutilait sous le soleil de tous ses rouges et de tous ses ors.

Cet équipage de grande allure se composait de six personnages qui marchaient au pas en colonne par deux, précédés d'un père Tasse au teint de pêcher en fleur, qu'un sourire de tendresse éclairait modestement.

Ils étaient tous chargés de la livrée qui signalait les chasses à courre d'autrefois : pantalon couleur feuille-morte, bottes cirées à mort et par là-dessus le long frac rouge à basques retroussées et boutonnées sur du satin noir qui doublait le drap anglais de la redingote. Pareillement coiffés de la bombe noire, ces six aboyeurs portaient en sautoir un cor rutilant qu'ils retenaient de leurs mains en gants blancs.

Afin que l'effet de bonne surprise fût total auprès des gens de Montfuron, le père Tasse était allé les former au loin, semaine après semaine, sur les hauteurs de Sainte-Marguerite, entre le Moulin de la Dame et Régusse (un lieu qu'on appelait aussi le pays de l'amour), enfin des parages oubliés du monde, fiston, et où l'on pouvait donner du cor sans émouvoir âme qui vive.

C'étaient six vieillards ravis de l'aubaine à qui le père Tasse avait pu verser quelques subsides pour leurs menus frais de tabac à priser. Il était allé en cachette commander les habits au Gustave Redortier à Manosque, le dernier tailleur qui fût encore capable d'arrondir les basques de ces fracs si difficiles à équilibrer que les tailleurs d'autrefois y brodaient là leur griffe.

Par un beau dimanche d'automne, sous la direction du père Tasse lui aussi bombant son torse minuscule sous les arabesques des brandebourgs, l'équipage était sorti du clos en fanfare, s'époumonant dans les instruments dont la patine éclatait au soleil avec la même véhémence que les notes qui jaillissaient des pavillons sous les poings fermés. Ces vieillards avaient encore le souffle vert comme si leurs bronches d'octogénaires n'eussent jamais servi.

Tout le bouquet de la rente viagère s'était fané dans cette prodigalité musicale.

Quand Constantin vit devant lui cet arrogant septuor militairement aligné sur un tertre et sonnant le bien-aller à pleins poumons, la nostalgie que le son du cor avait d'abord éveillée en lui fit place à un sombre ressentiment. Derrière le cor aussi grand que lui et qui le dépassait d'une tête, le père Tasse semblait à Florian ricaner narquoisement comme l'avait fait l'arbre, lorsqu'il était allé le compisser.

Cette première rencontre avec cet ensemble musical empêcha Constantin de goûter pleinement la sortie de l'église où Alix, énorme et légère à la fois, se fondait parmi les dames en col blanc et gantées de filoselle. Le son du cor résonnait dans toutes les poitrines et les Montfuronais ravis souriaient à cette musique qui faisait une fête de leur sortie de messe.

Le curé en cadence sonnait la cloche de l'*ite missa est* et ce mélange de bronze et de cuivres enflait l'air du matin d'une allégresse inoubliable. J'ai entendu ça, fiston, moi qui te parle ! Et si tu savais comme il m'est pénible aujourd'hui, le silence de bon ton qui suit les sorties de messe !

« C'est moi, songeait Constantin avec amertume, qui leur offre ce divertissement de choix ! »

Le miracle se renouvela toutes les semaines régulièrement. Le père Tasse avait de bonnes joues roses de jeune homme. Constantin avait dû prendre sur lui pour lui faire compliment de cette fanfare et Tasse ne lui avait pas laissé ignorer qu'il la devait à ses largesses.

— C'est grâce à vous mon cher que j'ai pu réaliser ce rêve de jeune homme ! Grâce à votre incroyable générosité ! Car, dans le fond, savez-vous, cet argent je n'en ai pas besoin ! Qu'en ai-je à faire moi, pauvre vieillard sans désir ? Il vous profiterait bien mieux à vous qui êtes encore si jeune. Enfin : je divertis les gens d'ici. Je les rends joyeux le dimanche matin ! Et n'est-ce pas l'essentiel pour ma modeste part que de rendre les hommes heureux ?

Là-dessus, il se répandait sur le temps superflu — si si superflu ! — qu'il passait indûment sur cette terre parmi les vivants. Et Constantin captait à travers les paupières mi-closes du vieillard cet éclat moqueur qu'il prenait pour la nique du diable.

Il y avait de quoi le tuer. Constantin y songea à partir de la quatrième année où il attendit en vain. Mais à moins de vouloir se suicider à la guillotine, on n'assassine pas son crédirentier.

Il y avait pourtant un autre homme qui aurait volontiers étouffé le père Tasse entre deux oreillers. Cet homme, c'était le marquis de Dion. Depuis la chapelle à Montjustin où il ouïssait sa messe privée, il avait entendu ce brame décuplé par les échos, qui l'atteignait déjà au fond de l'âme quand il n'était pourtant le fait que d'un seul. Il enfourcha séance tenante son quadricycle à pétrole et, guidé par le son du cor, il fonça soulevant la poussière jusqu'à Montfuron.

Il freina à mort devant le clos du père Tasse. L'insecte de fer fumait de toutes ses soudures. Les yeux glauques de ses phares lui faisaient un regard de sauterelle. Le marquis, quoiqu'il fût devenu automobiliste, avait les jambes en cerceau comme un cavalier de toujours et il avait gardé pour conduire la cravache dont il énervait autrefois sa monture. Il la serrait cette cravache comme s'il voulait en cingler le visage du père Tasse. Il avait le chapeau cabossé enfoncé sur la tête et la moustache furibonde. Son ennemi venait à peine d'accrocher le cor au tire-fond de la hotte.

— Qu'est-ce que c'est que cet accoutrement ? cria le marquis. Et alors quoi, même le jour du Seigneur tu ne le respectes plus ?

— L'as-tu respecté, toi ? Te souvient-il seulement que c'était un dimanche ? Et je portais cet habit !

Le marquis leva sa cravache.

— C'est ça ! s'exclama le père Tasse en ouvrant théâtralement les pans de son frac. Finis ton geste pour une fois ! Frappe-moi ! Ça te fera l'effet de te frapper toi-même !

Le marquis sans force se laissa choir sur une chaise. Il était accablé par ses propres fantômes. Il savait que même s'il cinglait le visage de son vieil adversaire ce serait le vide en quoi sa colère se libérerait en vain.

— Ah ! gémit-il. Je ne me souviens que trop !

Le père Tasse le regardait s'effondrer avec joie. Entre eux, lorsqu'ils se rencontraient, il semblait que la passe d'armes oratoire commencée depuis plus de soixante ans n'en finissait pas de cliqueter et s'engageait à chaque fois là où ils l'avaient laissée.

— Cette âme tendre avait une cervelle d'oiseau, disait calmement le père Tasse. Elle nous aimait tous les deux ! Combien de fois ne m'en a-t-elle pas fait l'aveu ! Toi, tu étais son fidèle soutien...

— « Votre solidité », me disait-elle, murmura le marquis.

— Oui. Et moi j'étais son jardin secret.

Le père Tasse achevait de brosser avec respect la livrée qu'il avait dépouillée. Il ouvrait un placard grinçant où il détachait un cintre afin d'y suspendre la défroque. Il revenait vers la table où il faisait main basse sur le billet de cent francs que, dès son arrivée, le marquis y avait machinalement déposé.

— Quant à ton argent, dit-il, voici ce que j'en fais !

Il avait si longtemps rêvé de ce geste que ce matin, prévoyant la visite de son souffre-douleur, il avait allumé son feu en dépit de la douceur de l'air. Il étendit la main au-dessus du foyer pour laisser s'envoler le billet jusqu'aux flammes de l'âtre.

« Voici donc, se dit Constantin l'âme navrée, à quoi sert ma belle rente ! » Il avait suivi la scène depuis la fenêtre ouverte, accroupi sous l'appui. Il n'eut que le temps de se sauver car les deux antagonistes sortaient en trombe du bastidon, aussi furieux l'un que l'autre et vitupérant. Le père Tasse poursuivit le marquis jusqu'à sa trottinette à pétrole, l'invective à la bouche.

— Je n'ai plus besoin de ton argent ! criait-il. Je sonnerai pour l'amour de Dieu désormais ! Tu entends ? Pour l'amour de Dieu ! Je te poursuivrai jusqu'en enfer !

— Avec ma rente ! grinça à voix basse Constantin ulcéré. C'est facile de faire le jeune homme !

Une certitude se présenta à son esprit. Elle avait mûri à force de suivre la passion avec laquelle ces deux hommes se détestaient. Ils puisaient dans leur vindicte une jouvence surnaturelle qui les gardait de la mort. La haine et l'amour prolongeraient peut-être jusqu'à l'infini leur décrépitude insensible.

« Ils m'enterreront tous les deux ! » se dit Constantin terrifié. Cet homme débonnaire qui n'aimait que son plaisir et bien qu'il fût heureux en amour, commençait à offrir aux Montfuronais le front ridé d'un penseur.

— Ce sont les affaires de la commune qui le préoccupent, se disaient-ils entre eux.

L'un ou l'autre, au cours des saisons, ils avaient tous surpris, sous les genêts opulents des écarts, les amours champêtres de Constantin et de la mairesse. La chose leur avait paru si naturelle qu'ils n'avaient même pas éprouvé le besoin d'en parler entre eux : l'affaire était entendue. Et comme chez la Chaberte Constantin continuait à abreuver largement, il n'y avait pas lieu de se poser d'autres questions.

De plus en plus souvent cependant, Constantin allait tourner autour de l'arbre maléfique pour l'insulter entre ses dents. La fureur qu'il ne pouvait exprimer devant le père Tasse, il la tournait tout entière contre cet innocent qui paraissait le narguer. Certain jour même, il se surprit à distribuer contre le tronc un ou deux coups de pied dont il boita pendant une semaine.

Un jour, il n'eut que le temps de se jeter dans les taillis pour se dissimuler. C'était un soir de brume et de bruine où tous les prunelliers bleus de Montfuron pleuraient la pluie. L'arbre, les rameaux perdus dans le brouillard, s'égouttait lentement. Quelqu'un rôdait autour de lui dans le crépuscule incertain, vêtu d'une pèlerine noire comme en portent les facteurs. Si elle n'avait pas été si grosse, jamais Constantin n'aurait reconnu l'Alix. Elle avait ouvert son imperméable et elle frottait sensuellement son ventre contre le tronc rugueux. Il lui sembla même, mais il était loin et l'amour croit parfois des choses aberrantes, qu'elle poussait de curieux petits cris comme lorsqu'ils étaient ensemble sous les genêts protecteurs. Elle ne lui avait jamais dit que parfois elle venait ainsi rendre hommage, en toute irréalité, à cet arbre prodigieux.

Il ne signala pas sa présence mais il éprouva un étrange sentiment de jalousie comme si une complicité passionnelle unissait Alix et le chêne et comme si, par cette collusion, Constantin se trouvait être plus ou moins cocu. Cela lui fit un motif de plus pour détester ce personnage impassible qui ne vivait que par les sentiments que les humains éprouvaient à son endroit, les uns contre les autres.

Constantin avait entendu dire dans sa jeunesse qu'un arbre meurt si l'on enfonce des pointes rouillées dans son aubier. Il s'en procura une douzaine et les mit à macérer dans l'eau salée. Quand elles furent à point, il vint une nuit chargé d'une musette lestée d'un gros marteau de chaudronnier. Il soupesa avec satisfaction les gros clous de charpentier qu'il avait préparés et se cracha dans les mains avant de se mettre au travail. Tout alla bien tant que l'acier s'enfonça dans l'écorce épaisse comme un bouchon de champagne, mais quand la pointe du premier clou rencontra le bois, le marteau rebondit dans la main de Constantin. Le clou sonna avec un bruit de cloche et se tordit lamentablement comme s'il eût touché du fer. Obstiné, Constantin essaya ailleurs, sur tout le pourtour du tronc. Partout il rencontra cette âme d'airain probablement due aux souffrances que l'arbre avait endurées lors du coup de foudre qui avait tenté de le partager en deux. Il devait être bardé de bois pétrifié comme ces poutres de bergerie vieilles d'un demi-millénaire que l'on est obligé de percer d'un fer rouge si l'on veut y suspendre quelque houppelande.

Constantin rentra chez lui l'avant-bras meurtri mais raffermi dans l'idée que le chêne était une personne vivante qui le tournait en dérision depuis que, devant lui, il s'était illuminé en vain. Et l'arrogance narquoise du père Tasse, de plus en plus juvénile depuis qu'il sonnait du cor tout son saoul, le confortait dans sa haine insensée.

Il ne pensait plus qu'en fonction de frondaisons vertes ou mordorées, ou alors il rêvait de l'arbre au mois d'avril, quand les chênes sont enfin dépouillés et que sur les crépuscules pointe, innombrable au bout de chaque rameau, la dentelle des bourgeons que le soleil tire vers lui pour les dérouler en feuilles. Une nuit, il s'éveilla en sueur. L'Alix toute nue chevauchait le tronc enfin horizontal mais qui palpitait d'une monstrueuse érection sous les agaceries de cette femme monumentale.

C'est dire que cet homme s'était assombri. L'arbre lui avait empoisonné l'âme et c'est cela qu'il ne lui pardonnait pas. Le temps qu'il lui avait fallu pour éroder son épopée africaine jusqu'à se refaire une peau d'honnête homme s'était écoulé en vain. Il se trouvait de nouveau en état de forfaiture puisqu'il était de nouveau contraint, en la personne du père Tasse qui vivait bien trop longtemps, de souhaiter la mort du prochain. De sorte que si, par hasard, le vieillard disparaissait avant lui, Constantin n'aurait pas le cœur assez léger pour goûter en paix aux bucoliques accessoires que conseillait Horace afin d'atteindre au bonheur.

Cela ne l'empêchait pas d'imaginer, tant l'aberration finit par être logique dans ses extravagants enchaînements, que s'il parvenait à abattre l'arbre, monsieur Tasse, privé de ce soutien maléfique, ne tarderait pas lui aussi à mourir. Mais comment s'y prendre ? Cet arbre n'était pas chez lui. Il était chez Polycarpe Truche et par surcroît il appartenait à sa maîtresse, laquelle paraissait l'aimer tendrement.

Le destin lui vint en aide, du moins le crut-il.

Les choses se nouèrent par l'une de ces nuits comme il y en a tant chez nous, où l'on croit que ni les jours ni les saisons ne s'en tireront jamais vivants ; l'une de ces nuits, fiston, où il n'y a plus par chemins que les gendarmes et leur gibier : de pauvres diables de colporteurs qui vendent de ferme en ferme les allumettes de contrebande ; l'une de ces nuits où l'on est dans les maisons peu sûres comme Noé dans l'arche et se disant : « Est-ce que le monde va revenir ? » ; une nuit où à l'écurie les chevaux soufflent des nasaux sans hennir et où l'on sent qu'ils viendraient volontiers monter la garde autour des lits si seulement on leur ouvrait la porte ; une nuit enfin et ça, fiston, je l'ai vu de mes yeux, où, chez le meunier, tout le monde est mobilisé, y compris le *caquois* de six ans, pour désentoiler les antennes des ailes comme on arise les voiles d'un navire, sous peine que la tempête n'emporte le moulin à vent tout entier. Enfin, tu vois, ce genre de nuit... Je te la décris par le menu parce qu'il faut tout cela pour qu'un couple de paysans se réveille vers deux heures du matin.

La veille au soir, l'Alix et le Polycarpe avaient été saisis par le sommeil comme ils le seraient un jour par la mort, c'est-à-dire : le visage regardant le plafond, les pieds bien joints, les mains croisées sur la poitrine par les doigts entrelacés et loin, très loin, l'un de l'autre dans le vaste lit.

Ils reprirent conscience en un sursaut de garde-à-vous, les orteils recroquevillés par l'angoisse sous l'édredon. Ils étaient encore aveuglés par l'éclair qui les avait tirés du néant et dont, après coup bien sûr, ils avaient bien cru qu'il partageait la maison en deux. Une effroyable odeur de suie fermentée avait envahi l'air de la chambre, chassant le parfum de lavande sèche qui suintait par les portes des armoires.

Depuis que sa femme avait tant grossi, le maigre Polycarpe reposait à côté d'elle comme en état de lévitation. Il avait beau s'arrimer le plus loin possible, de manière à être en porte à faux sur le bois latéral du lit, le poids qu'elle pesait creusait sous elle le matelas en écrasant les ressorts du sommier et cette masse inerte soulevait l'autre côté de la literie, de sorte que le conjoint surplombait la conjointe abîmée en contrebas.

— Tu dors ? demanda Polycarpe.

— Qu'est-ce que tu veux que je dorme avec ce vacarme ? gronda l'Alix.

Depuis qu'il l'avait accusée d'avoir grossi, ils ne se parlaient plus qu'à pleine tête.

— Parce que si tu dors pas, je vais te dire quelque chose : j'ai envie de vendre la truffière de Bourne. D'une, elle est vieille, elle rapporte plus rien, de deux il y a là-dedans cinq ou six voies de bon bois dur. Il paraît même du bois de charpente. Et comme il faut que nous remplacions la tomobile...

Il n'obtint d'abord aucune réponse. C'était le silence de l'autre côté du lit. Seuls miaulaient leur plainte scandalisée les éléments au-dehors qui broyaient les ténèbres dans leur tumulte.

— Tu comprends, plaida le Polycarpe, bientôt c'est les élections, je vais avoir besoin d'argent pour payer à boire. Il faut s'y prendre de bonne heure. Cet enfant de pute de marquis de Dion, il a déjà commencé lui ! Et d'ailleurs pour ne pas que ce soit le dit, qu'on est obligé de réaliser, j'ai vendu la parcelle au vieux Savouillan, d'Ongles, la discrétion en personne. Il n'enverra pas ses bûcherons tout de suite. Il m'a promis d'attendre jusqu'après les élections.

Il mentait à tout va. Il n'avait pas besoin d'argent et il n'était pas vrai que la vieille truffière fût soudain devenue stérile. On en levait toujours cent ou cent cinquante kilos, les bonnes années et notamment — en contradiction avec l'opinion qui veut qu'on ne récolte que sous les arbres jeunes — autour de cet enfant de pute d'arbre flamboyant.

Tout était faux dans son discours, seulement il lui était arrivé une histoire que jamais, pour un empire — elle aurait été bien trop contente —, il n'aurait révélée à l'Alix. Et cependant, tandis qu'il lui racontait tout autre chose, c'était cette péripétie qu'il revivait dans sa tête en un long monologue.

« Tu comprends, aurait-il voulu lui dire, quand il vous arrive une aventure pareille, on n'a pas envie de s'en vanter : c'était il n'y a pas huit jours. J'étais avec le curé. On discutait de la réfection du toit de l'église. On déambulait de conserve sur le vieux chemin du pont romain, qui passe juste sous cet arbre que, soi-disant, tu te plaignais d'avoir été escroquée parce que, soi-disant, depuis que tu es mariée avec moi, il n'a jamais plus flambé. Eh bien sois contente ! Il flambe encore justement ! On venait de le dépasser cet arbre, tous les deux, avec le curé. Et tout d'un coup, ce curé, je l'ai plus vu ! Tout en continuant à discuter tout seul, je l'avais semé à vingt pas de là ! Quand je me suis retourné, je l'ai vu sidéré sur place et il n'arrêtait pas de faire le signe de la croix. Il ne me regardait pas d'ailleurs, il regardait cet arbre comme s'il n'en avait jamais vu de sa vie. Oh j'ai tout de suite compris ! Cette histoire de l'homme qui marche sous l'arbre avec un compagnon et qui tout d'un coup se trouve seul parce que l'autre a été transformé en statue de sel par l'étonnement, cette histoire-là, peut-être vingt fois ma pauvre mère me l'avait racontée.

« C'est dur à quarante-cinq ans, d'apprendre à brûle-pourpoint qu'on va mourir dans les six mois. Et j'avais beau n'y pas croire, je savais de science sûre que l'arbre ne s'était jamais trompé. C'était la certitude que l'expérience nous avait donnée dans la famille. Ce que j'espérais, car moi, bien entendu, je n'avais rien vu, c'était que le curé ne s'était pas arrêté parce qu'il voyait flamber l'arbre mais pour tout autre raison. Mais j'avais tort d'espérer ! Trois jours peut-être à peine après cet événement, le curé m'agrippe le bras, le dimanche, à la sortie de la messe. Il me dit : " Polycarpe, je vais te parler comme au jour de ton baptême. Tu dois penser au salut de ton âme ! — Déjà vous croyez ? " Il hoche la tête affirmativement. Il me dit : " Nous ne savons ni le jour ni l'heure, mais pour toi, moi je le sais ! — Vous n'allez pas me dire que c'est parce que vous avez vu brûler l'arbre le jour où nous étions ensemble ? " Il acquiesce encore une fois et il me dit : " Je n'y crois pas bien sûr et je pense comme toi que ce sont des diableries. Mais s'il y avait une chance pour que la divine providence nous mette en garde ? Qu'elle nous autorise — ce qui n'arrive pas souvent ! — à régler nos affaires de conscience avant le grand départ ? Tu te vois arriver devant le Seigneur avec une conscience sale comme un peigne ? Et après vingt ans de mairie, Polycarpe, ça m'étonnerait qu'elle soit bien nette ! " Il me dit tout ça à brûle-pourpoint et, là-dessus, il me traîne au confessionnal comme une bête à l'abattoir !

« Je lui raconte tout, naturellement — quoi faire quand on a six mois à vivre ? Et tout d'un coup, il me vient une idée lumineuse et je la lui dis au curé : " Mon père ! Et si je l'abattais cet arbre maudit, vous ne croyez pas que ça me serait compté ? " Il ne me dit ni oui ni non, mais j'ai lu un grand encouragement dans son silence. Alors... »

Alors il avait conclu de cet accord tacite que peut-être une fois l'arbre abattu et les prières du curé aidant, la colère de Dieu se détournerait de ce coin de terre et que lui, Polycarpe, en réchapperait miraculeusement. Après tout, ce ne serait pas la première fois au monde que Dieu se contenterait d'un truchement. Aussi avait-il proposé la parcelle de Bourne au vieux Savouillan pour une bouchée de pain car, pour d'inexplicables raisons qui tenaient sans doute, elles aussi, à la superstition, il répugnait à procéder de ses propres mains au sacrifice de l'arbre.

Il y avait maintenant des semaines qu'il différait d'en parler à l'Alix tant il savait qu'elle tenait à son arbre. Il avait fallu l'occasion de cette nuit où ils s'étaient réveillés tous les deux ensemble au bruit de ce gros coup de foudre.

— Qu'est-ce que tu en penses ? dit-il inquiet de

constater que le mutisme de sa conjointe se prolongeait.

— J'en pense, répondit l'Alix calmement, que pour vendre n'importe quoi il te faut mon consentement.

— Et alors ?

— Et alors tu peux courir !

Elle retourna son poids d'un seul élan vers la ruelle pour présenter son dos au Polycarpe. Il n'eut que le temps de se cramponner au rouleau du chevet pour ne pas lui tomber dessus. Après les paroles qu'elle venait de prononcer, ce n'était certes pas le moment de se blottir contre elle.

Il la connaissait bien depuis le temps qu'ils étaient mariés. Elle avait beau avoir engraissé, son caractère était toujours aussi coupant. C'était une femme qui ne discutait jamais. Elle disait oui ou non, un point c'est tout. Il fallait se le tenir pour dit.

En temps ordinaire, il eût essayé patiemment de la convaincre, mais il voyait la mort au détour de l'année qui venait et il s'était ancré dans la *bane* l'idée que c'était une course de vitesse entre l'arbre et lui. Quand la panique s'en mêle, fiston, le bon sens s'évanouit. Dès cette nuit-là, le Polycarpe se mit à caresser l'idée que l'Alix n'était plus de ce monde. De l'autre côté du lit, l'Alix, elle aussi, était en train de supprimer le Polycarpe. Son arbre ! Il voulait abattre son arbre ! La seule chose au monde, peut-être, à laquelle elle tînt vraiment. « Je l'abattrai avant, lui ! » se promit-elle.

La nuit ne leur porta pas conseil. Le guet commença entre eux séance tenante, mais il avait l'avantage d'imaginer que le temps pressait, alors qu'elle croyait avoir tout le sien devant elle. Cette ignorance faillit lui coûter la vie. Elle s'était dit :

« Attendons l'automne. J'irai aux champignons et je confondrai les espèces. Il les aime presque carbonisés et moi presque crus, de sorte qu'il est de notoriété publique que je les fais cuire à part. » Mais le Polycarpe avait lui pris ses mesures pour la fenaison.

Un jour où ils étaient absorbés tous les deux par le travail qui pressait, l'Alix qui ne se méfiait pas reçut une bourrade alors qu'elle était debout au bord de la fenêtre sans appui du grenier. Ils engrangeaient la récolte. Six mètres plus bas, la charrette hérissée de deux fourches en fer attendait d'être déchargée. Par chance, l'Alix tomba entre les deux fourches pourtant artistement disposées pour qu'elle s'y empalât. Sa masse disparut dans le foin jusqu'à y étouffer. Elle entendit le Polycarpe crier à l'accident. Il descendit à fond de train, écarta le foin pour permettre à l'Alix de respirer.

— Tu m'as fait une brave peur ! dit-il.

Elle ne fit pas état de la bourrade.

Là-dessus, le vieux Savouillan vint se récuser. Il vint, patelin et cauteleux, frottant ses courtes mains l'une contre l'autre, bien équilibré sur sa chaise par son ventre replet. Il venait expliquer les fausses raisons pour lesquelles il ne pouvait pas *faire la pache*.

— On ne trouve plus personne, dit-il, pour abattre d'aussi gros arbres. Il faudrait faire venir des Piémontais, que Dieu garde ! Ce sont gens batailleurs qu'il vaut mieux ne pas introduire à Montfuron !

En réalité un anonyme avait fait exprès le trajet de Montfuron à Ongles pour lui chuchoter la légende du chêne que l'on taisait honteusement jusque-là et le prévenir que s'il s'attaquait à un tel sortilège il risquait de n'en pas être le bon marchand.

Polycarpe comprit tout de suite le sens de cette dérobade et il se douta que le messager venait de la part de l'Alix. L'idée de la supprimer d'extrême urgence ne le quitta plus désormais.

Mais la chose était délicate. Tu sais, fiston, ce Truche, l'art du crime de haut vol, il ne le connaissait que par atavisme. Il n'en avait jamais usé. Ses arrière-grands-parents en avaient peut-être eu besoin jadis dans ces fermes au tonnerre de Dieu où il mûrissait parfois trente ans durant avant d'être perpétré, où il était d'autant plus rare qu'il n'avait jamais l'air d'en être un. Aussi, pour une situation cruciale qui réclamait une prompte solution, était-il un peu pris de court.

Sur ces entrefaites, il arriva à Montfuron une lettre qui éblouit littéralement le Philibert, le facteur. Elle portait en suscription cette prestigieuse formule imprimée en anglaises aériennes : *La présidence de la République*. Le Philibert l'apporta à bout de bras, pincée entre deux doigts pour ne pas la salir jusqu'au Polycarpe, son destinataire : *Monsieur le maire de Montfuron (Basses-Alpes)*.

C'était une invitation pour une grande journée républicaine : le gouvernement conviait les quatorze mille maires de France à venir banqueter parmi les boulingrins des jardins de Versailles.

Il y eut, depuis que la nouvelle fut connue et jusqu'à l'événement, quatorze mille hommes en France qui se virent en roi-soleil : majestueux et redressés d'un pied quelle que fût leur taille. Le Polycarpe se fit faire chez Redortier un complet couleur anthracite et rapporta de chez le chapelier Stéphane un couvre-chef de notable qui prouvait à n'en pas douter l'homme de qualité. Il refusa toutefois les gants que lui proposait son conscrit, le chemisier Victorin. Il avait presque oublié la prédiction de l'arbre, quand il partit pour Paris. Afin de s'assurer en personne que ce départ avait bien lieu, monsieur Constantin accompagna Polycarpe jusqu'à la gare de Manosque où trente maires s'étaient cependant rassemblés. Le marquis de Dion qui vit de loin la poussière soulevée par l'attelage en mangeait ses moustaches de dépit. Comme s'il n'aurait pas fait meilleure figure lui, sur les boulingrins de Versailles, au lieu que ce mirliflore !

Le soir même, l'Alix ne fit qu'un saut jusque chez son amant. C'était encore une nuit extraordinaire mais fourmillante d'étoiles et où le gel pétillait. Ils n'avaient jamais connu, l'un avec l'autre, les oaristys des ténèbres, s'étant toujours contentés de quelques rencontres furtives sous les genêts. Le lit de Constantin n'était guère plus large que celui du père Tasse. Ils y firent néanmoins des prodiges. Ils se plurent *tant et plus* comme on dit ici. Quand ils furent un peu essoufflés, ils parlèrent. Elle parla.

L'incident du grenier et sa chute sur la charrette de foin l'avaient estomaquée. Elle se croyait naïvement seule capable de nourrir des idées de meurtre. Elle n'avait jamais pu depuis des semaines et des mois que l'événement s'était produit, s'en ouvrir à personne. Elle le fit avec abondance pour Constantin.

— Je sens qu'il calcule pour me tuer. Il lui passe mille idées en tête, les unes fulgurantes, les autres qui demandent réflexion. Il est autour de moi comme un chat autour d'un poisson sur la braise : il se demande comment m'éteindre sans se brûler.

C'était exactement à ces sortes de rêves que se livrait

monsieur Constantin aux dépens de son crédirentier. Il fallait que pour en arriver là le Polycarpe eût de bien pressantes raisons dont l'Alix ne semblait pas disposée à parler.

Il lui prit les mains.

— Mais enfin pourquoi voudrait-il vous supprimer ? Il a découvert quelque chose à notre sujet ?

— Non ! Que Dieu garde !

— Mais alors ?

— C'est à cause de l'arbre. Vous savez bien ? Cet arbre dont je vous ai parlé. Cet arbre que vous m'avez dit que vous l'aviez vu brûler et que moi j'ai jamais pu le voir. Cet arbre que j'aime tant. Vous savez bien !

— Oui. Je me souviens bien sûr ! Mais que veut-il lui faire à votre arbre ?

— L'abattre !

Il la sentit frissonner contre lui en prononçant ces mots : un long frisson de bête blessée qui attend le coup de grâce du chasseur. Il aurait dû enregistrer ce frisson comme un avertissement, mais il n'y a pas que l'amour pour être aveugle, la haine l'est aussi.

« L'abattre ! » Ce mot qui correspondait si bien à son propre désir lui procurait une bouffée de joie qui aurait dû être visible sur son visage si la nuit n'avait été aussi noire dans l'alcôve.

Elle lui serrait les poignets avec force.

— Oui, dit-elle. Il veut vendre la parcelle à un maquignon ! Il a besoin de sous pour sa politique. Et il a trouvé ça : vendre mon arbre pour qu'on en fasse du bois ! Mais pour ça il lui faudra me passer sur le corps ! Il le sait et c'est pour ça qu'il veut m'assassiner !

Elle s'accrochait à son amant comme une désespérée et il lui tapotait doucement ses énormes fesses pour la consoler, mais toutes sortes d'idées se bousculaient dans son cerveau, toutes plus riantes les unes que les autres.

Pendant les trois nuits que le Polycarpe passa encore à Paris, entre les grands moments où se parler eût été sacrilège, Constantin confessa doucement Alix sur toute son existence. C'était une de ces vies de pauvre femme qui n'a jamais connu qu'un seul homme et qui dès lors en est réduite à s'inventer des histoires puisque personne ne lui en raconte.

Elle lui parla de l'arbre comme d'un amant qu'elle aurait eu avant lui. Elle lui avoua même, et il en fut heureux, ce qu'il avait surpris : que certaines nuits elle était allée frotter son corps contre l'écorce du chêne.

— Vous me croyez folle ? dit-elle.

— Non non ! Que Dieu garde ! Vous avez l'âme romantique, c'est tout !

Elle dit que cet arbre aux sortilèges avait été la seule chose de sa vie qui sortît de l'ordinaire et que ce n'est pas rien qu'une chose qui sort de l'ordinaire. Bref. On peut dire que les avertissements passionnés ne manquèrent pas à Constantin et que ça aurait dû être en toute connaissance de cause qu'à l'issue de la troisième nuit, il prit les mains de l'Alix entre les siennes pour lui dire :

— Je ne vois qu'un seul moyen, Alix, de détourner la colère du Polycarpe : c'est que vous acceptiez de vendre la parcelle !

— Jamais ! cria-t-elle. Comment osez-vous ?

Elle lui retira ses mains qu'il reprit doucement.

— Et que ce soit moi qui l'achète ! acheva-t-il. Vous avez confiance en moi ?

Elle baissa la tête et fit un peu la chatte autour de son amant.

— Alors voilà ce que nous allons faire. Après, vous n'aurez plus jamais peur et nous coulerons des jours heureux.

Il alla chercher à la gare le maire ébloui par Paris et qui s'écarta légèrement sur la banquette de ce Montfuronais, lequel, quoique d'adoption, sentait un peu la bique comme nous tous. La dimension de Montfuron et de ses gens vus de Paris d'où il n'était pas tout à fait revenu, lui paraissait dérisoire au Polycarpe. Durant le temps qu'il y avait passé, glissant de réception en réception, se risquant même à quelque polka, des ambitions de conseiller général lui étaient venues. Il s'était abouché avec ce parti dont le marquis de Dion se targuait d'être un pilier. Il revenait la tête farcie de trames souterraines mûries dans la promiscuité enivrante de femmes minces, parfumées et bienveillantes.

Toutefois, ces agapes avaient été troublées par quelque indigestion prolongée qui lui avait interdit de goûter pleinement à la chère exquise et qui depuis lui laissait dans la bouche quelques renvois d'œuf pourri. Sitôt qu'il mit le pied sur le quai de la gare, le souvenir de l'arbre et de l'Alix l'assombrit à nouveau.

Constantin décida de ne pas laisser traîner les choses et dès que l'attelage s'ébranla il lui ouvrit son cœur.

— Monsieur Truche, je vais vous faire une confession.

Et il lui raconta le tour pendable que l'arbre lui avait joué. A mesure qu'il dévoilait au maire l'immense supercherie dont il avait été victime, le cœur de Polycarpe se dilatait de joie.

— Quatre ans, dites-vous ? Il y a donc quatre ans que vous avez vu brûler l'arbre en compagnie du père Tasse ?

— Quatre ans et quatre mois ! Je vous en donne ma parole.

— Mais alors ! s'exclama le maire.

Il avait posé sa main sur la cuisse de son compagnon pour la serrer avec force. Il la retira précipitamment et se mordit les lèvres. Il ne pouvait pas lui dire :

« Mais alors c'est une escroquerie ! Mais alors j'ai eu tort de raconter ma vie au curé ! Mais alors ce n'est pas vrai que je vais mourir dans les six mois ! Mais alors je serai conseiller général ! »

Il ne se tenait plus de joie.

— Je veux que vous me vendiez la parcelle qui contient cet arbre ! dit Constantin avec passion. Il est la cause de ma ruine prochaine ! Je le réduirai en bûches ! Je saurai ce qu'il a dans le tronc ! Je le brûlerai petit à petit dans ma cheminée !

Il oubliait qu'il n'en avait pas et que ce ne serait pas demain que celle du père Tasse serait sienne.

— Ah ! s'exclama Polycarpe. Vous avez eu grand tort de croire à ces sornettes ! Voyons ! Un homme éclairé comme vous ! Si au moins vous m'aviez consulté !

Le gros bon sens lui revenait maintenant qu'il n'avait plus peur.

— N'oubliez pas, dit Constantin vexé, que je l'ai vu brûler, moi ! De mes propres yeux !

— Vous vendre, vous vendre..., dit Polycarpe. C'est vite dit. Mais d'abord, il faut que j'en parle à ma femme.

— Non non ! Surtout pas ! Vous allez me couvrir de ridicule !

— Je ne lui parlerai pas de votre histoire bien sûr ! Moi non plus je ne tiens pas à me couvrir de ridicule.

— On ne sait jamais. Une confidence sur l'oreiller c'est vite fait !

— Rassurez-vous : entre nous il n'y a plus d'oreiller. Elle est trop grosse ! proféra-t-il avec mépris.

Constantin reçut comme une douche froide ce camouflet à ses préférences secrètes. L'homme n'est jamais très assuré sur ses assises. Et parfois il suffit d'un coup porté à l'improviste pour le faire tourner comme une girouette. Il se demanda en un éclair s'il ne devrait pas voir un peu du côté de la Chaberte, savoir si la maigreur ne pouvait pas être, elle aussi, source de volupté. Mais très vite son obsession le rattrapa.

— Je vous payerai un bon prix ! dit-il.

Et il ajouta tirant au jugé :

— Et si vous voulez devenir conseiller général, je vous aiderai de mon influence.

Il n'en avait aucune, mais il s'était entouré d'assez de mystère pour paraître n'en pas manquer.

— Nous verrons cela ! dit Polycarpe.

Du moment que les sentences de l'arbre étaient des sornettes, il n'y avait plus lieu d'être tant pressé. Seulement, il nourrissait une inquiétude physique qui lui interdisait de se livrer sans retenue à son soulagement. Les renvois d'œuf pourri persistaient. Il avait l'impression désagréable de contenir un égout entre les parois de son ventre. Les confortables petits déjeuners à coups d'andouillette et de vin de jacquez, il ne les appréciait plus. Bientôt, il se contenta d'un café noir sans sucre. Le spectre de l'arbre flamboyant aux yeux du curé reparut devant lui.

— Tu sais, Alix, pour la question de la parcelle...

— Je t'ai déjà dit non !

— Je sais. Mais j'ai une proposition sérieuse de monsieur Constantin et lui, ton arbre, il n'y touchera pas. Il achète la truffière, m'a-t-il dit, parce qu'il adore les truffes et qu'il y en aura toujours assez pour lui et ses amis.

L'Alix fit silence pendant un laps de temps raisonnable.

— Nous verrons cela, dit-elle.

Elle n'avait pas dit non ! Mais il fallait la forcer car, croyait-il, le temps pressait. Il était de nouveau sans illusion. Le père Tasse était toujours en vie, soit ! Mais cela n'impliquait pas nécessairement que lui, Polycarpe, le fût longtemps encore. Les oracles, songeait-il, obéissent à la loi commune, ils ne sont pas infaillibles. Le soir du conseil, il dit à Constantin :

— Je crois que nous allons pouvoir faire la pache pour la parcelle. L'Alix n'a pas dit non.

Constantin alla tourner autour de l'arbre. Il vérifia s'il était bien seul avec lui et il lui dit :

— Attends un peu, pauvre pute ! Tu peux savourer ton dernier automne. Ça m'étonnerait que l'hiver prochain tu ne brûles pas dans mon feu ! Pour de bon cette fois.

Il alla l'arroser d'urine incantatoire en tournant autour de son tronc la braguette ouverte.

Là-dessus, il y eut les élections et Polycarpe les perdit. Il n'avait plus peut-être assez bonne mine. Les Montfuronais qui lui avaient connu la taille si bien prise le regardaient soupçonneusement s'affaisser. Que faire d'un maire malade ?

La vérité c'était que le marquis de Dion avait soudoyé les trois plus gros électeurs de Polycarpe. Des familles de huit enfants où il y avait parfois jusqu'à cinq électeurs et où le grand-père régnait en maître. On vit longtemps ces grands-pères se promener fièrement sur ces sauterelles à pétrole couleur de prairie que le frère du marquis fabriquait par douzaines. Mais surtout, par un coup de génie et quoique à son cœur défendant, un jour où il arrivait chez son ennemi après l'aubade, il avait adoubé le père Tasse en lui posant sa main sur l'épaule :

— Tu seras mon premier adjoint !

Depuis qu'il donnait le dimanche matin ces concerts éclatants sur l'esplanade du moulin, Tasse avait cessé d'être le père Tasse. On lui disait monsieur. Montfuron le tenait pour une manière de mécène et la grande allure de son septuor de cuivres l'auréolait d'une sorte de gloire. Sa présence sur la liste du marquis fit basculer la majorité.

La défaite de Polycarpe précipita sa fin, fit grossir l'Alix encore un peu plus et jeta Constantin dans les transes. Si Polycarpe mourait, l'arbre lui échappait, la veuve n'avait plus aucune raison de vendre. Il conseilla à Alix d'appeler le médecin.

Il vint le Dr Parini qui n'avait pas encore de voiture à pétrole, soucieux de garder tout son sérieux auprès de sa pratique. Polycarpe tournait autour de la salle à manger les mains occupées à empêcher son pantalon de descendre sur ses chevilles, tant il avait maigri.

— Couche-toi ! dit le médecin.

— Oïe ! Qu'est-ce que vous voulez que je me couche ?

— Si tu veux pas te coucher, allonge-toi sur le canapé. Il faut que je t'ausculte.

— Il a eu un gros sang-bouillant, dit l'Alix. Vous pensez : maire de père en fils depuis quatre-vingts ans et tout d'un coup pfft ! Plus rien !

— Ah oui ! ricana Parini. Ça en est un ça, effectivement de sang-bouillant ! Tu peux le dire !

Quand il eut enfin Polycarpe à sa merci, il lui toqua le ventre et l'estomac pendant cinq bonnes minutes. Il le lui malaxa de toutes les façons. Parfois Polycarpe poussait un cri vite réprimé. Puis, contre ce même abdomen, à travers le linge bien propre qu'on avait étendu sur la nudité du patient, Parini appliqua cette oreille indiscrète d'homme qui écoute aux portes. Alix s'agenouilla au pied du canapé. De là, en se penchant un peu elle put saisir le regard du médecin à travers son lorgnon. Elle y vit la mort inscrite. « Bateau ! se dit-elle. Plus besoin de vendre à qui que ce soit. » Le dimanche, à la sortie de la messe, elle s'ouvrit au curé de la sentence du médecin.

— Il m'a dit : « Quatre mois, six mois, pas plus. » Il faisait tourner sa main ouverte comme s'il pesait le délai véritable.

Le curé hocha la tête.

— Ma pauvre Alix, je devrais pas te dire ça parce que ce n'est guère chrétien, mais... Moi, ça fait un moment que je le sais.

Il lui raconta son passage sous l'arbre en compagnie de Polycarpe. L'Alix frissonna à la pensée du danger auquel son cher arbre venait d'échapper. « C'était pour ça, pardi, qu'il voulait vendre ! Il voulait se venger de lui ! » Quand elle revit son amant et qu'il lui toucha deux mots de la vente :

— Oh vous savez, lui dit-elle, le Polycarpe est à l'article de la mort ! Je crois, le pauvre, que l'arbre il n'y songe même plus !

Elle lui caressa tendrement les cheveux.

— Je crois que bientôt, dit-elle, nous pourrons nous dire tu !

Constantin en demeura flasque tout un après-midi. Sous l'abri des genêts, leur précaire cachette depuis que Polycarpe ne quittait plus la chambre et qu'elle ne pouvait plus guère le laisser seul, elle eut beau l'agacer, il demeura rêveur, la main distraitement posée au creux des rondeurs de l'Alix. L'érotisme avait un goût de cendre pour lui depuis qu'il voyait sa vengeance lui échapper et le clos du père Tasse placé à une éternité de sa convoitise.

Le destin encore une fois lui vint obligeamment en aide, du moins le crut-il.

Le Polycarpe, un beau matin, se trouva bénéficier d'une de ces cruelles rémissions dont cette maladie à le secret. Son obsession le reprit avec l'espérance. Qui sait ? Il n'était peut-être pas trop tard ? Mais il fallait de toute urgence que l'arbre fût abattu. Or, l'Alix atermoyait toujours. Il décida d'en finir avec elle. Il profita d'un matin où elle distribuait la pâtée à la basse-cour pour lever la clenche de l'écurie où l'étalon rongeait son frein. C'était une bête couleur bleu acier qui ne supportait pas l'odeur de la femme. L'Alix se le trouva devant, nasaux fumants, levé sur ses fers arrière et dardant vers elle ses énormes sabots.

— Pauvre pute ! marmonnait le Polycarpe.

Il suivait la scène à travers les vitres embuées de la

cuisine. L'Alix fut sauvée par ses oies qui la suivaient benoîtement, espérant la bassine de repasse qu'elle tenait sous son bras.

Quinze oies en colère c'est toute la méchanceté humaine mise à nu dans l'innocence animale. Elles profitèrent de ce que l'étalon était debout comme un homme pour lui voler dans les parties basses. Il fit volte-face vers l'écurie en éclopant deux ou trois volatiles. Elles le suivirent. Il neigeait des plumes dans le courtil comme si l'on avait éventré un édredon. Mais rien d'autre que la mort ne peut arrêter un troupeau d'oies courroucées. Elles s'élevaient dans l'air, entraînées par le jars jusqu'à la hauteur des solives de l'étable. Leur bec meurtrier sifflait autour des yeux de l'étalon. Leurs blancheurs accordées déployaient devant l'Alix une immense aile d'ange. Elle bondit vers la porte où elle abattit la clenche.

Toute tremblante, elle arriva en trombe au rendez-vous précaire où Constantin l'attendait sous le berceau des genêts. Elle se jeta contre lui et il s'effondra sous cet élan sur le divan d'herbe sèche.

— Il va mieux ! cria-t-elle. Il a encore voulu me tuer !

— Vous voyez bien, ma pauvre Alix, que rien n'est encore dit !

Il se dépensa en prodiges érotiques et pendant ces transports, à un beau moment, il proféra qu'il l'aimait. C'était la première fois dans la vie de l'Alix qu'on lui assenait ce mot. Il la désarma de toute méfiance mieux que le plaisir qu'elle éprouvait alors.

— Ce n'est pas vous, n'est-ce pas, mon cher Florian, qui attenteriez à mes jours ?

Il l'embrassa avec passion.

— Vous êtes la prunelle de mes yeux ! dit-il. Mais je vous en supplie ! Vendez-moi la parcelle ! Vous voyez bien ce qui arrive déjà ! Et si jamais il se remettait pour de bon ? On ne sait jamais ! C'est alors que nous serions propres !

Ils traînèrent chez le notaire un Polycarpe plein d'espérance. Il allait enfin régler son compte à l'oracle par le truchement de monsieur Constantin lequel, lui aussi, avait tant de raisons de le haïr.

Ils l'avaient calé entre eux sur la banquette du tilbury dont les fesses de l'Alix occupaient les deux tiers. Son col de celluloïd battait la chamade autour de ses fanons décharnés.

Me Borel les regarda tous les trois par-dessus ses lunettes avec cet air de juge d'enfer qui comprend tout en un clin d'œil, lequel est le privilège des notaires.

— Vous êtes bien décidés ? Vous ne voulez pas vous dédire ?

Aveuglés par leurs passions c'était tout juste s'ils l'apercevaient. Ils branlèrent du chef tous les trois ensemble. Oui ils étaient bien décidés. Non ils ne voulaient pas se dédire. Constantin déposa entre les mains de l'officier ministériel la contre-valeur du prix exorbitant qu'il venait de payer sa future victime. Après cela, il ne lui resterait plus que trois sacs d'or. C'était l'hospice au bout du chemin si le père Tasse ne disparaissait pas promptement.

Il crut avoir réglé le sort de l'oracle félon. C'était le sien propre qu'il venait de sceller. Ils se jetèrent sur les porte-plume comme des affamés sur un bol de soupe, paraphant à tour de bras, reprenant à grand bruit de l'encre dans l'encrier pour l'ultime signature.

Après cela, il ne fallut pas huit jours au Polycarpe

pour qu'il mourût. Il en est toujours ainsi dans cette maladie : soudain elle vous lâche mais c'est pour reprendre élan et vous pousser plus fort.

Ses obsèques eurent fière allure. Le septuor du père Tasse en grande tenue rendit les honneurs et, à l'église, suppléa à l'orgue hors d'usage. Les sept cors tonitruants firent trémuler les vitraux dans leurs plombs.

Il y avait cinq semaines que, en prévision de cet événement attendu, le père Tasse faisait répéter ses vieillards. Le marquis de Dion qui inaugurait cette écharpe dont le tricolore lui mettait la mort dans l'âme, le marquis de Dion en prit plein les oreilles et plein le cœur. Il reconnut sans peine la musique divine qui accompagnait son mariage, quand il avait épousé, voici plus d'un demi-siècle, cette amazone aux cheveux roux dont il ne pouvait ôter de sa conscience le sang qui éclaboussait sa robe verte aux soixante-dix boutons, la dernière fois qu'il l'avait vue vivante.

— Tu m'avais dit, gémit-il, que tu te contenterais de jouer des airs de chasse ?

— Ah ! s'exclama Tasse. L'occasion était trop belle de te rafraîchir la mémoire.

Monsieur Constantin reçut lui aussi cette musique en plein front, tanguant de tout son être comme un homme ivre, les mains tremblantes sous les gants beurre frais. La dimension du minuscule père Tasse — dont il était pourtant de plus en plus certain qu'il l'avait sciemment escroqué — lui apparut intimidante et comme faisant partie d'une autre essence que celle du commun des mortels.

S'il en avait encore été au stade d'innocence qui était le sien voici vingt ans, dans l'ergastule exotique où la rencontre d'Horace l'avait ébloui, peut-être son cœur pacifié eût-il pardonné à l'arbre. Mais il avait l'impression qu'un personnage nouveau né tout entier de Montfuron et de ses étranges histoires le forçait à jouer un rôle qui n'aurait pas dû être le sien. Il se souvenait du grand hasard, de la grande incertitude qui l'avaient fait s'arrêter ici au lieu de poursuivre vers Manosque. Il avait maintenant la conviction d'avoir abandonné les rênes à sa monture à la croisée des chemins et que, les yeux fermés, il avait laissé à celle-ci le soin de choisir son destin.

Il s'avança vers le sonneur presque avec déférence.

— C'était quoi, monsieur Tasse, ce que vous nous avez joué là ?

Le père Tasse le regarda pour la première fois avec une condescendance infinie.

— C'était de Jean-Sébastien Bach, monsieur Constantin, mais c'est moi qui l'ai arrangé pour cor.

Florian observa longuement l'énorme veuve entoilée dans ses gazes noires et qui tâtait de ses mitaines le bois du cercueil comme pour s'assurer qu'il était bien fermé. La musique qu'il venait d'entendre l'avait impressionné de telle sorte que pour la première fois l'Alix lui parut trop grosse. Toutefois, il songeait que maintenant que ses ressources s'épuisaient à cause de cette rente sempiternelle, il serait peut-être judicieux de l'épouser.

Pourtant son idée obsessionnelle l'empêchait d'avoir une vue saine de ses sentiments. Il lui fallait d'abord et en toute hâte régler le sort de l'arbre puisque celui-ci était à sa merci.

Dès le lendemain de l'enterrement, il alla l'examiner de près pour prendre ses mesures. Il comprit tout de suite que ses mains soignées et ses soixante-dix kilos d'homme svelte ne pèseraient pas lourd contre les cinq mètres de circonférence du tronc par lequel le chêne était enté dans la terre. « Je vais voir le Marceau Kléber », se dit-il.

Ce Marceau Kléber était un mastodonte presque aussi imposant que l'Alix, épais comme un taureau et sans hanches ni cou. Sa tête était directement vissée sur ses épaules en forme de joug de bœuf. Disgracieux et pataud, c'était pourtant le plus redoutable abatteur d'arbres du canton.

Il n'aimait que la forêt au monde, dès qu'il en entendait le nom ses narines frémissaient comme celles d'un chien de chasse, seulement il l'aimait à la façon dont les bouchers aiment l'agneau. Il n'était content que les doigts poissés de sève comme les bouchers les ont de sang. Les arbres se taisaient lorsqu'il passait au-dessous d'eux, n'osant même plus bruisser dans le vent. Le temps qu'il ne consacrait pas à assassiner la forêt, il le tuait chez la Chaberte, coudes écartés au comptoir, ses muscles épais portant le défi permanent dans le soubresaut de leur chair. Il était là, buvant avec parcimonie un tout petit verre et palabrant le verbe haut, en dépit du peu de mots dont il disposait pour s'exprimer.

Ce fut à ce comptoir que Constantin alla le pêcher.

— J'ai besoin de toi ! lui dit-il quand ils furent dehors où il l'avait attiré. Voilà : juste avant qu'il meure, j'ai acheté au Polycarpe sa truffière de la Font de Bourne.

— Ouh mais dites ! C'est du beau bois ça ! Vous avez fait une belle *pache* ! La truffière ne vaut plus rien, mais les chênes...

— Justement ! Je te le donne ce bois ! Et en plus tiens ! Je te donne encore de l'argent ! A une condition : tu t'y mets séance tenante !

— Séance tenante ? Mais il va faire nuit !

— Alors demain matin. Et tu commences par le plus gros. Celui qui fait au moins cinq mètres de circonférence.

— Celui que soi-disant il brûle ? dit le Marceau.

Il riait grassement, à large bouche aux dents en créneaux tant il en manquait. Ses muscles indécents tressautaient obscènes à la cadence de ce rire.

— Oui, c'est ça, soi-disant ! Et quand tu l'as abattu tu le réduis en bûches et tu me l'entreposes chez moi bien rangé, contre le mur de l'écurie pour qu'il sèche bien et que pendant ce temps, je sente bien son odeur d'arbre en train de sécher.

— Oui, mais dites ! C'est dégailler la marchandise ça ! Parce que, rien qu'avec le tronc, le Pachiano, l'ébéniste, il vous en tire au moins une douzaine d'armoires à glace !

— J'ai dit en bûches ! Je regarde pas au prix. Je te paye tous les suppléments que tu veux !

Le Marceau avait encore les billets en main que le vent essayait de lui arracher. Il regardait partir ce monsieur élégant en panama et pantalon à sous-pieds. Il avait une impression désagréable.

— On dirait, se dit-il à haute voix, qu'il t'a payé pour abattre un homme !

Ces billets lui brûlaient tellement les doigts que le soir même il alla les jouer au zanzi chez la Chaberte et qu'il les perdit. C'est là qu'il rencontra sa vieille connaissance, son patron d'occasion qui l'employait souvent dans ses coupes. Celui-ci, le vieux Savouillan d'Ongles, ne sortait jamais les mains des poches, ne jouait jamais un sou et il n'avait jamais plus d'un franc ou deux sur lui que d'ailleurs il n'eût pas risqué. Mais il aimait voir les frustes s'entre-tuer du regard autour de cette piste pour forbans qu'on enjolivait du nom plaisant de zanzi, afin de lui ôter son venin. Il les encourageait à y jouer leur chemise, trouvant sa jouissance lorsqu'ils n'avaient plus rien, à les accompagner à la sortie du bouge où il n'avait même pas consommé pour leur faire de la morale et les admonester. Souvent ainsi, en leur prêtant un billet ou deux, il avait pu se ménager une main-d'œuvre docile et bon marché.

Il fut étonné d'y trouver le Marceau qu'il savait sérieux et peu enclin à perdre son argent au jeu.

— Qu'est-ce qu'il t'arrive ? lui dit-il

Il venait de le rattraper à la sortie pour le confesser. Marceau lui apprit la pache qu'il avait conclue avec Constantin et put enfin exprimer ce qu'il pensait :

— Cet argent me brûlait les doigts ! Je suis content de l'avoir perdu. J'avais l'impression qu'on m'avait commandé un meurtre.

Quand il eut bien étalé l'affaire, le vieux Savouillan comprit qu'il avait été joué par celui qui était venu lui dire de renoncer à cette coupe. Il le confia à Marceau

— Je me suis fait ficeler comme un jeune bouc ! C'est à moi que le Polycarpe voulait vendre ! Mais soi disant qu'on est venu me dire que si je l'achetais, j'aurais de mauvaises raisons avec sa femme

— Sa femme ? Pourquoi sa femme ?

— Parce que soi-disant — soi-disant ! — dans cette coupe, il y a un arbre qui brûle pour annoncer la mort du prochain et qu'à cet arbre, la mairesse, elle y tient comme à la prunelle de ses yeux ! Alors — j'y crois pas moi comme bien tu penses à ces choses — mais de mauvaises raisons avec la mairesse, je veux pas en avoir ! C'est une épine ! Alors, elle l'a vendu au Constantin ? Ça m'étonne pas ! Ça fait longtemps qu'ils ont affaire ensemble.

Il réfléchit un peu avant d'ajouter :

— Mais... Cette Alix, ça fait plus longtemps encore que moi je la vois vivre. A ta place, je me méfierais ! La prunelle de ses yeux, ça doit pas être rien !

— Oïe ! Vous dites qu'ils sont cul et chemise tous les deux avec monsieur Constantin ?

— Voui ! Mais c'est entre cul et chemise que le feu prend le plus vite ! Rappelle-toi ça petit, avant d'aller porter la hache dans ce bien !

Marceau médita toute la nuit sur cette conversation mais c'était un homme de parole et, au matin, il se mit en marche. Il sonnait à chaque pas comme un bélier maître sonne de la campane. C'étaient les coins d'acier dans le sac de jute qui s'entrechoquaient et les deux cognées sur ses épaules qui ferraillaient comme des sabres.

C'était l'heure où la terre et le ciel se séparent à regret parmi les ténèbres, où les formes fondent vers vous depuis le crépuscule, n'étant pas encore tout à fait ce qu'elles seront au grand jour. Plus que jamais, le chêne dissimulait parmi ses ramures le front d'un cerf gigantesque. (C'est tout au moins ce qu'il dit, le Marceau, tout au long de sa vieillesse.)

Il venait de mettre bas son sac de jute lesté de coins et de jeter dans l'herbe les deux cognées qui lui meurtrissaient l'épaule. Il allait, a-t-il dit, se cracher dans les mains comme il faisait toujours.

Alors, il lui sembla que le soleil venait de se lever derrière les frondaisons de l'arbre-cerf. « Tu rêves ! se dit-il. Il est sept heures du matin. Nous sommes en novembre. Le soleil est derrière le Moure de Chanier qui le cache jusqu'à au moins huit heures. Et d'ailleurs, se dit-il, c'est le nord que tu regardes, l'arbre, là, il est à ton nord. »

Il recula de quelques mètres pour se faire une idée plus claire de la situation. C'est alors qu'il s'aperçut que la lumière provenait de l'arbre.

— Oh pute de mort ! proféra le Marceau.

Il fit le geste qu'ils avaient tous fait ceux qui avaient vu ce chêne ardent : la main devant la bouche pour s'empêcher de hurler. Tu comprends, fiston, le pouvoir de l'émerveillement ne pénètre pas ces cervelles épaisses, mais la peur leur en tient lieu. Il y a bien moins loin qu'on ne croit entre la peur et l'émerveillement.

« J'ai vu cet arbre, palabra longtemps le Marceau chez la Chaberte, qui faisait la roue comme un paon ! C'était un éventail de couleurs écrasées en galette comme l'arc-en-ciel ! Et j'étais seul ! Et je pouvais tirer personne par la manche pour lui dire : “ Regarde ! Mais regarde donc ! ” Moi, je vous le cache pas à la fin, je me suis enfui comme un capon ! »

Il recula. Il avait oublié ses outils. Il dit plus tard qu'il n'était plus jamais allé les chercher, qu'il les avait remplacés, qu'ils devaient y être encore et que, si par hasard quelqu'un les avait volés, il devait déjà être au diable avec eux. « J'ai plus acheté de coupe, dit-il, jusqu'à l'hiver suivant. Rien que de voir n'importe quel arbre, j'en avais les trois sueurs ! »

Il prit de la distance jusqu'à ce que l'arbre fût tout

entier dans son champ de vision et cela lui demanda plus de cinquante mètres de recul. « Il ruisselait de flammes comme une cascade qui coule ! » raconta-t-il plus tard. Et personne ne lui demanda ce qu'il voulait dire par là. Ils le voyaient tous, l'arbre, en train de ruisseler de flammes.

Dans le cerveau du Marceau Kléber mis à rude épreuve, deux idées cependant se chevauchaient et s'annihilaient tandis qu'il s'enfuyait. D'abord, il avait fait une promesse inconsidérée et, ensuite, l'argent qui avait scellé la pache, il ne l'avait plus pour le rendre. Quand la panique s'en mêle, le cerveau d'un imbécile peut fonctionner aussi logiquement que celui d'un homme de bon sens.

« Il m'a dit, songea Marceau. " Et surtout n'en parle à personne. " Pourquoi ? Qui ne doit pas savoir une chose aussi simple : " J'ai fait la pache avec le Marceau Kléber pour une coupe qu'il doit m'abattre. " Qui ça peut gêner ? Pourquoi n'en faut-il pas parler ? »

A force de calculer, il finit par retrouver dans sa mémoire ce que le vieux Savouillan lui avait dit la veille : « C'est entre cul et chemise que le feu prend le plus vite ! » Marceau se dit qu'il devait être le seul de tout Montfuron à ignorer que la mairesse avait affaire avec Constantin. Sans qu'il en eût bien conscience, cette révélation lui poignait le cœur parce que, secrètement, les surplus de chair de l'Alix le faisaient rêver lui aussi. Il pataugeait péniblement dans la réflexion, exercice dont il était peu coutumier.

« Et si c'était vrai, après tout, qu'elle tienne plus à son arbre qu'à son amant ? Et si j'allais lui avouer, supposons, que je n'ai pas eu le courage de l'abattre cet arbre ? Qui sait si elle me donnerait pas l'argent pour que je le rende à Constantin ? »

Il attendit le soir, pesant et supputant. « La prunelle de ses yeux », se disait-il. A la nuit close, toujours indécis et traînant les pieds cependant, il s'aventura du côté de la ferme Jeunhomme qui était celle des Truche. Son cœur battait comme s'il avait un rendez-vous d'amour.

Autour de la maison c'était le silence. Depuis que l'Alix avait vendu le troupeau, il n'y avait plus de chiens.

Pensant ainsi qu'il serait plus décent en l'ôtant dès qu'il la verrait, Marceau s'était coiffé d'un béret pour la circonstance, lui toujours hirsute d'ordinaire, épis au vent et tignasse embrouillée.

C'était l'heure où Alix apprêtait son en-cas pour aller passer la nuit chez Constantin. Depuis que le Polycarpe était mort ils ne se gênaient plus en rien.

Ce fut à peine, tant le coup était timide, si elle entendit heurter à la porte. Ils se virent l'un l'autre, elle interdite, lui éperdu, triturant son béret. Elle du côté de la lumière, lui du côté de l'ombre. C'est toujours impressionnant un quintal de chair vive qui en rencontre un autre. Un étonnement réciproque se lut d'abord dans les yeux de ces deux êtres. Ils se voyaient peu d'ordinaire et de loin.

— Je vous dérange ! s'exclama Marceau sans dire bonsoir. Je me suis dit : « Qu'est-ce que tu fais, Marceau ? Tu y vas ou tu y vas pas ? »

Elle le fit entrer simplement et sans lui poser de question. S'il avait quelque chose à dire, il y arriverait bien tout seul à la fin. Il gesticulait au milieu de la pièce, encombrant et dangereux pour les objets fragiles. Ses mains énormes au bout de ses bras courts se battaient avec l'air.

— C'est vrai ça ! Je me suis dit : « Qu'est-ce que tu fais ? Tu le lui dis ou tu le lui dis pas ? »

Il en eut pour dix minutes avant d'en arriver au fait. Il la rendait témoin de ses hésitations, de ses atermoiements.

— Dix fois j'ai fait l'aller-retour de chez moi à votre porte. Dix fois je me suis dit : « Tant pis ! Tu laisses pisser le mouton ! » Vous comprenez : c'était un cas de conscience !

Il avait trouvé le mot en chemin à force de se dire : « Comment tu vas lui présenter la chose ? » *Le cas de conscience* lui avait été soufflé peut-être par son ange gardien. Il dévoilait déjà la moitié du danger. Il alarmait à cause de sa solennité, il obligeait l'interlocuteur à faire l'inventaire de tout ce qui était préoccupant dans sa vie. Quand quelqu'un parle à votre endroit de *cas de conscience*, il faut examiner la vôtre en toute hâte.

Il lui raconta son aventure en omettant sa marche guerrière vers l'arbre avec ses outils tintinnabulants. Il lui raconta sa conversation avec Savouillan. Toutefois, il ne confessa jamais le nom de monsieur Constantin. Il dit « on ». Le nom, ce fut elle qui le prononça.

Quand elle eut enfin compris de quoi il s'agissait, elle demeura immobile au milieu de la pièce, comme lui, avec un regard qui ne voyait rien et qui glaça l'âme de Marceau. « Heureusement, se dit-il, que je l'ai pas abattu l'arbre ! Je serais propre, tiens, maintenant ! »

Il termina très vite :

— Il m'a donné tant pour l'abattre. Seulement moi, moi, je me suis douté que ça vous ferait pas plaisir et je suis vite venu vous le dire. Seulement alors, l'argent, il faut que je lui rende, seulement je l'ai plus.

En une démarche d'automate, l'Alix se dirigea vers le buffet Henri II et ouvrit un tiroir d'un coup sec.

— Combien ? demanda-t-elle.

— Vingt francs ! dit Marceau.

Elle lui tendit deux billets à bout de bras.

— Mais, dit Marceau précipitamment, vous savez y a pas que l'argent ! Même sans ça je serais venu parce que je vous respecte. Vous savez, je suis pas un beau parleur, mais enfin, puisque nous y sommes, tant vaut-il que je vous le dise... Enfin... Oh, vous devez bien le savoir : une veuve, ça fait toujours de l'effet !

— Je suis grosse..., dit l'Alix.

Elle avait l'air absent.

— Oh mais justement ! s'exclama Marceau. C'est ça, précisément, en parlant d'effet, c'est ça que je voulais vous dire !

Il s'enfuyait en courant. Il avait déjà enfilé la porte du salon.

— Marceau ! appela l'Alix. Attendez !

Il s'immobilisa au garde-à-vous, prêt à subir la semonce.

— Je vais vous confier un secret, murmura l'Alix, l'argent, avant de le lui rendre, attendez demain !

Elle écouta immobile le bruit lourd des brodequins qui s'estompait dans la nuit. Je t'ai déjà dit, fiston, que cette Alix n'était pas comme tant d'autres êtres. Elle savait dire oui ou non et ça, elle était capable de se le dire à elle-même. Elle ne poussa pas un cri, ne se tordit pas les mains ni ne proféra aucune insulte ni aucune menace. Le seul signe d'émotion auquel elle donna libre cours, ce fut d'aller à la fontaine, contre le hangar aux charrues, pour se passer posément un peu d'eau fraîche sur le visage.

Elle erra longtemps avec calme par toute la maison. Jamais celle-ci n'avait été aussi sienne, aussi solidaire, depuis qu'elle y vivait seule. Elle ouvrit la porte du clafouchon, à côté de la grande chambre où il y avait tout ce qu'il fallait pour se tenir propre et aussi des pots en bois de santal avec leur couvercle vissé et qui avaient la forme d'un bol à déjeuner pour qu'on puisse y puiser facilement. Ne cherche pas à savoir, fiston, ce qu'elles étaient ces boîtes, ça n'existe plus. C'était aussi humble que les femmes qui les utilisaient. Ça contenait des choses qui sentaient bon.

Machinalement, Alix se mira dans la psyché. Elle avait son air de tous les jours. Elle se dénuda avec décision. Elle attira vers elle l'un des pots plein de talc. Elle s'enduisit soigneusement avec cette poudre de la tête aux pieds, se contorsionnant pour atteindre toute la surface de son dos, en insistant sur les fesses et sur les reins qu'elle avait, en dépit de son embonpoint, délicieusement cambrés. Elle était blanche comme un pierrot lunaire et elle se mirait ainsi sérieusement, sans un sourire, pour vérifier qu'elle n'avait oublié aucune portion de son corps. La peau voluptueuse glissait sous ses doigts talqués comme la chair insaisissable d'un poisson.

Elle s'habilla avec précaution, d'une manière qui ne lui était pas habituelle, commençant par une combinaison en soie qu'elle ne portait jamais que pour les cérémonies, la trouvant trop riche pour elle, mais elle avait cru remarquer que la soie n'absorbe pas le talc et ne le dénature pas.

Quand ce fut l'heure, elle s'achemina vers la maison

de monsieur Constantin. Là-bas, avenante, la lumière du salon de velours rouge lui faisait le même signe amical que d'habitude, pourtant elle ne le voyait plus. D'ordinaire, c'était en une hâte désordonnée qu'elle parcourait le kilomètre qui séparait les deux maisons. C'était hors d'haleine qu'elle enfonçait presque la porte plutôt qu'elle ne l'ouvrait. Cette fois-là, elle fit le chemin à pas comptés, lourdement, attentive à ne pas avoir chaud, à ne pas secouer la poudre dont elle était ointe. Les dix derniers mètres seulement elle les couvrit en courant pour la vraisemblance et surtout parce qu'elle aurait eu envie de s'enfuir si elle n'avait pas pensé à l'arbre comme à un enfant qu'elle aurait eu.

Ils se trouvèrent nus l'un contre l'autre en même temps.

— J'aime, dit-il, que tu sois fuyante comme une carpe !

Il crut à un raffinement et c'en était un en effet. Le talc, pour agacer le mâle, la rendait aussi insaisissable qu'une anguille. Elle lui filait entre les doigts comme par jeu.

« Tudieu ! se dit-il. Vivent les grosses, quand elles sont si inventives ! »

L'alcôve était envahie par la pénombre sous la lointaine lueur d'une lampe à pétrole dressée au salon.

Depuis que ses sens étaient repus, l'Alix avait réussi à prendre encore cinq kilos et monsieur Constantin avait de plus en plus de mal, en dépit qu'elle s'y prêtât complaisamment, à la manipuler au gré de leur caprice commun. Il était attaché au flanc de ce léviathan comme un poisson pilote.

Si tu l'avais vue l'Alix à cette époque, fiston, c'était

une majesté ! Je te la fais courte, à cause de ta grand-mère et eu égard à ta mère.

L'Alix pensa presque tout de suite à cette gourmandise particulière qu'elle quémandait de lui à chaque fois et qu'il lui prodiguait avec tant de bonté. Elle avait l'habitude d'aimer le surplomber à cette occasion. A cheval sur le corps svelte de son amant, elle rampa lentement de toute sa chair talquée qui caressait la poitrine du mâle, pour amener son ventre jusqu'aux lèvres ombragées de moustaches de cet être déjà repu.

Peut-être, avant qu'il disparût à ses yeux, dut-elle le regarder vivre encore une fois, tout engourdi de joie érotique. Peut-être regretta-t-elle le bonheur imminent dont elle allait être frustrée. Qui peut savoir ce qui se passe dans la tête d'une femme passionnée ?

Ce qui est certain, c'était que les yeux fermés elle gardait par-devers elle la vision de son arbre magnifique, seule richesse de sa pauvre existence et que rien ne pouvait lui faire oublier qu'elle tenait à sa merci celui qui voulait assassiner l'oracle.

On ne sait pas comment les choses se sont passées. On ne sait que ce qu'elle a dit : elle s'est évanouie de plaisir et quand elle est revenue à elle, elle s'est aperçue qu'elle était couchée sur la figure de monsieur Constantin et qu'il était mort.

En réalité, elle a dû simuler l'évanouissement et s'écrouler de tout son poids sur son amant, ayant pris un peu d'élan en s'arc-boutant sur ses bras et ses jambes, avant de se laisser choir sans retenue. Un quintal, fiston, que ce soit chair de blé ou chair de femme, c'est toujours un quintal. Peu d'hommes peuvent le soulever surtout lorsqu'ils sont en position horizontale et, par surcroît, sur la mollesse d'un matelas. Ajoute à cela qu'il avait affaire à une masse talquée où toutes les prises se dérobaient. Oh je ne dis pas qu'à un moment quelconque il ne lui fallut pas, à l'Alix, refermer ses cuisses monumentales comme les branches d'un étau, mais je crois qu'à ce moment-là déjà, monsieur Constantin devait être complètement *espouti*. *Ecrabouillé*, si tu veux, qui se prétend plus séant, n'en dit pas la moitié !

Bref, il ne restait plus à l'Alix qu'à attendre le temps convenable avant de se soulever avec précaution pour constater le décès.

C'est après que les choses pénibles commencèrent. Il lui fallut courir jusque chez la Chaberte pour lui raconter ça en deux mots et réclamer du secours. Sa plus mortelle ennemie ! Et cet aveu ! Mais il fallait bien simuler la panique et quelle plus belle preuve de désarroi chez une femme que d'aller ainsi se jeter à la merci de sa rivale ?

Sa traite, depuis la maison Constantin jusqu'au bouchon de la Chaberte, ne fut qu'un seul long cri d'horreur. Dépoitraillée, à moitié nue, le chignon défait — l'affolement n'a pas de pudeur —, il lui fallut ainsi, elle la mairesse, apparaître aux vieillards du tour du poêle qui n'en croyaient pas leurs yeux.

Le Marceau était là, lui aussi, qui ruminait, ayant l'arbre ardent fiché sur le front entre les deux yeux. Il pensait aux milliers de chênes de la race de celui-ci qu'il avait patiemment jetés bas, coup de hache après coup de hache, au hasard des grands bois. Il en avait pour sa vie durant à méditer là-dessus et sur son large visage au nez épaté, des rides s'esquissaient qui lui feraient un jour un front de penseur.

Il triturait au fond de sa poche les deux billets que

l'Alix lui avait donnés. Cet argent ne lui disait rien de mieux qui vaille que celui remis la veille par monsieur Constantin.

Il portait à ses lèvres le petit verre d'eau-de-vie consolatrice pour le siroter quand il entendit au-dehors le hurlement croissant de l'Alix lancée à fond de train. Elle enfonça littéralement la porte vitrée à sonnette. L'ouragan de son corps énorme s'abattit sur un banc sans cesser de hurler. Sa bouche était distendue sur ce cri inarticulé, sa main brandie vers l'extérieur indiquait la maison de monsieur Constantin où elle voulait qu'on courût.

— Mon Dieu ! Il est peut-être encore vivant !

Les vieillards faisaient cercle, flairant en connaisseurs cette femme qui leur montrait à peu près tout ce qu'elle avait. Dès qu'elle avait vu cette brouettée de chair ferme s'affaler sur sa moleskine, la Chaberte dégoûtée avait bondi jusqu'à l'écurie. Elle en rapportait une couverture de cheval qu'elle jetait sur l'Alix.

— Couvrez-vous au moins, commandait-elle. Que vous faites pleurer le petit Jésus !

Le Marceau s'était jeté en avant pour porter secours. Il se privait de son petit verre pour le verser tout entier entre les lèvres de l'Alix. Elle lui serra le poignet avec force et le regarda, paupières mi-closes. Il vit que, en dépit du désarroi de son corps convulsé de tremblements, son œil était lucide.

Elle était infiniment émouvante ainsi, avec son chignon dénoué, sa chair sommairement voilée et l'odeur qu'elle portait sur elle où s'amalgamaient celles de l'amour et de la mort. La Chaberte d'ailleurs avait ouvert grande la fenêtre tant pour chasser cette odeur que dans l'espoir que l'Alix choperait une fluxion de poitrine. Celle-ci se tordait les mains de désespoir.

— Il faut aller voir ! Il faut appeler le médecin ! Mon Dieu quel malheur ! Il fallait que cette chose m'arrive à moi ! Comme si j'en avais déjà pas assez !

— Vous êtes bien punie par où vous avez péché ! maugréa la Chaberte.

— Péché ? dit l'Alix.

Elle glissa son regard mourant vers les maigreurs de la Chaberte.

— Péché ! soupira-t-elle. Il faut pouvoir.

Les vieillards étaient déjà partis brandissant leurs cannes vers la maison où s'était produite cette rare curiosité : un homme qui était mort d'amour.

Le Marceau s'était tout de suite proposé pour descendre à Manosque chercher le médecin. Il alla en toute hâte seller son cheval. C'était un aubin aussi pataud que lui et dont l'allure ridicule avait fait fuir tous les chalands. Mais quand, à force de menaces, Marceau réussissait à le mettre au galop, il filait comme une tornade.

C'est comme ça fiston que, alerté par le Dr Parini, je me suis trouvé sur les lieux du drame. A cette époque, les gendarmes étaient à cheval. J'en avais un, superbe, il s'appelait Chamfrau, fais-moi penser de t'en reparler.

Il s'était écoulé plus de trois heures depuis la tragédie, l'Alix hagarde était toujours écroulée chez la Chaberte, claquant des dents devant la fenêtre ouverte. Elle m'expliqua en deux mots sa version de l'affaire. Entre-temps le Dr Parini était arrivé et quand je le rejoignis, chez le défunt, il était en train de lui examiner les ongles.

Je regardai ce qu'était devenu cet homme que j'avais connu plein de prestance. Il avait la bouche béante. On voyait ressortir ses dents sur ses lèvres retroussées comme si elles s'étaient refermées sur quelque proie. Il avait les joues déprimées comme ces truites qu'on vient de sortir de l'eau. Elle lui avait fait expulser tout l'air de ses poumons sans jamais lui permettre d'en remplacer une seule bouffée. Il était mort de ça : d'un manque d'air. Naturellement mort !

— Oui, dit le Dr Parini. Ajoutez à cela qu'il a des poils entre les dents. Il a dû la mordre cruellement et au bon endroit ! Maintenant : l'a-t-il mordue parce qu'elle l'étouffait ou l'a-t-elle étouffé parce qu'il la mordait ? Autre chose : il a du sang sous les ongles. Il a dû lui faire de ces estafilades sur les fesses !

Mais va donc vérifier l'état du quant-à-soi chez une notable veuve par surcroît et encore en grand deuil ! Surtout quand on n'est qu'un petit gendarme de sous-préfecture. Le marquis de Dion, le nouveau maire, étendit la main sur elle.

— Je me porte garant ! me dit-il. D'autre part, je vous ferai remarquer, brigadier Laviolette, que les rondeurs d'une femme épousant étroitement et par amour les contours de la face d'un homme, ça ne laisse aucune tuméfaction. Ça ne peut pas plus, me souligna-t-il lentement, être tenu pour l'arme d'un crime qu'un arbre qui rend l'oracle de la mort. Je vous dis ça pour vous faire comprendre que si nous savons la vérité nous ne pouvons pas l'utiliser !

L'homme qui la savait réellement la vérité, c'était celui à qui la veille du drame, l'Alix avait dit :

— Marceau, je vais vous confier un secret : cet argent, attendez demain pour le lui rendre.

Ce Marceau Kléber, il m'a rapporté très exactement ces paroles quinze ans plus tard, un soir de Sainte-Barbe où nous sortions tous les deux du banquet des pompiers. Il m'a montré les deux billets que l'Alix lui avait donnés et qu'il n'avait jamais dépensés. Il lui portait une dévotion posthume empreinte d'une nostalgie érotique qu'il me confessa.

Elle aimait, paraît-il, telle caresse qu'il ne lui accordait jamais sans une mortelle appréhension et sans avoir fait son examen de conscience sur les griefs qu'elle aurait pu nourrir à son encontre. Il se souvenait trop de la façon dont monsieur Constantin avait perdu le souffle.

Il n'eut pas d'ailleurs à l'appréhender longtemps car monsieur Tasse ne pardonna jamais à l'Alix d'avoir tari sa rente viagère en supprimant son débiteur.

Ce vieillard rendit solennelles les obsèques de Constantin en dirigeant pour la dernière fois l'équipe de ses sonneurs. Il lui drapa sur les hauteurs du moulin une grandiose élégie qui était à la hauteur de sa désolation et qui fit rentrer en eux-mêmes tous les Montfuronais en âge de méditer sur la mort. Au premier rang, les jambes un peu arquées par les morsures de son amant, mais en grand deuil encore une fois, l'Alix dut méditer plus que quiconque sur cette musique à faire tomber les murailles et si elle l'entendit bien ce fut sa propre oraison funèbre qu'elle put goûter car elle ne vécut pas longtemps depuis.

Elle avait très vite récompensé le Marceau Kléber pour ses avis et ses soins. Elle avait même voulu, dans son enthousiasme, l'entraîner jusqu'à l'arbre, pour que celui-ci fût témoin de leur bonheur.

— Pas pour un empire ! dit le Marceau.

Bien que le pont romain fût rafistolé, il ne prenait jamais plus ce raccourci pour aller à Manosque.

Ils eurent donc leurs rendez-vous bourgeoisement chez lui, dans un antre qu'il avait construit de ses mains, au pied d'un promontoire élevé qu'il fallait contourner pour l'atteindre par un interminable lacet du chemin. Aussi, le Marceau avait-il coupé ce lacet par un sentier abrupt qui lui faisait gagner cinq minutes lorsqu'il revenait de chez la Chaberte.

La passion fit aussi que l'Alix dans son impatience amoureuse prit l'habitude d'utiliser ce glissoir qui abrégeait son attente. Elle se jetait à corps perdu dans ce layon à bûcheron, juste bon pour y lancer des troncs d'arbre, parmi les hautes fougères alignées au pied de poiriers sauvages bardés de longues épines.

L'Alix avait besoin ensuite des cinquante mètres de plat qui précédaient la masure du Kléber pour retrouver son assiette. Il la guettait d'ailleurs, non moins impatient qu'elle, mais il frémissait quand il voyait sa masse impétueuse jaillir du fourré comme un sanglier qui charge.

Un jour, une nuit, quelqu'un attacha d'un poirier à l'autre un câble de frein à bicyclette au centre duquel on avait artistement ménagé un collet grand comme la tête d'un homme ou celle d'une femme. Ce traquenard était complété par une ficelle tendue au ras du sol, en pleine pente, pour faire trébucher. On retrouva l'Alix prise dans ce piège à blaireaux, violacée, la langue pendante, encore chaude car le Marceau ne la voyant pas paraître l'avait aussitôt recherchée. Toutefois, elle était roide morte.

L'ensemble de ce dispositif était si ingénieux et avait dû être si longuement pourpensé qu'il supposait chez son auteur des loisirs et de la rancune. Depuis la mort de Polycarpe et celle de Constantin, je ne connaissais plus à Montfuron qu'un seul esprit tortueux. Je m'assurai auprès de Ginoyer, le marchand de cycles de Manosque, qu'il avait récemment vendu deux câbles pour freins de bicyclette à un vieillard menu.

Je crois avoir mené cette enquête avec un certain nonchaloir. L'homme que j'aurais dû conduire aux assises avait alors quatre-vingt-neuf ans. Et puis j'aimais l'entendre sonner du cor.

C'était d'ailleurs un homme de plus en plus minuscule et qui disparaissait plutôt qu'il ne mourait. Il ne cultivait même plus ce clos semblable aux jardins d'Horace que monsieur Constantin avait tant convoité. Autour de ses cloches à melon ternes et vides qu'exploraient de nonchalants escargots, l'herbe poussait dru, des murettes s'éboulaient çà et là. Le ruisseau était envahi par les langues vertes des mousses et le cresson des fontaines. Une pitié !

Il avait dû, faute de subsides, dissoudre son septuor et renvoyer les vieillards à leur ennui. Il ne lui restait plus que son habit et son unique cor. Néanmoins, à pas de plus en plus lents et le cor de plus en plus énorme autour de ses frêles épaules, il sonna jusqu'aux limites du possible. Un dimanche enfin, sauf les cloches, ce fut le silence. Le marquis de Dion accourut inquiet.

— Eh bien ? demanda-t-il.

— Ah ! Je n'ai plus de dents ! répondit piteusement le père Tasse.

— Tant mieux ! ricana le marquis. Je vais enfin pouvoir goûter du repos !

Mais ce repos, en était-ce un ? Maintenant qu'il n'était plus sur le qui-vive par l'aiguillon du remords que le père Tasse lui infligeait au son du cor, le marquis venait de plus en plus souvent rôder autour de l'antre de son vieux rival.

— Tu viens ? lui disait-il.

Ils allaient jusqu'à l'esplanade d'où ils dominaient tout Montfuron, toute la plaine de Manosque, tous les plateaux de Reillanne et la montagne de Lure. L'un était à pied, l'autre sur son cheval car le marquis depuis longtemps avait renoncé aux machines à pétrole de son frère qu'il considérait comme de sinistres plaisanteries.

Ils connaissaient tous deux le même vertige en face de l'abîme du temps. L'antre de la Chaberte était fermé par deux planches qu'on avait clouées en croix comme autrefois sur les maisons des pestiférés. Les rouleaux des aires depuis longtemps immobiles s'enlisaient parmi le dactyle opulent. Là-bas, au moulin foudroyé un certain été, les antennes avaient été déposées par crainte d'un accident. Mais surtout, le peu d'êtres qu'ils rencontraient et qui les saluaient, ils ne savaient ni leur nom ni leur visage.

Les hommes qu'ils avaient caressés dans leurs berceaux étaient déjà sous la terre, parfois depuis longtemps, ayant cependant, avec la même impatiente hâte, accompli la totalité de leur vie. Et eux, ils étaient toujours là. Ils constataient ce prodige hallucinés, sans joie et même avec une sorte de terreur.

Ils étaient maintenant devenus si vieux que ce qui leur était arrivé était étalé devant eux comme les pages d'un livre : aussi mince et aussi plat. Ils regardaient de loin les péripéties de leur existence avec un certain intérêt, quoique incrédules, comme si des êtres qui leur étaient étrangers les avaient autrefois vécues.

Parfois, tandis qu'ils jetaient un regard souverain sur l'horizon de Lure, le marquis disait au père Tasse :

— Dis-moi, Bienaimé, comment était-elle cette Athénaïs dont nous fîmes tant de cas ?

Le père Tasse hochait la tête. L'ineffable couleur d'automne qui sous ses yeux faisait la roue sur les fonds de Lure lui était aujourd'hui bien plus indispensable que ne l'avait été autrefois cette femme qui avait fait sa douleur et sa vie.

— C'était une femme ravissante ! répondait-il. Tu ne la méritais pas !

Ce père Tasse mourut à cent quatre ans, le marquis à cent cinq. Le marquis ordonna que son sonneur fût aligné entre les cercueils de ses deux petits-fils morts pour la France et celui d'Athénaïs, dans le caveau des de Dion-Mortemart. C'était un homme auquel la longueur de sa vie avait donné les idées larges. Personne ne pouvait plus lui dire car personne n'était plus là pour l'avoir su : « Mais voyons, Mortemart ! Vous êtes fou ! Vous faites se rejoindre dans la tombe votre épouse et son amant ! »

Car ce fut à partir de la mort de Tasse que le marquis demeura les mains vides. Pendant un an encore, faute d'ennemi à haïr, le marquis mourut à petit feu, d'inanition sentimentale.

Quand on vit assez longtemps pour bien s'incruster dans la tête la vraie dimension du monde, la mort de votre pire ennemi vous laisse aussi démuni que si vous l'aviez tendrement aimé. Vous vous apercevez qu'il tenait dans vos divertissements un rôle aussi essentiel que le firent vos amours défuntes.

Voici pourquoi le marquis voulut que son sonneur partageât le néant avec toute sa famille.

Quand on fit l'inventaire du bastidon chez le père Tasse, on trouva une vieille lettre. Elle était enfouie dans un tiroir du buffet, sous des objets sans valeur rejetés au courant de la vie : bouchons, ficelles, couteaux à champignons, cartes postales d'amis depuis longtemps en poussière, toupies d'autrefois, sans couleur et sans grâce. Elle avait la teinte des choses mortes. Tu sais, fiston : la feuille d'un arbre qu'on a serrée dans un livre ou bien un papillon qu'on a épinglé. Elle disait, cette lettre :

« Mon cher cœur, vous souvient-il du jour où nous nous sommes arrêtés sous cet arbre pour y attendre la chasse d'Elzéard ? Je vous ai demandé de me jouer le bien-aller pour moi toute seule car vous étiez le plus merveilleux sonneur que j'aie jamais connu. Et je savais que vous m'aimiez et je savais que chaque sonnerie, c'était une déclaration d'amour à mon intention. Et alors, ce jour-là, tandis que je vous écoutais immobile sur mon cheval, j'ai vu soudain autour de moi l'arbre s'illuminer de flammes et j'ai eu toutes les peines du monde à refréner ma monture qui voulait s'enfuir hors de cette infernale clarté.

« Je connaissais la légende du chêne et j'ai tout de suite compris que vous alliez mourir bientôt. Alors, j'ai été saisie d'une intense pitié (vous souvient-il que vous aviez vingt ans ?) et je me suis juré, puisque ce serait votre seul plaisir sur cette terre, de vous appartenir et j'ai tenu parole. Voici, mon cher cœur, ce que je voulais vous révéler avant de mourir. Pouvais-je me douter que j'allais vous aimer ?

« Adieu, mon cher cœur, j'aurai fait la nique au destin jusqu'au bout puisque Dieu m'a permis de m'interposer entre vous et le fusil d'Elzéard pour prendre le coup à votre place. Et je le remercie de m'avoir permis de survivre assez pour que je puisse écrire cette lettre que mon confesseur vous fera tenir. Adieu Bienaimé ! Le ciel est grand ! Peut-être, malgré tout, consentira-t-il à nous contenir ensemble. »

Mon grand-père se tut. Il parlait depuis plus de deux heures. Pendant ce temps, par chemins et par collines, nous étions descendus de Barême et nous venions de traverser les aires de Montfuron, maintenant peuplées pour moi par tant de fantômes.

— Et maintenant, fiston, tu vas voir l'objet de tant de douleurs ! Car *lui* il est toujours debout ! A peine un peu plus chenu. Il est comme un vieillard qui perd ses cheveux. De-çà de-là, certaines de ses branches sont vermoulues mais nul ne peut dire s'il vieillit vraiment.

Le chemin devant nous était devenu commode. Nous nous hâtions car le soir venait et nous allions coucher chez le descendant du marquis de Dion, auquel mon grand-père, autrefois, avait rendu quelque service. Nos pas ne faisaient aucun bruit sur la mousse qui avait tapissé les ornières où personne ne passait plus.

— Le voilà ! dit mon grand-père.

Il effaçait sa haute taille devant moi. D'un geste théâtral, il me désignait sur le ciel la houle verte des feuillages où le vent dessinait des arabesques.

C'était un arbre comme je n'en avais jamais vu. Il offrait l'aspect têtu d'un vieil animal depuis longtemps averti des hommes et qui fait front contre eux pour l'éternité. J'ignorais jusqu'alors ce qu'il fallait mettre sous le mot *gigantesque*, maintenant je le savais.

Mon grand-père ne s'était pas arrêté. Nous étions en retard, la nuit tombait, il n'était pas très sûr du chemin. Moi, je suivais, à trois pas dans son ombre, les yeux fixés sur le chêne, en prenant plein la vue.

Alors, je vis courir fugitive de feuille en feuille par toute la masse des frondaisons, une charmante lueur rose tendre qui éteignait le reste de jour qu'il faisait. Les mousses qui tapissaient le sol vivaient toutes lumineuses sous ce reflet. C'était, à mes yeux de dix ans, un mystère somme toute pas plus insondable que ceux qui m'étaient journellement proposés par la réalité parmi les êtres et la nature et que je subissais, parfois émerveillé, parfois terrifié.

Seulement, tout prodige produit un effet de surprise et il ne fallait pas que je sois surpris car, si tout ce que mon grand-père avait raconté était vrai, cet arbre annonçait la mort de celui qui ne le voyait pas flamber. Or, mon grand-père marchait sans souci, en sifflotant un air de cor de chasse. Donc il ne voyait rien. Mais moi je voyais, mais moi j'avais envie de crier devant cet arbre immense qui rutilait comme un sapin de Noël, ayant fait sous le reste des bois l'obscurité de la nuit, par contraste, à telle enseigne que dans les taillis le peuple des oiseaux s'était tu.

« Changé en statue de sel », avait raconté mon grand-père. C'était contre cette immobilité surnaturelle que je luttais de toutes mes forces. Je m'enfonçais les ongles dans les paumes et un pas deux pas, j'arrachais mon corps à la terre, qui devait peser une tonne. J'avalais ma salive. J'étais tout tremblant. J'étais collé contre le vieil homme, attentif à ne pas me laisser sidérer sur place, me protégeant dans son ombre contre les larmes d'or qui ruisselaient de l'arbre. Je réussis même, enfin, à prononcer quelques mots qui n'y paraissaient pas.

Mon grand-père tenait à me montrer le lieu où étaient réunis quelques acteurs du drame qu'il venait de me raconter. Sous les cèdres du parc que nous traversions avant le château, la nuit était presque close. Je vis une dalle plate, sans noms, cernée de chardons et parsemée d'aiguilles de cèdres.

— Le voici, me dit-il, ce tombeau des Mortemart. Imagine-les tous, couchés en famille sous la terre, avec ce sonneur morganatique parmi eux. Le destin met dans la tête des êtres de bien curieuses idées.

Mon grand-père, dit Laviolette, mourut quarante-cinq jours après notre passage sous l'arbre. Il y mit du sien. Il avait la grippe. Il pleuvait. Il avait auparavant détoituré son bastidon pour y changer une solive. Ma grand-mère eut beau se mettre à genoux, il alla remettre la toiture en place et se recoucha satisfait pour mourir au bout de trois jours.

J'avais dix ans. Je suis venu obsédé rôder autour de ce chêne (allez-y, il existe encore) peut-être pendant quarante ans. Jamais plus, ni seul ni accompagné, je ne l'ai vu flamboyer. Sans doute fallait-il avoir dix ans.

En revanche, quand je prête l'oreille sur ces hauteurs, il me semble percevoir le cor du père Tasse qui sonne le bien-aller, quelque part, au-dessus de Lure.

Heureux les simples car Dieu les entendra.

Le Diben
Septembre, octobre 1991

DU MÊME AUTEUR

Aux Éditions Denoël

LA MAISON ASSASSINÉE
LES COURRIERS DE LA MORT
LA NAINE
L'AMANT DU POIVRE D'ÂNE
LE MYSTÈRE DE SÉRAPHIN MONGE
POUR SALUER GIONO
LES SECRETS DE LAVIOLETTE
PÉRIPLE D'UN CACHALOT
LA FOLIE FORCALQUIER
LES ROMANS DE MA PROVENCE (*album*)
L'AUBE INSOLITE
UN GRISON D'ARCADIE

Aux Éditions Gallimard

Dans les collections Folio et Folio Policier

LE SANG DES ATRIDES (Folio *n° 2119*)
LE SECRET DES ANDRÔNES (Folio *n° 1829*)
LE TOMBEAU D'HÉLIOS (Folio *n° 2210*)
LES CHARBONNIERS DE LA MORT (Folio Policier *n° 74*)
LA MAISON ASSASSINÉE (Folio Policier *n° 87*)
LES COURRIERS DE LA MORT (Folio Policier *n° 79*)
LE MYSTÈRE DE SÉRAPHIN MONGE (Folio Policier *n° 88*)

LE COMMISSAIRE DANS LA TRUFFIÈRE (Folio Policier *n° 22*)

L'AMANT DU POIVRE D'ÂNE (Folio *n° 2317*)

POUR SALUER GIONO (Folio *n° 2448*)

LES SECRETS DE LAVIOLETTE (Folio Policier *n° 133*)

LA NAINE (Folio *n° 2585*)

PÉRIPLE D'UN CACHALOT (Folio *n° 2722*)

LA FOLIE FORCALQUIER

Aux Éditions Fayard

LES ENQUÊTES DU COMMISSAIRE LAVIOLETTE

Aux Éditions du Chêne

LES PROMENADES DE JEAN GIONO (*album*)

Aux Éditions Alpes de lumière

LA BIASSE DE MON PÈRE

COLLECTION FOLIO POLICIER

Dernières parutions

1.	Maurice G. Dantec	*La sirène rouge*
2.	Thierry Jonquet	*Les orpailleurs*
3.	Tonino Benacquista	*La maldonne des sleepings*
4.	Jean-Patrick Manchette	*La position du tireur couché*
5.	Jean-Bernard Pouy	*RN 86*
6.	Alix de Saint-André	*L'ange et le réservoir de liquide à freins*
7.	Stephen Humphrey Bogart	*Play it again*
8.	William Coughlin	*Vices de forme*
9.	Björn Larsson	*Le Cercle celtique*
10.	John Sandford	*Froid dans le dos*
11.	Marc Behm	*Mortelle randonnée*
12.	Tonino Benacquista	*La commedia des ratés*
13.	Raymond Chandler	*Le grand sommeil*
14.	Jerome Charyn	*Marilyn la Dingue*
15.	Didier Daeninckx	*Meurtres pour mémoire*
16.	David Goodis	*La pêche aux avaros*
17.	Dashiell Hammett	*La clé de verre*
18.	Tony Hillerman	*Le peuple de l'ombre*
19.	Chester Himes	*Imbroglio negro*
20.	Sébastien Japrisot	*L'été meurtrier*
21.	Sébastien Japrisot	*Le passager de la pluie*
22.	Pierre Magnan	*Le commissaire dans la truffière*
23.	Jean-Patrick Manchette	*Le petit bleu de la côte Ouest*
24.	Horace McCoy	*Un linceul n'a pas de poches*
25.	Jean-Bernard Pouy	*L'homme à l'oreille croquée*
26.	Jim Thompson	*1275 âmes*
27.	Don Tracy	*La bête qui sommeille*
28.	Jean Vautrin	*Billy-ze-Kick*
29.	Donald E. Westlake	*L'assassin de papa*
30.	Charles Williams	*Vivement dimanche !*
31.	Stephen Dobyns	*Un chien dans la soupe*

32.	Donald Goines	*Ne mourez jamais seul*
33.	Frédéric H. Fajardie	*Sous le regard des élégantes*
34.	Didier Daeninckx	*Mort au premier tour*
35.	Raymond Chandler	*Fais pas ta rosière !*
36.	Harry Crews	*Body*
37.	David Goodis	*Sans espoir de retour*
38.	Dashiell Hammett	*La moisson rouge*
39.	Chester Himes	*Ne nous énervons pas !*
40.	William Irish	*L'heure blafarde*
41.	Boileau-Narcejac	*Maléfices*
42.	Didier Daeninckx	*Le bourreau et son double*
43.	Sébastien Japrisot	*La dame dans l'auto avec des lunettes et un fusil*
44.	Jean-Patrick Manchette	*Fatale*
45.	Georges Simenon	*Le locataire*
46.	Georges Simenon	*Les demoiselles de Concarneau*
47.	Jean Amila	*Noces de soufre*
48.	Walter Kempley	*L'ordinateur des pompes funèbres*
49.	Tonino Benacquista	*Trois carrés rouges sur fond noir*
50.	Dashiell Hammett	*Le faucon de Malte*
51.	Hervé Jaouen	*Connemara Queen*
52.	Thierry Jonquet	*Mygale*
53.	Auguste Le Breton	*Du rififi chez les hommes*
54.	Georges Simenon	*Le suspect*
55.	Emmanuel Errer	*Descente en torche*
56.	Francisco González Ledesma	*La dame de Cachemire*
57.	Raymond Chandler	*Charades pour écroulés*
58.	Robin Cook	*Le soleil qui s'éteint*
59.	Didier Daeninckx	*Le der des ders*
60.	Didier Daeninckx	*La mort n'oublie personne*
61.	Georges Simenon	*L'assassin*
62.	Howard Fast (E.V. Cunningham)	*Tu peux crever !*
63.	Maurice G. Dantec	*Les racines du mal*
64.	René Barjavel	*La peau de César*
65.	Didier Daeninckx	*Lumière noire*
66.	Chester Himes	*La reine des pommes*

67. Sébastien Japrisot — *Compartiment tueurs*
68. James Crumley — *La danse de l'ours*
69. Marc Villard — *La porte de derrière*
70. Boileau-Narcejac — *Sueurs froides*
71. Didier Daeninckx — *Le géant inachevé*
72. Chester Himes — *Tout pour plaire*
73. Sébastien Japrisot — *Piège pour Cendrillon*
74. Pierre Magnan — *Les charbonniers de la mort*
75. Jean-Patrick Manchette — *L'affaire N'Gustro*
76. Jean-Bernard Pouy — *La Belle de Fontenay*
77. A.C. Weisbecker — *Cosmix Banditos*
78. Raymond Chandler — *La grande fenêtre*
79. Pierre Magnan — *Les courriers de la mort*
80. Harry Crews — *La malédiction du gitan*
81. Michael Guinzburg — *Envoie-moi au ciel, Scotty*
82. Boileau-Narcejac — *Le bonsaï*
83. W.R. Burnett — *Quand la ville dort*
84. Didier Daeninckx — *Un château en Bohême*
85. Didier Daeninckx — *Le facteur fatal*
86. Didier Daeninckx — *Métropolice*
87. Pierre Magnan — *La maison assassinée*
88. Pierre Magnan — *Le mystère de Séraphin Monge*
89. Jean-Patrick Manchette — *Morgue pleine*
90. Georges Simenon — *Les inconnus dans la maison*
91. Stephen Humphrey Bogart — *Le remake*
92. Mark McShane — *Les écorchés*
93. Boileau-Narcejac — *Terminus*
94. Jerome Charyn — *Les filles de Maria*

Composition Bussière
et impression Bussière Camedan Imprimeries
à Saint-Amand (Cher),
le 10 novembre 1999.
Dépôt légal : novembre 1999.
Numéro d'imprimeur : 995091/1.
ISBN 2-07-041038-2./Imprimé en France.

91457